Rita Haberkorn (Hrsg.)

Als Zwilling geboren

Rita Haberkorn (Hrsg.)

Als Zwilling geboren

Über eine besondere
Geschwisterkonstellation

Kösel

3. Auflage 1996
© 1990 by Kösel-Verlag GmbH & Co., München
Printed in Germany. Alle Rechte vorbehalten
Druck und Bindung: Kösel, Kempten
Umschlag: Bine Cordes, Weyarn
ISBN 3-466-30299-4

3 4 5 6 · 99 98 97 96

Inhalt

Rita Haberkorn
Einleitung
7

Ursula Weck
Das doppelte Leben oder Ein Zwilling ist manchmal allein
13

Rita Haberkorn
Von Mythen und Medien beeinflußt
37

Karin von Schlieben-Troschke
Gedanken zu ungeborenen Zwillingen
48

Renate Kiefer
Warum sprechen Lena und Natascha im Kindergarten nicht?
68

Karin von Schlieben-Troschke
Gibt es eine Geheimsprache bei Zwillingen?
97

Irene Matthies
Wenn ein Zwilling behindert ist – Gespräche mit Betroffenen
119

Rita Haberkorn
Daniel und Rebekka und andere Pärchenzwillinge
Gedanken zu ihrer geschlechtsspezifischen Prägung
137

Rita Haberkorn
Zum Beispiel: Mario und Pedro, Silke und Stefanie
Schlaglichter aus Familie, Kindergarten und Schule
158

Marion von Gratkowski
Anforderungen im Alltag mit Zwillingen und Hilfe durch
Selbsthilfe
178

Anmerkungen und Literatur
201

Die Autorinnen
215

Rita Haberkorn

Einleitung

Liebe Frau Haberkorn,

ich möchte mich sehr für Ihren Brief bedanken … Für mich sind »Zwillinge« Kinder, die das Glück hatten, gleichzeitig zu wachsen und geboren zu werden. Sie entwickeln sich gleichzeitig und lernen voneinander. Am Anfang gibt es wenig Langeweile für sie, und im Laufe der Zeit fangen die Wege an, sich zu trennen. Dies ist aber nur möglich, wenn das Elternhaus und die Umgebung mitmachen. Das Wort »Zwillinge« hilft dabei, so glaube ich, nicht sehr viel. Man muß sich mehr auf die Tatsache konzentrieren, daß man *zwei* Kinder hat. Ich bin fest davon überzeugt, daß dieses Bewußtsein sehr helfen kann, manche Probleme zu bewältigen. Wir haben zum Beispiel drei Töchter, bei denen es untereinander Schwierigkeiten geben kann … Man kann nicht nur sagen, die »Zwillinge« müssen gleich behandelt werden, sondern alle drei Kinder wollen gleiche Rechte und müssen die gleichen Pflichten wahrnehmen … Jedes Kind holt sich die Zuneigung, die es braucht, ohne daß wir Angst haben müssen, eines zu vernachlässigen … Auch mit der Kleidung, finde ich, muß man auf den Geschmack der Kinder eingehen, auch wenn er mal gleich ist. Andere Geschwister haben oft auch gleiche Wünsche, und dort wird dies ohne weiteres akzeptiert. Nur bei »Zwillingen« wird es abgelehnt, mit der Begründung: »Sie sollen sich ja unterschiedlich entwickeln!«
Warum übt man auf sie den Druck aus, etwas Besonderes zu sein? Warum beschäftigt man sich bei ihnen mit dem Problem des Wachstums und der Entwicklung mehr als bei anderen Geschwisterpaaren? Warum gibt man ihnen nicht die gleiche Chance, unter gleichen normalen Verhältnissen aufzuwachsen wie andere Kinder auch?
Zum Schluß muß ich noch richtigstellen, daß wir stolz und glücklich sind, Anja und Katrin gleichzeitig bekommen zu haben, aber genauso glücklich und stolz waren wir auch bei Mirjas Geburt.

Ich glaube, manche Eltern können unsere Meinung nicht ganz teilen, aber mit dieser Auffassung bewältigen wir manches vielleicht leichter, und ich kann dieses Umdenken nur empfehlen. Viele liebe Grüße

Eine Mutter von drei Töchtern

Liebe Mutter dreier Töchter,

haben Sie Dank für Ihren Brief. Ich habe mich sehr gefreut, so detailliert zu erfahren, welche grundsätzliche Einstellung Sie heute zu Zwillingen haben und wie Sie Ihre Haltung diesen beiden Töchtern gegenüber im Verhältnis zur jüngeren Schwester innerhalb der Familie wahrnehmen. Ich weiß noch sehr genau, wie Sie und Ihr Mann in unserem Gespräch vor vier Jahren über Anja und Katrin im Kleinkindalter davon berichteten, wie sehr die beiden aufeinander bezogen lebten und sich ihre Rollen innerhalb der Paarbeziehung abwechselten. Sie sprachen damals von Ähnlichkeiten und Austauschbarkeiten von Eigenschaften und dem Problem, sie einem der beiden zuzuschreiben (zum Beispiel, daß Anja flinker ist, Katrin dafür gewitzter, die eine eher kontaktfreudig, die andere eher auf die Mutter bezogen …), immer in der Angst, eine von beiden dadurch positiver wahrzunehmen als die andere. Diese Zuordnung und auch Bewertung von Merkmalen geschah ja immer im Verhältnis zur Zwillingsschwester. Ohne sie wäre es Ihnen vermutlich nicht so schwer gefallen, bestimmte Charaktereigenschaften jetzt auch einmal als diesem Kind zur Zeit eigene anzunehmen. Damit verbunden war für Sie die Sorge, keine der beiden möge schlechter abschneiden als die andere, sie seien Ihnen doch beide gleich lieb. Gerade bei eineiigen Zwillingen versuchen Eltern oft sehr früh, bestimmte Unterschiede herauszufinden, um sie unterscheiden zu können, aber auch, um eine je eigene Beziehung zu jedem Kind aufbauen zu können. Dies und das Problem, beiden gerecht zu werden, sind zentrale Anforderungen, vor die sich Eltern von Zwillingen anders gestellt sehen als jene, deren Kinder, wenn auch nur kurz hintereinander geboren werden. Bleiben doch da den Eltern mindestens neun Monate Zeit, eine intensive Beziehung nur zu diesem Kind aufzubauen.

Ich weiß, daß Sie Ihre Erziehungsaufgabe sehr optimistisch und locker angingen, daß Sie aber auch viele Fragen hatten, die andere Frauen aus der Spielgruppe so nicht kannten. Und natürlich sollen Zwillinge sich auch gleich anziehen dürfen. Es kann da keine grundsätzliche Regel geben. Sie wäre stur und rigide. Aber beide sollen sehr früh spüren, daß sie durch die Wahl der Kleidung ihre Individualität herausstreichen können.

Sie empfehlen, von dem Begriff »Zwillinge« mehr Abstand zu nehmen. Natürlich soll man die Kinder bei ihrem Namen nennen und diese Paarbezeichnung »Zwillinge« im Alltag möglichst meiden. Der Begriff meint ja zunächst einmal nur die Tatsache, daß zwei Kinder zur gleichen Zeit gezeugt und geboren wurden. Aber wir wissen, wie Mythen und Medien um diesen Begriff einen Mythos aufgebaut haben, den man durchschauen und hinterfragen muß, will man Zwillingen die Möglichkeit geben, sich aus dieser Umklammerung zu befreien. Gerade die neuere Literatur[1] – vorwiegend von Zwillingseltern oder Zwillingen selbst publiziert – versucht, diesem Mythos entgegenzuwirken, um den Zwillingen zu mehr Autonomie innerhalb der Paarbeziehung zu verhelfen.

Ja, es sind *zwei* Kinder, die aber auf Grund fehlender Altershierarchie eine andere und spezifische Dynamik entwickeln. Sie haben von Beginn an einen Partner an die Seite bekommen, zu dem sie ständig und zuverlässig Kontakt haben und mit dem sie um die Zuneigung der Mutter kämpfen.

Ich denke, der Anspruch der Gleichbehandlung wird schnell mißverstanden. Denn es geht ja, so verstehe ich Sie auch, nicht darum, allen das Gleiche zu geben, sondern jedem Kind das, was es braucht. Als Eltern ehrlich und offen Beziehungen zu gestalten, wird den Kindern ein wichtiges Vorbild sein, um es in der Geschwisterbeziehung ähnlich zu leben.

Ich möchte Ihnen Mut machen, auf diesem Weg weiterzugehen, auch wenn die Umwelt es Ihnen und den Zwillingen manchmal schwer macht, die begonnene Autonomie weiterzuentwickeln.

Anja und Katrin wünsche ich, sich als Schwestern zu erleben, die ihre Nähe und Distanz selbst gestalten können, die sich aber außerhalb der Familie sehr wohl ihren eigenen Weg erschließen dürfen, ohne mit dem ständigen Blick und der Rücksicht auf den anderen Zwilling als einzelnes Mädchen in ihrer Umwelt bestehen lernen. Viele liebe Grüße

Rita Haberkorn

Elisabeth Kübler-Ross, die als Drilling mit einer gleichschweren eineiigen und einer viel kräftigeren dritten Schwester geboren wurde, spricht von dem schwierigsten Problem ihrer Kindheit und Jugend, nämlich als eigenständiger Mensch betrachtet zu werden. Sie resümiert diese Phase: »Mir wurde klar, daß man zwar in materieller Hinsicht alles haben kann, daß man aber überhaupt nichts hat, wenn man nicht geliebt und als einmaliges Wesen individuell anerkannt wird.«[2]

Die bekannte Sterbeforscherin wurde zu Beginn sogar von den Eltern oftmals mit der Zwillingsschwester verwechselt. So wurde sie einmal irrtümlich vom Vater innerhalb von zehn Minuten zweimal gebadet. Alle drei Mädchen mußten immer alles zur gleichen Zeit tun, so wollte es der Vater, sie wurden ständig gleich angezogen.

Ihre Identitätsprobleme schildert sie dennoch nur bezogen auf die eineiige Zwillingsschwester. Die Unfähigkeit der Erwachsenen war Elisabeth und Erika schon mit fünf Jahren ein Rätsel und Ärgernis zugleich, denn sie wußten, daß sie verschieden waren. »Sie dachten verschieden, sie handelten und reagierten auf verschiedene Weise. Elisabeth suchte immer nach Mitteln, sich den Erwachsenen zu erkennen zu geben, und riß sich zur besseren Identifizierung, wenn die Zwillinge das gleiche Kleid trugen, was meistens der Fall war, einen Zierknopf oder die Schleife ab. Sie schätzte jeden, der sie bei ihrem richtigen Namen nannte.«[3] Allmählich fiel es auch dem Vater nicht mehr schwer, die beiden auseinanderzuhalten, denn Elisabeth wurde unübersehbar anders, rebellischer und immer aktiver. Anläßlich einer Rede in Japan sprach Kübler-Ross von den Erinnerungen und Erlebnissen ihres Kampfes um Eigenständigkeit und Unverwechselbarkeit aus der Kindheit und Jugend:

»Als Drilling geboren zu werden, ist etwas, was ich selbst meinem Feind nicht wünsche. Materiell hatten wir absolut alles, hübsche Kleider, hübsche Schuhe, ein nettes Zuhause, einen schönen Garten. Aber eigentlich hatten wir überhaupt nichts, denn wenn ich im Alter von zwei, sechs oder elf Jahren gestorben wäre, hätte es immer noch ein vollständig geklontes Duplikat von mir gegeben. Ich bin mir nicht einmal sicher, ob ich es bin und nicht meine Schwester, die vor Ihnen steht. Sie wachsen auf und haben alles, Sie müssen aber auch alles teilen und Sie haben nichts, wenn es nicht einen Menschen gibt, der Sie als Person kennt und der weiß, daß er mit Ihnen und nicht mit Ihrer Drillingsschwester spricht. In der Schule versuchten wir alles in der Hoffnung, daß unser Lehrer den Unterschied erkennen würde. Wir waren sehr gute Schülerinnen. Meine Schwester und ich hätten zusammen ein Genie abgegeben, doch die Lehrer machten sich nicht genug Mühe herauszufinden, wer wer war. Um der Fairneß willen gaben sie uns die ganze Schulzeit über glatte ›Befriedigend‹. Wissen Sie, was das für ein Kind bedeutet?

Für ein Kind bedeutet das: Niemand hat wirkliches Interesse an ihm. Als meine Schwester ins Teenageralter kam und zum ersten Mal mit einem Jungen ausging, wurde sie sehr krank. Niemand wußte, wie krank sie war. Zu diesem Zeitpunkt erkannte ich ihre absolute Verzweiflung in ihrer Angst, ihren Freund zu verlieren, wenn eine andere mit ihm ausgehen würde. Ich sagte ihr: »Wenn du an diesem Tag wirklich nicht ausgehen kannst, tue ich es für dich. Er wird es schon nicht merken.« Natürlich hofften wir verzweifelt, daß jemand den Unterschied merken würde. Ich fragte sie sogar, wie weit sie – nicht im geographischen Sinn! – gegangen war. Kinder sind ehrlich. Sie sind vielleicht – außer sterbenden Patienten – die ehrlichsten Menschen auf der Welt. Ich bin für meine Schwester mit ihrem Freund ausgegangen. Als ich nach Hause kam, wurde mir bewußt, daß er nicht gemerkt hatte, daß er mit der Schwester seiner Freundin ausgegangen war. Das war die erste Erschütterung in meinem Leben.«[4]

In der Vielfalt unterschiedlicher Familienkonstellationen ist jene mit Zwillingen eine, die in ihrer konkreten Lebensform aufzuspüren sich lohnt, um das Besondere, aber auch das Allgemeine der darin stattfindenden Gestaltung und Dynamik zu erkennen.

Nähe und Distanz, Autonomie und Verschmelzung im Paar – es gibt viele Aspekte, die im Zusammenhang mit Zwillingen genannt werden. Die beiden Beispiele deuten an, wie weit die Palette unterschiedlicher Realitäten und Sichtweisen reicht. Es gibt eben nicht *die* Realität, wie sie in dem von den Medien unterstützten Mythos noch immer ohne große Abstriche dargestellt wird.

Bis vor wenigen Jahren gab es fast ausschließlich Veröffentlichungen, die das Thema »Zwillinge« vor allem unter dem Aspekt der Diskussion um erbbiologische und umweltbedingte Anteile an der Persönlichkeitsentwicklung betrachtet haben[5]. Wir werden in dieser Veröffentlichung nicht darauf eingehen. Unser Interesse ist es vielmehr, Einzelaspekten aus den vielfältigen Facetten von Zwillingsrealitäten nachzugehen.

Bei zunehmender Zahl der Mehrlingsgeburten und der breiten öffentlichen Diskussion um Erziehungsfragen stieg auch der Beratungs- und Diskussionsbedarf von Zwillingseltern, ErzieherInnen, LehrerInnen und zunehmend auch von MitarbeiterInnen von Erziehungsberatungsstellen.

Die Autorinnen, zu denen ich nach meinem Buch *Zwillinge*[6] Kontakt fand, sind in sehr unterschiedlicher Weise mit diesem Thema befaßt. Sie sind selbst Zwilling oder Mütter von Zwillingen. Und da ist die Psychologin, die in ihrer Beratungsarbeit Zwillinge kennenlernte. Der gemeinsame Suchprozeß der daran Beteiligten hat exemplarischen Charakter.

Die Vielfältigkeit der Lebensgeschichten der Autorinnen spiegelt sich wider in den Zugängen, die sie für die Aufbereitung ihres Themas gewählt haben. Auch wenn wir unterschiedliche Themenbereiche bearbeiten, gemeinsam ist uns der Wunsch und das Ziel: Zwillingen, ihren Eltern und allen, die sich für diese Thematik beruflich oder privat interessieren, mit Hilfe von Informationen, Beispielen, Problemanalysen und Reflexionen, Denkanstöße für eine vertiefende Diskussion zu geben, damit es Zwillinge leichter haben, ihre Individualität innerhalb ihrer besonderen Geschwisterbeziehung zu leben.

Ist es Zufall, daß sich hier Frauen zusammengefunden haben, dieses Buch zu schreiben? Es ist wohl noch immer so, daß sie den größeren Teil der Erziehungsaufgaben übernehmen und vielleicht auch deshalb leichter Familien- und Berufskompetenz miteinander verbinden können, wenn sie von der Doppelbelastung nicht erdrückt werden. Und Frauen tun sich noch immer leichter, über ihre eigene Geschichte nachzudenken und offen mit anderen darüber zu reden. Vielleicht werden uns auf dieses Buch hin Frauen *und* Männer ihre Gesprächsbereitschaft anbieten.

Ursula Weck

Das doppelte Leben oder Ein Zwilling ist manchmal allein

Zwillingsgeburt, -kindheit, -jugend

Schon vor der Geburt hatte ich Gesellschaft – im Bauch meiner Mutter. Da haben wir zu zweit getreten, uns umarmt, geboxt und miteinander gekämpft. Ich hatte den Raum, der sonst nur für eine Person reicht, neun Monate lang zu teilen: mit meiner Schwester. So war Konkurrenz das erste, was ich lernte. Alles mußte geteilt werden: die Nahrung, der Sauerstoff, der Platz. Bis es soweit war. Trafen wir eine geheime Absprache: »Schau du mal nach, wie's da draußen aussieht, und sag mir Bescheid?« Und konnte ich nicht mehr zurück? Boxte und trat sie mich, als ich mich weigerte, und flutschte ich aus Versehen heraus? Oder sagte ich zu ihr: »Also, genieß noch die Wärme und Dunkelheit, gleich wird's ernst. Ich bahn dir mal den Weg, damit du ein bißchen mehr Platz hast…?« Wie erging es ihr, als ich plötzlich nicht mehr da war? Als man sich nach meiner Geburt von der Mutter abwandte, weil man nicht wußte, daß ich noch jemanden zurückgelassen hatte. Dann die Stimme des Arztes: »O Schreck, da kommt noch jemand!« Was für eine Beleidigung, so empfangen zu werden. Ob sie gedacht hat: »Das kann ja heiter werden, wenn ich denen jetzt schon zuviel bin?« Da war tatsächlich noch eine, die auch leben wollte, die sich energisch durch die Röhre quetschte und ohrenbetäubend brüllte, als sie dem Arzt in die Hände fiel.

Die Krankenschwester, die meinen Vater angerufen hatte, um ihm zu *einer* Tochter zu gratulieren, ruft ihn noch einmal an:
»Sie haben noch eine Tochter bekommen!«
»Waaaas?«

»Jawohl, Sie sind Vater von Zwillingen geworden. Herzlichen Glückwunsch!«

Wir beide – im selben Bettchen – nebeneinander.

Die Mutter wacht über unseren Schlaf. Immer wieder horcht sie nach unserem schwachen Atem, der wie an einem seidenen Faden hängt. Wie soll sie sicher sein, daß es wirklich *zwei* sind, die atmen? Eine kräftezehrende Angelegenheit. Wir wogen zu zweit nicht mehr, als ein kräftiges Kind und da wir gleich nach der Geburt an einem Magenpförtnerkrampf litten, sahen wir bald wie zwei welke Orangen aus.

Der Arzt verordnete Obstsäfte mit Schlagsahne. Die schmeckten und retteten uns. Meine Schwester hat den Schock des unfreundlichen Empfangs lange nicht überwunden. Er stand ihr ins Gesicht geschrieben: Wut und Verzweiflung über die erste Ungerechtigkeit, während ich anscheinend stolz war, auf meine Ankunft in dieser Welt.

»Siehst du«, sagt sie heute, »du hast es eben immer besser gehabt!« Dabei kann sie sich doch gratulieren, schon vor der Geburt, eine edle Tat getan zu haben. Zurückzutreten, um der anderen den Vortritt zu lassen, ist doch wesentlich vornehmer, als meine neugierige Drängelei ins Leben. Auch meinte sie, die Mutter hätte mir viel mehr Liebe gegeben, weil ich ja erwartet worden wäre, während sie nur einen heftigen Schock in der frühen Morgenstunde hinterlassen hätte.

Die Konkurrenz, die im Bauch begonnen hatte und sich da noch um Nahrung, Platz und Sauerstoff drehte, weitete sich bald zur existentiellen Frage nach dem ›besseren Leben‹.

Sollte ich wirklich im Vorteil sein, dieses ›bessere Leben‹ zu haben? Die Gesichter der Verwandten, die uns anstarrten, deren Blicke von einer zur anderen wanderten, kopfschüttelnd, verzweifelnd, jagten uns solche Angst ein, daß wir uns bei jedem Besuch schreiend auf den Bauch fallen ließen. Wir wollten nicht wieder hören müssen, wer längere Ohren, wer ein dickeres Fell hat, wer süßer aus der Wäsche guckt, wer intelligenter, größer, dicker, dünner, schöner, frecher, schneller, kurz die Bessere ist.

Unsere Namen, nämlich Ursula und Roswitha, wurden der Einfachheit halber zusammengezogen und ergaben: Urselwita. Jeder in unserer Familie hatte seinen eigenen Namen, nur wir mußten ihn uns teilen. Ich hieß Urselwita, sie hieß Urselwita.»Urselwita sahen ja auch fast gleich aus: die gleichen langen Zöpfe, die gleichen Pullöverchen über den gleichen Röckchen, die die Tanten gestrickt hatten, um die gleichen Körperchen mit den gleichen Seelchen einzupacken.

Auf der Straße zeigte man mit Finger auf uns, in der Schule wurden wir verstohlen betrachtet, und entweder riß man sich um unsere Freundschaft, oder man ging uns aus dem Weg.

Allmählich begannen wir zu entdecken, daß wir das große Los gezogen hatten: das Los des Besonderen. Das Los, zu zweit zu sein, das Los, im Leben nicht mehr voneinander los zu kommen, das Los, schicksalhaft aneinander zu kleben. Wir brauchten uns nicht anzustrengen, um im Mittelpunkt des Geschehens zu stehen. Doch in der Familie, die mittlerweile um zwei kleine Jungs gewachsen war, hatten die Eltern nicht mehr genügend Zeit, um unser Bedürfnis nach gewohnter Aufmerksamkeit zu befriedigen. Aber hatten wir uns nicht selbst als Spielgefährten, als Gesprächspartner, als geheime Vertraute?

Wenn wir miteinander sprachen, wechselten wir die Worte mit einer ungeheuren Geschwindigkeit. Für einen Fremden war der Inhalt nicht mehr zu verstehen, wir wollten ja auch geheim bleiben, in unser System sollte niemand anderes integriert werden. Und wir waren fähig, uns wortlos zu begreifen, uns unserer bedingungslosen Hingabe zu versichern. Unsere Regungen waren uns ein offenes Buch, mit vertrautem Text.

Wenn ich heute meine Eltern besuche, blättere ich häufig in alten Photoalben und sehe uns als Kinder wieder: händchenhaltend, aneinandergeschmiegt, mit fliegenden Röckchen zusammen tanzen, uns umarmend, küssend, frech in die Kamera lachend, gemeinsam ein Buch lesend, in der Badewanne plätschernd, Grimassen ziehend.

In allen Situationen unseres frühen Lebens scheinen wir niemals allein gewesen zu sein. Bis zur Pubertät existiert kein Photo, auf dem ich allein zu sehen wäre.

Wir sehen uns auf den Bildern so ähnlich, daß ich heute nicht mehr weiß, welches von den beiden Mädchen ich bin. Wir waren eine Einheit, ein kleines eigenes Universum.

Ein Lieblingsphoto: Zwei Mädchen, beide mit Pferdeschwanz, gleichen Kleidern, gleichen Sommerschuhen, stehen, sich im Arm haltend, nebeneinander und schauen verschmitzt lächelnd in die Kamera. Eine von beiden hebt keck den Rock. Ich suche nach Spuren, die uns identifizieren könnten. Die Stellung der Ohren, die Breite des Gesichts, die Art zu gucken, die Form der Lippen, die Haltung... Es muß doch etwas geben, was nur zu mir gehört!

Ich kann lange suchen, und auch wenn ich meine, mich entdeckt zu haben, wird es nicht mehr zu beweisen sein.

An ein Erlebnis in der Kindheit erinnere ich mich mit sehr gemischten Gefühlen. Weil wir lange kränklich und dünn waren, wurden wir in ein weit entferntes Kinderheim gesteckt. Man drohte uns, daß wir erst mit roten Backen und um einige Kilogramm schwerer nach Hause zurückkehren dürften. Dabei war das Essen dort so, daß allein bei dem Gedanken daran schon die Pfunde verschwanden und sich jede gesunde Röte verstohlen aus dem Gesicht schlich. Wie das »doppelte Lottchen« saßen wir in einer ganz speziellen Klemme. Wir hatten zwar keine Elternteile zusammenzuführen und zu lernen, wie die jeweils andere sich entweder bei Vater oder Mutter verhält, aber wir hatten in einer uns bedrohlich erscheinenden Umgebung, gesund und kräftig zu werden. Die Leiterinnen des Heims waren strenge, bösartige alte Damen. Briefe, die wir in unserer Verzweiflung nach Hause schrieben, wurden vor dem Abschicken gelesen und korrigiert.

Das Essen bestand hauptsächlich aus Schwarzbrotschnitten, die dick mit Schweineschmalz bestrichen waren. Schon beim Frühstück würgten wir das entsetzliche Zeug hinunter. Innerhalb einer Woche litten alle Heiminsassen an Durchfall. Auf der Toilette war die Hölle los. In diesem Zustand dick zu werden, konnte nur an Wunder grenzen. Und Wunder geschehen manchmal, wenn man betet. So lagen wir nachts bibbernd in unseren Betten und beteten um Befreiung aus dieser beschissenen Situation.

Meine Schwester und ich, wir klammerten uns aneinander, wo immer es uns möglich war. Händchenhaltend liefen wir durchs Haus, saßen wir am Tisch, gingen wir spazieren.

Als ich mich auf einer Wanderung durch einen verschneiten Wald krank fühlte und mich schon mit Fieber im Bett liegen sah, reichte sie mir gegen meinen Durst zärtlich eine Handvoll Schnee.

Sie blickte mich besorgt an, strich mir über die Wange und sagte: »Wenn du krank wirst, werde ich auch krank!« Diese liebevolle Drohung ließ mich sofort wieder gesund sein.

Nachts lagen wir so in unseren Betten, daß unsere Füße sich berühren konnten. In unserer Not entwickelten wir Klopfzeichen mit unseren Zehenspitzen. Mehrmals kräftig gegen den großen Zeh, hieß: sei nicht traurig, ich bin ja bei dir. Zärtliches Berühren sämtlicher Zehen: jetzt müssen wir ganz schnell einschlafen, damit wir hungrig aufwachen. Mit beiden Füßen den geliebten Fuß der Schwester umfassen, war die schönste und einschläferndste Geste, die immer half.

Beten und Füße-Drücken haben Wunder bewirkt. Nach vier Wochen wurden zwei gekräftigte Mädchen von ihren Eltern abgeholt und nach Hause gebracht.

Eines Morgens, meine Mutter aß gerade ein Marmeladenbrot, flüsterte ich ihr etwas Aufregendes ins Ohr. Hochrot sprang sie auf, lief mit mir zum Kleiderschrank und zog ein Paket heraus: Binden. Dazu ein passendes Höschen, vorne und hinten mit Knöpfen, zum Festschnüren. Ich war erwachsen, eine Frau, und die Hormone spielten verrückt.

Plötzlich schlug die Nähe zwischen mir und meiner Schwester in Fremdheit um. Wie unangenehm, aus dem gleichen Fleisch und Blut zu sein. Die soll sein wie ich? Sie wagt es, mit dem gleichen Gesicht herumzurennen? Wer ist denn hier schöner, attraktiver, wer bekommt den ersten Freund?

Die Schwester wurde zum Hindernis, der Kampf um die Einmaligkeit, die Suche nach dem Ich, nach der Identität, dem Individuum begann.

In der Pubertät hätte ich gerne manchmal mit meiner Schwester getauscht. Sie war die erste, die das Elternhaus hinter sich lassen konnte, weil sie in ein Internat kam, um eine Ausbildung zu beginnen.

Während dieser Zeit verliefen unsere Leben völlig unterschiedlich, und wir sahen uns selten. Sie schien unabhängig, selbständig, erwachsen, während ich noch behütet und beobachtet im familiären Kreis gefangen war. Sie brachte Freundinnen mit, auf die ich eifersüchtig war, sie schwärmte von ihnen, schien sogar in eine verliebt zu sein. Erzählte abenteuerliche Geschichten von Jungs, die nachts durch die Fenster geklettert kamen, um dem Mädcheninternat einen Besuch abzustatten. Unsere Geheimnisse haben wir uns nicht mehr anvertraut. In den Erzählungen wurde das Wichtigste ausgespart: die Gefühle – sie waren jetzt etwas, was einem ganz allein gehörte.

Nach einer Beratung im Arbeitsamt wollte ich Chemotechnikerin werden, weil ich weiße Kittel schön fand. Meine Schwester steckte bereits mitten in der Ausbildung zur Krankenschwester. Es war für uns gar keine Frage, daß wir unterschiedliche Berufe lernten. Ich interessierte mich nicht für Krankenschwestern und sie sich schon gar nicht für Chemotechnikerinnen. Aber weiße Kittel haben uns anscheinend beide fasziniert. Sicher hofften wir auch beide auf eine Heirat mit einem Doktor oder sogar einem Professor. Diese Wünsche blieben unausgesprochen, wollte doch jede die erste sein und die andere überraschen.

Bald schien mir meine persönliche Bekanntschaft mit der Welt der Chemo-Technik bedrückend sinnlos, die Hinrichtung zahlreicher Versuchstiere unerträglich grausam, ich schielte nach einem anderen Beruf, wechselte die Stadt und ließ meine Schwester 500 km weit zurück. Sie machte mir Vorwürfe, fand die Wohngemeinschaft, in der ich lebte, grauenhaft und die Umgebung das letzte. Nun bedauerte ich die jetzt fühlbare, deutliche Distanz.

Ein Jahr später wohnte sie in genau derselben Stadt in einer Wohngemeinschaft im selben Bezirk wie ich. Darüber war niemand so sehr erstaunt, wie wir beide. Es schien doch etwas zu geben, was uns zusammenhielt, so etwas wie eine unüberwindliche Fessel. Unser Zwillingsschicksal stand plötzlich wieder im Vordergrund.

Zwillingstreffen

Österreich, im Juni 1984. 120 Paare sitzen in einem Speisesaal, bei Knödel und Wein. Die Paare, das sind nicht Mann und Frau, das sind Eineiige. Ein Ei wie das andere. Frisuren, Handtaschen, Bärte, Jacken, Röcke, alles in doppelter Ausführung.

Meine Schwester und ich, hierher gereist, um mit 120 Zwillingspärchen zusammen zu sein, tragen weder die gleichen Frisuren noch die gleichen Kleider. Aggressiv und herausfordernd werden wir taxiert. Wie kann man es wagen, als Zwilling hier aufzutreten, ohne in allem ›identisch‹ zu sein?

Kaum sind wir mit dem Abendessen fertig, sind die Paare aus Deutschland, Österreich, der Schweiz und Ungarn begrüßt, wird der 1. Preis verliehen.

Meine Schwester und ich haben ihn gewonnen, weil wir die weiteste Anreise hatten und die Kilometer nicht gescheut haben. Wir werden auf die Bühne gerufen und uns wird ein zehn Kilogramm schwerer Pokal mit der Aufschrift: »1. Internationales Zwillingstreffen. Österreich, Faak am See« und ein üppiger Blumenstrauß überreicht. Es ist den Veranstaltern etwas peinlich, daß die erste Siegerehrung an ein Paar geht, das den Zwillingskult nicht so ernsthaft betreibt, wie alle anderen. Unsere ungleichen Frisuren und Bekleidungen werden sogar im Fernsehen in Großaufnahme erscheinen und ganz Österreich wird sich fragen müssen: »Sind das denn wirklich Zwillinge?«

Bei diesem Aufsehen, das wir erregen, kommen wir uns, nur weil wir 800 km mit dem Auto gefahren sind, ziemlich monströs vor: Wie Monster, deren Schicksal es immer schon war, öffentlich zur Schau gestellt zu werden.

Die Tanzkapelle spielt beschwingte Melodien. Männlein und Weiblein sollen die Gelegenheit haben, die Knödel zu verdauen, sich anzunähern und auszutauschen. Es ist fest entschlossen, auf diesem Treffen endlich das ersehnte Pendant zu finden. Normale Frauen, so haben sie festgestellt, verstehen das Herz eines Zwillings nicht. Denn die werden nie begreifen, daß der Zwilling immer wichtiger bleiben wird als der Liebes-Partner. Also werden Zwillingsfrauen für die Ehe gesucht. Liebe ist Nebensache, Hauptsache, die Gesuchten sind eineiig und stellen nicht allzu viele Ansprüche. Kaum ist das auserkorene Paar auf der Tanzfläche gesichtet, wird entschieden, wer soll mit wem. Das dürfte bei einander so ähnlichen Menschen gar nicht so einfach sein, dachte ich. Doch als die Kapelle aufhört zu spielen und eine Pause angekündigt wird, scheinen die Würfel bereits gefallen zu sein. Der eine hat sich für die eine und der andere für die andere entschieden. Scheinbar ganz einfach. Die Vier sind das gefragteste Quartett des Treffens geworden. Bereits nach zwei Tagen stand fest: in drei Monaten Trauung in Ungarn. Einige waren neidisch auf die Herren aus Stuttgart, weil sie das hübscheste Paar in so kurzer Zeit abgeschleppt hatten.

Jemand fragte sie, ob das nicht voreilig war, handelte es sich doch um eine Ehe, die man eingehen wollte, und nicht um einen Sack Kartoffeln, den man in zwei Monaten aufißt.

Der Fremdenverkehrsreferent von Faak am See hat einiges zu bieten. Am nächsten Tag geht es, immer zu zweit oder zu viert, ungerade Zahlen gibt es in diesen Tagen nicht, auf die Sommerrodelbahn. Auf steiler Metallbahn rasen die kleinen Doppelschlitten hinunter ins Tal. Der See liegt weit unten, im Nebel nur ahnbar. Zu zweit haben jung und alt, die Siebzigjährigen eingeschlossen, ihren Spaß. Zwillinge sind mutig, Zwillinge machen einfach alles mit. Den schnellsten Zwillingen winkt wieder ein Preis. Wir, also meine Schwester und ich, haben zu diesem Treffen ein Video- und ein Tonbandgerät mitgeschleppt, um Aufnahmen und Interviews machen zu können.

Nach den Wettfahrten in den Doppelsitzern fragten wir einige Paare, ob sie Lust hätten, mit uns ein Gespräch zu führen. Es begann zu regnen, und zehn Paare, zwischen zwölf und sechzig Jahre alt, kamen in die kleine Kapelle, gleich neben der Rodelbahn. Einige waren bereit, mit uns über Probleme zu sprechen, die im allgemeinen Trubel bislang untergegangen waren. Ich fragte nach ihrer Geburt und bat sie, davon zu erzählen.

»Ja, das war ein Schrecken, als plötzlich zwei da waren. Es hatte ja niemand damit gerechnet.«

»Wir sind mit einem Bändchen am Arm gekennzeichnet worden.

Aber vielleicht hat man uns damals schon verwechselt, das wissen unsere Eltern nicht mehr.«

»Wir sind sehr stolz, daß wir als Zwillinge auf die Welt gekommen sind.«

»Als wir geboren wurden, war das eine Freude, aber auch ein Schrecken. Dreizehn Kinder hat die Mutter gehabt, davon dreimal Zwillinge.«

»Mich hat man bei der Geburt vergessen, niemand wußte, daß noch jemand kommt. Als ich endlich draußen war, hat sich unser Vater so geschämt, daß er mich in der Verwandtschaft verschwiegen hat.«

Auffällig war für mich das Wort ›wir‹, das immer wieder vorkam. Ich fühle mich heute manchmal noch als Verräterin, wenn ich im Beisein meiner Schwester, ›ich‹ und nicht ›wir‹ sage. Es ist nicht ›meine‹ Mutter, es ist ›unsere‹ Mutter. Es ist nicht ›meine‹ Geschichte, es ist ›unsere‹ Geschichte.

Wir sprechen über Episoden im Leben von uns Eineiigen, jetzt auch über den Tod.

»Wenn mein Bruder stirbt, möchte ich keine Minute länger leben!«

»Am liebsten möchte man doch eine Doppelhochzeit feiern, nie alleine sein. Keinen Tag länger leben als der andere.«

Dann breitet sich Schweigen aus. Sterben, wenn man zu zweit auf die Welt gekommen ist? Zwillinge sind verwöhnt. Ganz selbstverständlich leben wir einen Grad von Vertrautheit und Nähe, den viele Liebespaare nie erreichen. Telepathie ist für uns kein Problem. In uns lebt das Wissen, die Gewißheit um einen anderen. Wir sind es nicht anders gewöhnt.

Doch sterben, müssen wir das nicht allein?

Die Atmosphäre ist hoch gespannt in der Kapelle, das Gespräch verstummt. Ich stelle das Gerät ab, die meisten atmen auf.

Der Fremdenverkehrsreferent von Faak am See ist im Sternzeichen der Zwillinge geboren. So kam er auf die Idee, ein Zwillingstreffen zu veranstalten. Bisher gab es hier das Cabriolet-Rennen. Jeder, der ein Auto mit zu öffnendem Dach besaß, war eingeladen und durfte am Rennen teilnehmen. Die Dorfbewohner fanden zwar den Lärm und den Gestank unerträglich, aber das Verkehrsamt verdiente gut an diesen Veranstaltungen. Jetzt mußte aber etwas neues, werbewirksameres her, und so kam man auf die Zwillinge. Heute rasen keine Cabrios mehr um die Wette, dafür spazieren Zwillingspaare durch die Straßen. Man verdient an ihnen, sie werden geprüft, verglichen und preisgekrönt.

Und was erwarten Zwillinge von diesem Treffen?

Was läßt sie eine so weite Reise machen, von Ungarn, der Schweiz, Jugoslawien?

»Wir wollen mal unter uns sein…«

»Wir wollen andere Paare kennenlernen, hören, wie die Leben…«

»Wir suchen Zwillinge zum Heiraten!«

»Unsere Ehemänner sind eifersüchtig, wenn meine Schwester und ich zusammen sind. Sie verbieten uns, daß wir uns treffen…«

»Zwillinge unter Zwillingen«, das sei schon immer ihr Traum gewesen, erzählen uns Anna und Eva aus Stuttgart. Sie fanden die Ankündigung des Zwillingstreffens so einladend, daß sie sich entschlossen, ihren Urlaub in Faak am See zu verbringen. Bei einer Autofahrt durchs Dorf waren sie uns schon aufgefallen, zwei Frauen um die Fünfzig, in gleichen Kleidern, mit gleichen Handtaschen, Schuhen und Frisuren. Wir sprechen sie an und gehen in ein Cafe. Die beiden leben seit ihrer Geburt zusammen. Keine dachte je an einen Liebespartner oder an so etwas wie Heirat. Sie genügten sich. Sie hatten immer eine gemeinsame Wohnung, dieselbe Arbeitsstelle, die gleichen Vorlieben, denselben Geschmack. Man könnte fast neidisch werden. Abends legen sie sich gemeinsam ins Bett, wärmen sich gegenseitig und schalten den Fernseher ein. Sie vermissen nichts. Was sollte ihnen denn fehlen? Sind Zwillinge nicht das, wonach sich eigentlich alle sehnen, sie die Normalen, die ›Einlinge‹?

Höhepunkt und Abschluß des Zwillingstreffens soll die ›Zwillingsnacht‹ sein. An einem verregneten Sonntagabend betreten die Paare einen festlich geschmückten Saal mit 120 Gedecken. Eine Blaskapelle spielt Kärntner Weisen. Neben dem Eingang ein üppiges Büffet mit Bauernspezialitäten, selbstgemachten Würsten und Salaten aus dem Landkreis. Bierfässer sind zapfbereit und Weinflaschen warten auf das Entkorken.

Auf der Bühne nimmt an einem Tisch eine Jury Platz: der Bürgermeister, eine Journalistin der Zeitung *Die Zwei*, ein extra für diesen Abend angereister Zwillingsforscher, der Fremdenverkehrsreferent und der Leiter eines Zwillingsvereins in der Schweiz. Sie haben an diesem Abend darüber zu urteilen, wer in Österreich das ähnlichste, originellste, sportlichste, jüngste und älteste Zwillingspaar sein wird.

Als erstes kündigt der Entertainer ein Paar aus Leipzig an. Zwei Mädchen, in Dirndl gekleidet, betreten mit ihren Gitarren die Bühne und tragen im Duett ein selbstkomponiertes Lied vor. Als der Refrain das dritte Mal gesungen wird, klatscht das Publikum euphorisch mit und singt den Text bereits auswendig:

> Zwillingsein fetzt ein,
> da ist man nie allein
> bei Streichen, Spaß und Ärger,
> gemeinsam ist man stärker!

Kleine Jungs turnen über die Bühne, schlagen Rad, stehen auf dem Kopf, gehen auf den Händen durch die Reihen. Auch sie erhoffen sich einen Preis, sei es nur der zweite oder dritte.

Meine Schwester und ich haben uns auch etwas für diesen Abend ausgedacht. Auf der Damentoilette verwandeln wir uns. Mit weißen Kleidern und schwarzen Masken zeigen wir uns dem Publikum. Auf die Stoffe haben wir eine Geschichte aus dem unglücklichen Leben eines englischen Zwillingspaares geschrieben. Sie beginnt an meiner rechten Schulter und endet am linken Knie meiner Schwester. Der Text ergibt nur einen Sinn, wenn wir eng beieinander stehen. Auf unseren Rücken ist das Ende zu lesen:

Greta und Freda geben der Wissenschaft Rätsel auf. Sie verhalten sich so absolut gleich, daß Forscher meinen, sie seien ein Fall für die Nervenheilanstalt. Ärzte und Psychiater jedoch sind begeistert von einem bisher perfekten Beispiel vollständiger Übereinstimmung. Die Schwestern stehen jetzt vor Gericht, weil sie sich vor einen Lastwagen warfen, in dessen Fahrer sie verliebt waren. Die Gemeinsamkeit der Schwestern geht so weit, daß sie beim Kochen gemeinsam den Topfdeckel oder Pfannenstiel halten. Als eine Sozialarbeiterin der einen ein Stück rosa Seife und der anderen ein Stück grüne gab, weinten sie solange, bis beide durchgeschnitten waren, und jede jeweils die Hälfte erhielt. Da sie unfähig sind, einen Schritt alleine zu tun, wollten sie lieber unter einem Lastwagen sterben…

Die Photoapparate blitzen, wir ziehen unsere Masken herunter und ein verstohlenes Klatschen geht durch den Raum. Wir haben nicht das Gefühl, preisverdächtig zu sein, paßte doch diese Geschichte nicht in die Stimmung des Abends.

Zwei Männer in Trachtenanzügen, Gamsbärten an den Hüten und großen, gefüllten Gläsern in der Hand geben die nächste Vorstellung. Sie sind allgemein bekannt als die ›biervernichtenden Bayern‹. Jeder weiß, womit sie ihren Preis gewinnen wollen. Als sie die Riesengläser ansetzen, ruft das Publikum euphorisch: Ex, ex, ex…! In Windeseile haben die Zwillinge mehrere Krüge geleert, als ein volles Glas aus den Händen rutscht und mit ungeheurem Getöse und Gespritze zu Boden stürzt. Ohrenbetäubendes Lachen und Gekreische.

Wer wäre nicht gern ein ›Biervernichter‹? Die beiden werden unter den ›originellsten‹ Zwillingen die Zweiten dieser Nacht werden.

Der Zwillingsforscher begibt sich auf die Reise durch die Reihen der Eineiigen. Sein Blick entscheidet, wer sich am ähnlichsten sieht. Meine Schwester und mich muß er gleich übersehen haben, denn ich kann mich an seinen prüfenden, ›wissenden‹ Blick nicht erinnern.

Auf den Tischen kleine Stilleben, Accessoires der Paare. Doppelte Handtäschchen, die gleichen Feuerzeuge, zweimal dieselben Zigarettenmarken, viermal fast identische Hände mit gleichem Schmuck. Sogar die Gläser sind oft bis zur selben Markierung ausgetrunken. Auf den Gesichtern der Personen, die scheinbar doppelt vorhanden sind, kann, wer will, minimale, aber deutliche Unterschiede feststellen: Einmaligkeiten, die verschiedene Charaktere verraten. In dieser Nacht interessiert sich aber niemand für Unterschiede. Stolz kann der sein, dessen Äußeres jede Individualität verbirgt. Zum ähnlichsten Zwillingspaar werden die Brüder aus Stuttgart erkoren, die sich so voreilig verlobt hatten.

Obwohl beide einen Schnurrbart tragen und gleich gekleidet sind, finde ich sie nicht besonders ähnlich. Aber sie verteidigen ihre

Ähnlichkeit massiv gegen Andersdenkende, denn die beschränke sich nicht nur auf das Äußere, sondern beträfe auch das Innere: sie denken und fühlen nämlich auch genau dasselbe! Als ich sie nach ihren Träumen frage, fällt ihnen leider keiner ein. Woher sie denn genau wissen, daß der andere das gleiche denke. Ja, bei Zwillingen sei das üblich. Von *einem* Samen gezeugt und aus *einem* Ei geboren, bedeute völlige Gleichheit zweier Personen, auf die jeder Zwilling stolz sein sollte. Daß meine Schwester und ich uns nicht gleich kleiden und auch die Haare verschieden tragen und vor allem Gleichheit im Denken anzweifeln, empört sie dermaßen, daß sie uns mit ›Zwillingsverräter‹ beschimpfen. Gleich sein und dazu nicht stehen, das bedeutet, den Zwilling verleugnen. Zwillingsverräter! Die Brüder bekommen den 1. Preis für Ähnlichkeit.

Auch ein Babypaar darf einen Pokal, einen kleinen, in Empfang nehmen. Es sind die jüngsten Zwillinge dieses Treffens. Die Mutter mit zwei schreienden Kindern auf dem Arm, strahlt ins Publikum – wo schleicht sich da nicht Sentimentalität ins Herz?

Zwei kleine Herren, 79 Jahre alt, in schwarzen Anzügen und den roten ›Zwillingstreffen‹-T-Shirts, drängen sich durch die Menge zum Mikrofon. Munter schauen sie in die jetzt schon angeheiterte Runde, als der Bürgermeister auf sie zukommt und fragt:

»Und Sie sind 79 Jahre gut mit dem Bruder ausgekommen?«

»Jawohl, wir würden auch hundert Jahre miteinander auskommen!«

Ein Tusch dröhnt durch den Saal und ein mit Blumen gefüllter Pokal wird dem ältesten, dem Erstgeborenen überreicht. Beide verbeugen sich und den Blumenstrauß schwenkend, grüßen sie die anderen Zwillinge. Sie hatten mir erzählt, daß mit diesem Treffen ihr größter Wunsch in Erfüllung gegangen sei: 79 Jahre lang hatten sie darauf gewartet, andere Zwillinge kennenlernen zu können. Und da sie das älteste Paar waren, konnten sie drei Tage lang Mittelpunkt sein. Obwohl sie eineiig seien, würden sie sich mit zunehmendem Alter immer weniger gleichen und man könnte sie für ganz normale Brüder halten. Aber nichts sei im Alter schöner, als ein Zwillingsbruder. Ich frage, ob sie Lust hätten, in ein Altersheim für Zwillinge zu ziehen. Ja, ob es denn so etwas gäbe und wo? Nein, natürlich gibt es das nicht, aber vielleicht könnten meine Schwester und ich das eines Tages in die Hand nehmen und eins gründen. Sie lachen und meinen, es sei schade, daß wir noch nicht alt genug seien, um mit ihnen gemeinsam den Lebensabend verbringen zu können...

Wie meine Schwester und ich uns wohl mit achtzig auf so einem Treffen gefühlt hätten? Ob wir da überhaupt hingefahren wären? Hätten uns die vielen Zwillinge interessiert? Wie hätten wir den Trubel um uns wahrgenommen, dieses wie Zirkustierchen behandelt zu werden, mit dem Gefühl, alleine nichts wert zu sein. Kann man das mit achtzig besser ertragen?

Den Abschluß der Nacht bilden zwei Brüder aus München, um die Fünfzig, mit schneeweißem Haar. Es war gemunkelt worden, daß eine ganz besondere Überraschung bevorstünde. Die Bühne wird leergeräumt, Lautsprecher werden aufgestellt und das Publikum um Ruhe gebeten. Jetzt freue ich mich, mit meiner Schwester unter Zwillingen zu sein. Musik aus den 30er Jahren scheppert aus den Boxen, die Tür geht auf und zwei Herren mit silberglitzernden Hüten und blaufunkelnden Jacken, jeder einen schwarzen Stock in der Hand, tanzen klackend zum Rhythmus über das Parkett. Synchron bewegen sie ihre Köpfe und Körper von einer Ecke des Raums in die andere, werfen sie ihre Stöcke hoch, um sie wieder aufzufangen, lachen sie charmant ins Publikum. Eine professionelle Steptanz- Show. Wir sind verblüfft über die Perfektion und Leichtigkeit dieser beiden Tänzer. Als sie zum Ende der Musik sich gegenseitig ihre Hüte zuwerfen und sich verbeugen, bricht ein Schwall von Begeisterungs- und Zugaberufen über sie herein.

Die Brüder verkörpern für uns im Tanz die Harmonie und Vollendung, nach der sich auch wir Zwillinge sehnen. Hier können sich Disharmonie und Individualität zu einer Form vereinigen, die Fragen und Unverständnis ausschließt. Ein Zauber liegt über dem Moment, weil wir ahnen, daß Verstehen, Eins-Sein, Harmonie, Ein-Klang existieren können.

Zur Belohnung ihrer Vorführung bekommen die Tänzer den 1. Preis für Originalität: Holzteller mit echter Kärntner Handmalerei, eine Flasche Sekt und den größten und schwersten Pokal, den das Treffen zu vergeben hat.

Die Schiedsrichter auf der Bühne wirken nach mehrstündiger Konzentration auf die vielen Zwillingspaare sichtlich ermüdet. Ihre Schilder mit den Nummern, die für diesen Abend entscheidend waren, werden eingepackt. Der Conferencier, der die Zahlen ins Publikum gerufen hatte, scheint erleichtert, daß die Gewinner und Verlierer endlich feststehen.

dreimal die fünf und zweimal die vier und einmal die drei... viermal die zwei und einmal die fünf und zweimal die drei... und andere Kombinationen waren schicksalhaft in dieser Nacht der Eineiigen und wenigen Zweieiigen.

Wettkampfmüde fallen 120 Zwillingspaare in ihre Doppelbetten und schlafen in den letzten Morgen des 1. Internationalen Zwillingstreffens. Beim Frühstück werden dann Adressen getauscht, wird geschworen, daß man sich bald schreibt oder besucht, sich vergewissert, wie wunderbar es sei, Zwilling zu sein. Meine Schwester und ich packen Video und Tonband zusammen. Wir sind für unser Zwillings-Dasein um einige Erfahrungen und Anregungen reicher. Nach herzlichem Abschiednehmen, untermalt mit Kärntner Ziehharmonika, verlassen wir die Stätte der ›Doppelgänger‹ und freuen uns auf eine normale Umgebung.

Im Zwillingsforschungsinstitut in Rom

Rom, die Stadt der Zwillinge Romulus und Remus.
Über diese Brüder ist viel geschrieben worden, und es existieren mehrere Fassungen über die Gründung Roms. Hier folgende Version:
Romulus und Remus, von ihren Eltern ausgesetzt, wurden von einer Wölfin gesäugt und von dem Hirten Faustulus aufgezogen. Als sie groß, kräftig und alt genug waren, wollten beide eine Stadt gründen. Jeder hatte seine eigenen Anhänger und jeder wollte der neu erbauten Stadt seinen Namen geben. Die Brüder schworen, das Ergebnis davon abhängig zu machen, wer von ihnen zuerst eine Schar von Geiern sehen werde. Remus erblickte sechs Vögel, gleich darauf sichtete Romulus zwölf. Jeder nahm den Sieg für sich in Anspruch: Remus, der zuerst die Vögel gesehen hatte und Romulus, der die

meisten gesehen hatte. In dem Kampf, der zwischen ihnen ausbrach, wurde Remus getötet.

In einer anderen Überlieferung erschlug Romulus seinen Bruder Remus, weil dieser spottend über die Mauer gesprungen war, die er gerade angelegt hatte. Romulus war somit Gründer einer neuen Stadt, der er 753 v.Chr. den Namen ›Rom‹ gab.

Hier, in dieser Stadt befindet sich heute das einzige in Europa existierende Zwillingsforschungsinstitut. Es ist benannt nach Gregor Mendel und wurde 1953 von Professor Luigi Gedda gegründet. Meine Schwester und ich wollten im Sommer 1985 für ein paar Wochen in Rom den Urlaub verbringen und waren gespannt auf ein Institut, das sich seit Jahren ausschließlich mit unserem Phänomen befaßt. Wir hatten mit Professor Gedda Kontakt aufgenommen und einen Besichtigungstermin erhalten. Montagmittag, bei 40 Grad Hitze stehen wir vor einem unscheinbaren Haus aus den Fünfziger Jahren.

Eine junge, freundliche Frau öffnet die Tür und bringt uns ins Wartezimmer. Es ist still im Gebäude, lange Gänge mit verschlossenen Türen, ein Treppenhaus, das nach oben und in den Keller führt. Eine Rezeption, in der zwei Frauen sitzen und telefonieren. Der Professor kommt. Ein kleiner rundlicher Herr mit Glatze und weißem Kittel. »I love twins and this is the home of twins!« Zur Begrüßung klopft er uns kollegial auf die Schulter. Sind wir uns ähnlich genug? Er geht und kommt mit einem Fragebogen zurück, den sollen wir erst einmal ausfüllen.

Ein bißchen fühlen wir uns wie bestellte Ware, die vor dem Kauf erst noch geprüft werden muß. Wir bekommen *einen* Fragebogen zusammen! Unsere Namen? Eineiig? Eine Plazenta? Neun Monate? Uhrzeit? Wer ist zuerst geboren? Krankheiten? Zwillinge in der Familie? Beruf? Erkennungsmerkmale? Leben wir zusammen…? Und so weiter. Als wir fertig sind, kommt er mit einem neuen Fragebogen. Er braucht die genaue Genealogie unserer Familie. Wieder sitzen wir allein und brüten über unseren Ahnen, was uns fast zur Verzweiflung bringt. Wir wissen lediglich, daß es dreimal in unserer Verwandtschaft Zwillinge gibt, vielleicht besänftigt das den Professor, und wir werden von der Ausfüllerei erlöst.

Ein Photograph erscheint – auch er im weißen Kittel. Er bittet uns in einem Behandlungsraum für Patienten Platz zu nehmen. In einer Ecke, hinter einem Vorhang steht ein kleines weißes Bänkchen mit Markierungen. Darauf soll sich die Erstgeborene rechts und die andere links hinsetzen. Verstört blicken wir in die Kamera. Wieder ist ein Zwillingspaar auf Zelluloid gebannt. Der Photograph bedankt sich und bittet uns noch einmal vor das Büro des Professors. Auch hier ein Photo, diesmal ist das Profil entscheidend. Hintereinander stehend starren wir beide auf die gegenüberliegende Wand. Wann werden wir endlich das Institut besichtigen können? Wir waren an einer Aufnahme in die Akten überhaupt nicht interessiert, zumindest hätte man uns danach fragen sollen. Oder ist es für Zwillinge Ehrensache, katalogisiert zu sein?

Im Treppenhaus kommen uns Zwillinge entgegen. Ich fühle mich wie in einem Krankenhaus, wo sich Patienten begegnen. Verstohlen sehen wir uns an. »Ihr seid neu hier, was?« höre ich sie im Stillen sagen.

Der Professor beginnt mit der Führung. Die erste Tür, an der in Großbuchstaben ›RADIOAKTIV‹ steht, wird nicht geöffnet. Wir gehen so selbstverständlich weiter, daß wir vergessen, danach zu fragen. Im nächsten Raum stehen zwei Zahnarztstühle nebeneinander. Hierher kommen immer zwei Menschen, die zur gleichen Zeit am gleichen Zahn die gleichen Zahnschmerzen haben. Ob die Ärzte auch Zwillinge sind? Leider sprechen der Professor und wir so schlecht englisch, daß wir uns kaum verständigen können.

Neben jedem Stuhl liegt das gleiche Zahnarztbesteck. Die Ärzte können synchron behandeln. Durch jahrelange Untersuchungen an Zwillingen hat man herausgefunden, daß Zahnschäden erblich bedingt sind. Da eineiige Zwillinge identische Erbanlagen haben, müssen bei gleichen Gewohnheiten, wie zum Beispiel, daß beide gerne Bonbons lutschen oder sich selten die Zähne putzen, die gleichen Zahnprobleme auftauchen. Meine Schwester und ich haben ein verblüffend ähnlich aussehendes Gebiß. Unsere beiden linken Eckzähne stehen weit nach vorne, die gleichen Zähne sind von Karies befallen und Zahnfleischbluten ist bei beiden chronisch. Neben dem Zahnbehandlungsraum befinden sich die Akten. Hier sind Daten von etwa 1500 Zwillingspaaren gelagert, Ergebnisse von Zwillingskongressen, die alle fünf Jahre stattfinden und international besucht sind. Fakten über Paare, die jahrelang beobachtet und getestet wurden.

Zwillingsforschung, das hat für mich einen bitteren Beigeschmack. Ich denke an das Berliner ›Kaiser-Wilhelm-Institut für Anthropologie, menschliche Erblehre und Rassenhygiene‹ in Dahlem, von wo aus Josef Mengele und seine Mitarbeiter nach Auschwitz geschickt wurden, um ›Rassenforschung‹ speziell an Zwillingen zu betreiben. Mengele suchte sich auf der Rampe des Nebenlagers Birkenau eineiige Zwillinge aus den ankommenden Deportierten-Transporten heraus. Er infizierte Hunderte von ihnen mit Typhus und anderen Krankheitserregern, um zu beobachten, wie gleichartig oder verschieden die Erkrankungen bei einem Paar verliefen.

Andere Zwillinge dienten zu Sterilisationsversuchen, die meist zu tödlichen Abszessen führten. Diejenigen, die für Versuche nicht mehr kräftig genug waren, wurden von Mengele mit Phenolspritzen getötet – Zwillinge als ›lebende Laboratorien‹?

Der Professor, der vor uns im weißen Kittel, mit einem Aktenordner unter dem Arm durch die langen Gänge mit den verschlossenen Türen geht, scheint mir auf eine merkwürdige Weise verdächtig.

Bin ich paranoid? Als Zwilling hat man allen Grund dazu. »I love twins«; was finden die Forscher so liebenswert an uns?

Im nächsten Zimmer stehen an der Fensterfront zwei hochgeschraubte Holzstühle. Sie sind beide mit herunterhängenden Ledergurten, zum Anschnallen, versehen. Daneben zwei Behandlungsliegen, überzogen mit strahlend weißen Bettbezügen. In zwei kleinen Schränkchen, Arztbesteck in doppelter Ausführung, Geräte, Apparate jeglicher Art.

Jeder Zwilling, der Mitglied dieses Forschungsinstitutes ist, kann sich hier umsonst behandeln lassen.

Ich wundere mich, daß es so viele Zwillinge zu geben scheint, die sich dankbar der Wissenschaft als ›Material‹ zur Verfügung stellen. Wir gehen in den Keller. Hier befindet sich eine Kapelle für Zwillinge. Ein kleiner weißer Raum mit hellen Holzbänkchen, die in Zweier-Gruppen angeordnet sind. Hier wird also immer zu zweit gebetet? Auf dem Altar eine Figur des ›Heiligen Thomas‹. Der Professor erzählt uns dazu folgendes: In der Bibel wird Thomas an manchen Stellen ›Didymos‹ genannt, das griechische Wort für Zwilling. In der Heiligen Schrift ist aber von einem Zwillingsbruder nie die Rede. Bekanntlich war es Thomas, der nicht eher an Jesus glaubte, bevor er nicht seine Finger in dessen Wunde gelegt hatte. Im Johannesevangelium, Vers 24-29 kann man lesen:

Thomas aber, der Zwilling genannt wird, einer der Zwölf, war nicht dabei, als Jesus seine Wundmale gezeigt hatte. Da sagten die anderen Jünger zu ihm: Wir haben den Herrn gesehen. Er aber sprach zu ihnen: »Wenn ich nicht in seinen Händen die Nägelmale sehe und meine Finger in die Nägelmale lege und meine Hand in seine Seite lege, so kann ich's nicht glauben.« Als Jesus dazu kommt, spricht er zu Thomas: »Reiche deinen Finger her und sieh meine Hände und reiche deine Hand her und lege sie in meine Seite und sei nicht ungläubig, sondern gläubig!« Thomas antwortete und sprach zu ihm: »Mein Herr und mein Gott!« Spricht Jesus zu ihm: »Weil du mich gesehen hast, Thomas, darum glaubst du. Selig sind die, die nicht sehen und doch glauben!«

Seitdem wird Thomas, der Zwilling, der Ungläubige genannt. In den syrischen Thomas-Akten, die zu den apokryphen Schriften des Neuen Testaments gehören, wird Thomas mehrfach als Zwillingsbruder *Jesu* genannt. Thomas war also kein Zwilling ohne Partner, sondern der Zwilling schlechthin, der Zwilling, dessen Ebenbild nirgendwo sonst als in Gott zu suchen ist? Ich frage nach dem Zusammenhang von Zwilling und Ungläubigkeit. »Zwillinge sind mißtrauisch, aus gutem Grund. Ihre besondere Schwierigkeit besteht darin, nie genau zu wissen, wer sie sind. Man hat herausgefunden, daß Zwillingskinder sich nicht im Spiegel erkennen können, sie halten ihr Spiegelbild für ihren Zwilling. Durch die Anwesenheit eines realen Doppelgängers brauchen Zwillinge länger zum Aufbau ihres Selbstbildes. Da sie an sich selber zweifeln, trauen sie auch ihrem Gegenüber nicht.«
Neben dem Altar steht auf einem Stativ ein großes Gemälde: eine Beerdigung. In einem geöffneten Sarg, der von zwei gleich aussehenden Männern getragen wird, liegen zwei junge Menschen fried-

lich nebeneinander: Zwillinge. Ihre Gesichtszüge gleichen sich im Tod so, daß man denken könnte, es handle sich um *eine* Person. Zwei Frauen tragen pietätvoll die Totenkissen. Das Grab ist doppelt so groß wie üblich. Eine trauernde, doch zufriedene Gemeinde: die Zwillinge sind im Tod endgültig vereint.

Wir durchqueren den Keller und kommen an eine Eisentür. »Und hier habe ich noch ein kleines Museum.« Der Professor öffnet die Tür. Wir stehen in einem niedrigen Gewölbe und es riecht muffig und streng. Ich ahne, was uns erwartet. Als das Licht angedreht wird, halte ich den Atem an. In einem dunklen Holzregal stehen, wie in einer Speisekammer, große Einmachgläser. Erschütterndes Anschauungsmaterial: in Formalin eingelegte Siamesische Zwillinge. An einem Kopf hängen zwei kleine Körper. Ein Zwilling, der seinen zweiten Teil als Geschwulst mit sich trägt. Ein Rumpf mit vier Armen und vier Beinen und zwei Köpfen. Ein Fötus, dem aus der Brust ein zweiter Oberkörper herausgewachsen ist… Siamesische Zwillinge, die als Totgeburten auf die Welt kommen, sind heute immer noch häufiger als die, die überleben.

Die Brüder aus Siam, Chang und Eng Bunkes, am 11. Mai 1811 in der Stadt Maklong, dem heutigen Thailand geboren, waren über einen fleischigen Strang miteinander verwachsen. Sie sollten als die ›Siamesischen Zwillinge‹ weltbekannt werden. Von ihrer Mutter, die außerdem noch sieben gesunde Kinder gebar, wurden sie jahrelang versteckt gehalten, weil dem König von Siam großes Unglück bei der Geburt mißgebildeter Kinder geweissagt worden war. Als Chang und Eng acht Jahre alt waren, starb der Vater und einige Geschwister an einer Cholera-Epidemie. So mußten die Brüder früh lernen, sich selbst zu versorgen. Beim Fischfang gelang es ihnen, gemeinsam zu rudern, wobei ihnen die enge Verbindung ihrer Körper sogar nützlich war. Sie begannen einen kleinen Handel, wo sie unter anderem selbst hergestelltes Kokosöl und gezüchtete Enten verkauften.

Mit 16 wurden die Zwillinge von einem englischen Schiffskapitän gekauft und nach USA gebracht, wo sie als Weltwunder auf Rummelplätzen und Jahrmärkten vorgeführt wurden. 1843 heirateten sie die Schwestern Sarah und Adelaide, Töchter eines amerikanischen

Pfarrers. Sie kauften sich gemeinsam eine Farm in North-Carolina. Chang zeugte zehn Kinder und Eng wurde Vater von 11 Kindern. 1974 lebten 277 Nachkommen der Brüder in den USA.

Wir fragen den Professor, ob er Siamesische Zwillinge kennt. Er verneint die Frage, aber wenn wir daran interessiert seien, könne er uns Adressen heraussuchen, denn in Italien gäbe es bestimmt einige.

Ich frage mich, ob mein Interesse mehr als Sensationsgier ist. Ich, die ich Voyeurismus seit Kindheit kenne, bin selbst davon nicht frei. Was sind das für Menschen, die nicht nur seelisch miteinander verwachsen sind, sondern auch körperlich. Die Zusammengehörigkeit als Makel, als Krankheit erleben müssen.

Was wäre, wenn meine Schwester und ich...?

Kein Ortswechsel wäre mehr möglich, ohne die Anwesenheit eines zweiten Körpers, keine Nacht ohne den zweiten Atem, keine Bewegung ohne Absprache und Kontrolle, keine Mahlzeit ohne Mitesser oder Zuschauer... auf der Toilette... Sex...?

Als Chang und Eng auf einer Europa-Reise auch nach Berlin kommen, wurden sie hier lange und gründlich von Rudolf Virchow untersucht.

1870 schrieb er über sie unter anderem:

Alles an Chang und Eng ist harmonisch, nicht bloß im Aussehen und Bau, sondern auch in den Verrichtungen: die Herzbewegungen, die Bewegungen des Körpers gehen so übereinstimmend vor sich, daß es scheint, als ob sie nur durch *einen* Willen bestimmt würden. Sie erzählten mir, daß sie auf die Jagd gingen, und als ich sie frage, was sie da machten, erhoben beide zugleich ihre Arme in Schußstellung, so plötzlich, als wenn eine elektrische Bewegung in sie gefahren wäre...

Diese Harmonie und Einheit hat immer wieder verschiedene Geister gerührt und sie zu den unterschiedlichsten Spekulationen verführt. Im Mittelalter war man ernsthaft davon überzeugt, daß Zwillinge eine gemeinsame Seele besitzen. Man fragte sich aber, wie das in der jenseitigen Welt aussehen würde, wie Zwillinge dort nach ihrem Tode erschienen. Was war, wenn ein Individuum ein Verbrechen begangen hatte und deshalb zur ewigen Höllenstrafe verurteilt werden mußte. Hatte der Zwilling ihm notgedrungen zu folgen? Wie würde die göttliche Gnade verteilt werden?

Diese Fragen eines Mediziners erscheinen mir heute, wenn ich an das Zwillingstreffen zurückdenke, gar nicht sonderlich exotisch. Wurden doch meine Schwester und ich dort als Zwillingsverräter beschimpft, stand die Frage nach einer Seele bei zwei Menschen immer noch im Raum, zählte nicht das Individuum, sondern das Paar: zu zweit war man eine Einheit, ein Herz und eine Seele.

1933 schrieb Bertolt Brecht in Paris ein Stück, in dem Siamesische Zwillinge aus ihrem Leben erzählen:

Meine Schwester ist schön, ich bin praktisch.
Sie ist etwas verrückt, ich bin bei Verstand.
Wir sind eigentlich nicht zwei Personen, sondern nur eine einzige.
Wir heißen beide Anna; wir haben eine Vergangenheit und eine Zukunft,
ein Herz und ein Sparkassenbuch,
und jede tut nur, was für die andere gut ist.
Nicht wahr, Anna?
Ja, Anna.

Im Institut sitzen meine Schwester, ein Dolmetscher und ich im Büro des Professors, um mit ihm ein Interview zu führen. Auf seinem Schreibtisch steht ein Ei aus Metall, unteilbar, als Briefbeschwerer. Regale sind voll mit Literatur über Zwillinge in verschiedenen Sprachen. Da würde ich mich gerne bedienen…

Ich frage: »Was interessiert Sie persönlich an Zwillingen, wie kamen Sie dazu, dieses Institut zu gründen?«

Vielleicht hat er einen Zwillingsbruder oder seine Frau ist im Sternzeichen des Zwillings geboren oder er hat Töchter, die Zwillinge sind oder… Nein, er ist Genetiker, Arzt, interessiert sich für das Verhältnis von Vererbung und Umwelt.

In groß angelegten Forschungsprojekten werden Zwillinge beobachtet und Daten über ihr Leben gesammelt. Wie unterschiedlich entwickeln sich Zwillinge, wenn sie getrennt leben, einer zum Beispiel verheiratet ist und der andere alleine lebt. Wie wirken sich unterschiedliche Berufsausbildungen auf die Zwillinge aus, wie verändern sie sich, wenn sie in unterschiedlichen Städten leben.

34

Ganz besonderer Aufmerksamkeit dürfen sich Zwillinge erfreuen, wenn sie getrennt aufgewachsen sind, es also mit unterschiedlichen Bezugspersonen und Umgebungen zu tun hatten.

Tausende von Fragebögen sind ausgefüllt und archiviert worden. Noch ist man zu keinem eindeutigen Ergebnis gekommen. Wird man jemals klären können, wie groß der Anteil der Umwelt ist, die uns prägt, wieviel Einfluß die Informationen in unserem Erbgut auf unsere Entwicklung haben? Was werden diese Ergebnisse mit sich bringen?

Was die Forscher an uns Zwillingen ›lieben‹, ist die völlige Gleichheit unserer genetischen Ausstattung, sie gibt der Wissenschaft die Möglichkeit, an uns herumzuexperimentieren.

Bereits 1876 erschien das Buch des englischen Wissenschaftlers Francis Galton: »Die Geschichte der Zwillinge als Kriterium der relativen Einflüsse von Anlage und Umwelt.«

Dieses Buch hat die Erbforschung eingeleitet und Francis Galton gilt heute als Vater der ›Humangenetik‹.

Die identische Reproduktion der genetischen Substanz eines Menschen, von der Natur bei eineiigen Zwillingen vorgeführt, wird von Aldous Huxley in seinem 1932 erschienenen Buch »Schöne neue Welt« mit den erschreckenden Konsequenzen dargestellt. In großen Menschenfabriken werden nach einheitlichen genetischen Modellen Menschen verschiedener Kasten, vom elitären Alpha-Menschen bis zum stumpfen Epsilon-Arbeiter, herangezüchtet. »Schöne neue Welt« ist eine Welt, in der genetisch identische Menschen nicht die Ausnahme, sondern die Regel sind. Heute gehört die Reproduktion von Lebewesen bereits zu den Möglichkeiten der Biologie.

1972 klonierten Wissenschaftler Frösche: in eine entkernte Froscheizelle wurde der Zellkern einer normalen Darmzelle des Frosches eingesetzt. Daraus entwickelten sich geschlechtsreife Frösche...
Auf diese Weise könnten prinzipiell unzählige, absolut identische Kopien eines Lebewesens hergestellt werden.

Auch an Eizellen von Säugetieren wurden schon gentechnische Experimente durchgeführt. Amerikanische Wissenschaftler schleusten das Gen für ein Ratten-Wachstumshormon in die befruchtete Eizelle einer Maus ein. Das Resultat: Die berühmte ›Riesenmaus‹.

Jede Zelle eines lebenden Organismus enthält die vollständige genetische Information zur Rekonstruktion des gesamten Lebewesens. Gentechnische Methoden werden bereits beim menschlichen Erbgut eingesetzt, beispielsweise können Mediziner mit Hilfe der Genanalyse direkt am Erbmaterial Gesundheitsrisiken und Erbkrankheiten ›ablesen‹. So bei einer Untersuchung in Amerika an schwarzen Arbeitnehmern. Bei wem Erbkrankheiten gefunden wurden, der mußte höhere Versicherungsbeiträge zahlen, wurde versetzt oder verlor seine Tätigkeit.

Mit Hilfe neuester Tiefkühltechnik kann man heute die Entwicklung eines Embryos, von den Ärzten ›frostie‹ genannt, für Monate oder Jahre anhalten. So können eineiige Zwillinge erzeugt werden, die durch ihr Lebensalter – gerechnet von ihrer Geburt an – um Jahre oder Jahrzehnte getrennt sind. In Australien wurden 1981 die ersten Retortenzwillinge, ein Jahr später Retortendrillinge und -vierlinge geboren. Die Mehrlingsschwangerschaften waren allerdings nicht geplant, sie waren eher ein Versehen der Medizin: man hatte der ›Leihmutter‹ sicherheitshalber mehrere Embryonen eingepflanzt.

Zwillinge waren die ersten Untersuchungsobjekte für die Erb- und Genforschung, werden ›identische‹ Menschen das Ergebnis sein?

Bei vielen Naturvölkern gilt heute noch die Geburt von Zwillingen als drohendes oder glückbringendes Zeichen.

Ihre Geburt wird dem unmittelbaren Wirken von Göttern oder Dämonen zugeschrieben.

Welchen Göttern oder Dämonen werden die Zwillinge der Zukunft ihr Leben verdanken müssen?

Rita Haberkorn

Von Mythen und Medien beeinflußt

Wie bei Zwillingen ...

»Heute ziehen wir uns als Zwillinge an«, sagen die beiden und suchen gleiche Kleidung aus dem Schrank. Sind sie erst dann wirklich Zwillinge, wenn sie gleich gekleidet sind?

Als Hannah und Jonathan im Kindergartenalter waren, hatten sie keine gleiche Kleidung mehr. Sie kannten aber zwei Zwillingspaare aus dem Kindergarten, die immer gleich gekleidet auftraten. Nun kauften wir im Winter Stiefel. Und weil es keine verschiedenen Ausführungen in diesem Geschäft gab, bekamen sie beide die gleichen. Sie unterschieden sich nur in der Größe. Beide hatten natürlich die neuen Schuhe gleich auf dem Heimweg anbehalten. Im Auto besahen sie sich ihre neue Fußbekleidung. Und plötzlich meinte Hannah zu Jonathan: »Sieh mal, wir haben ja die gleichen Schuhe an! Wie bei Zwillingen.« Natürlich wußte sie, daß sie und ihr Bruder Zwillinge sind. Aber Zwillinge sein und wie Zwillinge aussehen – das ist offenbar doch etwas sehr Verschiedenes!

Diese besondere Paarung zweier Menschen wird von einem Mythos umgeben, der von bestimmten Normen, Werthaltungen und Vorurteilen geprägt ist. Die Untersuchungen solcher Mythologien sagen etwas darüber aus, welches Ansehen Zwillinge innerhalb ihres kulturellen Umfeldes früher eingenommen haben oder heute noch einnehmen.

Die göttlichen Zwillinge

In der Bronzezeit des Nordens trat im gesamten indogermanischen Bereich nachweisbar ein besonderer Zwillingskult hervor. Bei den Funden der nordeuropäischen Bronzekultur herrscht in auffallender Weise die ›Zweizahl‹ vor. Pferde, Schwäne, Sonnenräder, Äxte und Schiffe treten verdoppelt auf.

Die indogermanischen ›Zwillinge‹ sind Lichtgötter, jung, ritterlich und hilfsbereit, die wahren Nothelfer. Sie finden sich schon im indoarischen Götterkreis und heißen dort Násatyas und Asvins. Bei den späteren Germanen lautet der Name Alcis. Tacitus beschreibt ihren Kult in einem heiligen Hain der Nahanarvalen (vermutlich Schlesien). Auch bei den Letten und den Kelten finden sie sich. In Griechenland schließlich hießen sie Dioskuren, Kastor und Polydeukes, bei den Römern wurde letzterer dann Pollux genannt.[1] Kastor und Pollux standen Pate bei der Namensgebung des Sternbildes der Zwillinge.

Die Anfänge dieses Zwillingskults liegen im Dunkeln. Es sind stets gottähnliche Jünglinge, die hilfreich zur Stelle sind, wenn irgend jemand ihrer bedarf. Die aus den Mythen wohl bekanntesten Zwillinge sind Romulus und Remus, die Stadtgründer Roms, Kinder des Mars und der Vestalin Rea, die nach der Sage von einer Wölfin gesäugt wurden.

Auch in den ältesten heiligen Schriften der Inder nehmen Zwillingsgötter einen hohen Rang ein. Sie werden in der Regel als heldenhafte, unzertrennliche Beschützer der Armen beschrieben, mit besonderen Fähigkeiten begabt, Wunder zu vollbringen.[2]

Karcher hat eine umfangreiche und die wohl aktuellste Arbeit über die wesentlichen Zusammenhänge und Quellen zur Zwillingsforschung in den verschiedenen Kulturepochen zusammengefaßt.

Zwillinge in der Bibel

Da ist die Rede von Thomas, dem Zwilling, der in einigen Quellen des Neuen Testaments sogar als Zwillingsbruder Jesu genannt

wird.[3] Der bibelkundige Leser wird die bekanntesten Zwillinge des Alten Testaments kennen, die Brüder Jakob und Esau, die Söhne von Isaak und Rebekka. Ihnen versprach der Herr:
Zwei Völker sind in deinem Leib, und zweierlei Leute werden sich scheiden aus deinem Leibe; und ein Volk wird dem anderen überlegen sein, und der Ältere wird dem Jüngeren dienen. Da nun die Zeit kam, daß sie gebären sollte, siehe, da waren Zwillinge in ihrem Leib. Der erste, der herauskam, war rötlich, ganz rauh wie ein Fell; und sie nannten ihn Esau. Dernach kam heraus sein Bruder, der hielt mit seiner Hand die Ferse des Esau; und die hießen ihn Jakob. (Mos. 25)
Jakob kaufte Esau das Erstgeburtsrecht um ein Linsengericht ab, erschlich sich schließlich von seinem blinden Vater das Erstgeburtsrecht, mußte vor Esau fliehen, wurde später von einem Engel geprüft, und nach der Versöhnung mit Esau wurde Jakob der Stammvater des Volkes Israel.

Bei den Naturvölkern

Je nachdem, welchen Geistern mehr Einfluß für die Entstehung der Zwillinge zugeschrieben wurde, so entschied man über deren Schicksal. Entweder verehrte man sie als Menschen mit übersinnlichen Kräften, oder man tötete beide mit der Mutter, den Zweitgeborenen oder das Mädchen in dem Paar unmittelbar nach der Geburt.
Jede Abweichung von den gewohnten Regeln von Zeugung, Schwangerschaft und Geburt wird von primitiven Völkern dem unmittelbaren Wirken von Göttern und Dämonen zugeschrieben. Die Anschauung, daß einer der beiden Zwillinge keinen menschlichen Vater habe, sondern von jenseitigen Kräften gezeugt sei, ist vielen Naturvölkern gemeinsam und läßt sich auch in den Mythologien der abendländischen Völker nachweisen.[4]
Bei afrikanischen Stämmen gab es teilweise die Auffassung, Zwillinge könnten zaubern. Aus ihnen gingen Medizinmänner hervor. Karin von Schlieben-Troschke[5] weist auf Untersuchungen von Zaz-

zo (1960) hin, nach denen nicht nur religiöse Gründe die Ablehnung eines zweiten Kindes legitimierten. Zazzo fand auch ökonomische Gründe, die zum Beispiel bei den Nomaden in Paraguay es einer Frau unmöglich machen, mehr als ein Kind zu tragen und zu pflegen, weil sie härteste Arbeit leisten muß. Oder auch afrikanische Pygmäen, die, um ein Kind richtig zu stillen, lieber das zweite töten.[6]

Die religiös begründeten Mythen um Zwillinge tangierten immer auch das Schicksal der Zwillingsmutter. Auch sie genoß Ansehen, wurde verstoßen oder gar getötet, je nach der Bedeutung der Zwillingsgeburt in dem jeweiligen Kulturkreis.

Beispiele aus der klassischen Literatur

Shakespeare, selbst Vater von Zwillingen, thematisierte in »Komödie der Irrungen« eine Geschichte um Verwechslungen und Trennung, bis schließlich das Stück nach entsprechenden Verwicklungen endet: Die Zwillingseltern finden sich wieder und sind glücklich vereint.

Zehn Jahre später schreibt Shakespeare die Komödie »Was ihr wollt«, in der am Ende der Zwillingsbruder seiner Schwester, die sich in einer verzwickten Lage befindet, heraushilft und beide jeweils glückliche Liebesbeziehungen eingehen können.

Karcher hat herausgefunden, daß vor allem im französischen Rokoko-Theater des 18. Jahrhunderts Verwechslungskomödien mit Zwillingen fast zu einer eigenen Form des Lustspiels heranreiften. Allein über 30 Zwillingsdramen sollen aus dieser Zeit stammen.

Anders ist das Motiv des Dramas »Die Zwillinge« von F.M. Klinger, einem Freund Goethes. Hier wird ein haßerfüllter Wettstreit der Zwillingsbrüder zu einer Familienfehde, die über Generationen ausgetragen wird. Als weiteres Beispiel aus der vielfältigen Zusammenschau bei Karcher sei Richard Wagners »Walküre« aus dem »Ring der Nibelungen« genannt. Hier erscheinen die Zwillinge Siegmund und Sieglinde als die Eltern Siegfrieds. Die Zwillinge, die in früher Kindheit getrennt waren, verlieben sich sofort bei ihrer

Wiederbegegnung. Als Rache für diese Liebe müssen sie beide kurz nach der Geburt von Siegfried sterben.

Zwillinge im Märchen

Zwei Märchen der Gebrüder Grimm haben dieses Motiv zum Thema. »Die zwei Brüder« handelt von Zwillingsbrüdern, die im Wald ausgesetzt und von einem Jäger erzogen werden. Später erhält der eine als Dank für seinen Sieg über einen Drachen, der das Land zu verwüsten drohte, die Königstochter und wird selbst König. Als eine Hexe ihn in Stein verwandelt, wird er von seinem Bruder befreit. Die Ähnlichkeit der Zwillinge wird in dieser Handlung nur einmal genutzt, als der Bruder des Königs nämlich einige Nächte in dessen Bett neben der Königin verbringt, die den Tausch aber nicht bemerkt. Ihren Mann fragt sie aber später, warum er für einige Nächte ein zweischneidiges Schwert in das Bett gelegt habe. Der König aber erkannte daran die Treue seines Bruders.

Ganz ähnlich ist das Märchen »Goldfinger« aufgebaut. Dort fängt ein armer Fischer einen goldenen Fisch, den er auf dessen Befehl hin in sechs Stücke zerteilt. Zwei davon ißt seine Frau, zwei die Stute und zwei vergräbt er im Garten. Daraufhin bekommt seine Frau Zwillinge, die Stute wirft zwei Fohlen, und im Garten wachsen zwei Lilien. Einer der beiden Jünglinge wird später von einer Hexe versteinert und von dem Bruder erlöst.

Aktuelle Literatur

Als traditionelle Zwillingsliteratur ist vor allem »Das doppelte Lottchen« bekannt. In diesem Roman von Erich Kästner werden die beiden Mädchen durch die Scheidung der Eltern früh getrennt, treffen sich aber zufällig in einem Kinderheim und können schließlich die Eltern zur Versöhnung bewegen. Kästner schrieb ebenfalls die Geschichte »Emil und die drei Zwillinge«. »Professors Zwillinge« (Autorin Else Ury, früherer Titel »Bubi und Mädi«[7]) wurde meinen jüngeren Schwestern schon vor 20 Jahren vorgelesen. Bubi und Mädi sind sich äußerlich sehr ähnlich und die Umwelt gerät durch ihr Auftreten immer wieder in Begeisterung. Trotz aller äußerlichen Ähnlichkeiten und der besonderen Liebe der beiden zueinander, ist Bubi ein richtiger Junge, der allezeit Lausbubenstreiche im Kopf hat und mutiger als seine Schwester auch einmal die Verbote der Eltern überschreitet. Mädi ist ein typisches Mädchen, ängstlich, eher angepaßt. Sie helfen sich mit ihren je geschlechtsspezifischen Eigenschaften und Stärken gegenseitig. Ebenso wie die stereotype Betrachtungsweise des typisch jungenhaften und typisch mädchenhaften Verhaltens wird auch der die Zwillinge umgebende Mythos gezeichnet. Die gutbürgerliche Familie mit Dienstpersonal lebt in einer heilen Welt, die Zwillinge selbst betonen immer wieder ihren Zwillingsstatus im Sinne von »wir sind doch gleich, weil wir Zwillinge sind«, von ihrer Umgebung werden sie darin bestätigt, und so verstärken sie wechselseitig diesen Mythos, der wie ein roter Faden in drei Büchern Bubi und Mädi vom Kleinkind bis zur Partnerwahl begleitet. Ich habe meinen damals sechsjährigen Zwillingen einen Teil der Geschichte vorgelesen. Sie fanden es spannend zu erfahren, wie vergleichbare Zwillinge in einer Geschichte leben. Auch wenn sie immer wieder feststellten, daß die Wirklichkeit ganz anders aussieht, daß es eben nicht stimmt, daß Zwillinge gleich sind, sie sich auch nicht in Bubi und Mädi wiederfinden konnten – es war für beide eine faszinierende Sache, daß sich eine Autorin eine Geschichte über einen Jungen und ein Mädchen ausgedacht hat, die wie sie selbst als Zwillinge geboren wurden.

Erst in den letzten Jahren erschienen neben der Literatur, in der sich vor allem Eltern gegenseitig Informationen, Anregungen und Hilfen vermitteln[8], immer häufiger Zwillingsschicksale zum Teil in Romanform verarbeitet. Dabei sind zentrale Themen der Konflikt der Individualität bei gleichzeitiger besonderer Nähe, die nicht gelungene Loslösung vom Zwillingspartner oder die Trauer nach dem Verlust des selbständig gewordenen oder verstorbenen Zwillingspartners.

So ist auch das durch die Presse besonders bekannt gewordene

Schicksal der englischen Zwillingsschwestern June und Jennifer Gibbons ein Beispiel für die extreme Isolation und ihre Folgen, weil sie sich der Umwelt verschließen. Die bekannte englische Journalistin Marjorie Wallace hat deren Geschichte als biographische Dokumentation verfaßt, die sich wie ein Roman liest.[9] June und Jennifer sind das Beispiel einer extrem symbiotischen Beziehung, sie können kaum ihr Zusammenleben ertragen, aber auch nicht getrennt voneinander existieren. Sie schotten sich durch ihr Schweigen von der Außenwelt ab, schaffen sich ihre eigene Welt. Im Jugendalter entdecken sie ihre Neigung zur Literatur, sie veröffentlichen Gedichte und Romane, geraten später in ihren ersten Kontakten zu jungen Männern auf kriminelle Wege und landen schließlich 1981 für unbestimmte Zeit in der Psychiatrischen Klinik in Broadmoor.

Barbara Noack schildert in ihrem Roman »Der Zwillingsbruder«[10] die Geschichte von Dagmar, die mit zehn Jahren durch den Krieg ihren Zwillingsbruder verlor, mit dem sie bis zu diesem Zeitpunkt unzertrennlich und vergnügt in Hamburg lebte. Sie baut sich in ihrer Trauer eine Traumwelt auf, und auch der französische Zwangsarbeiter Laurent, den sie in ihrer neuen Heimat kennenlernt, kann sie trotz der sich anbahnenden engen Freundschaft kaum aus ihrer Trauer um den Bruder herausholen. Als sich aus der Freundschaft die große Liebe zu entwickeln beginnt, endet sie noch vor ihrer Vollendung mit einer großen Enttäuschung. Als sie von seiner bisexuellen Neigung und seiner langjährigen Freundschaft mit einem Mann erfährt, beendet sie abrupt die Verbindung. Dagmar ist tief verletzt und fühlt sich wie damals nach dem Bombenangriff nicht als Gewinnerin sondern als Überlebende. Sie heiratet später einen Flugkapitän und wird Mutter von Zwillingsmädchen. Die Beziehung zu Laurent wandelt sich, ihre Gefühle für ihn bleiben als tiefe seelische Beziehung unzerstörbar und lebensbestimmend. Laurent hat den Platz des verlorenen Zwillingsbruders eingenommen.

Barbara Noack gibt den Zwillingen nicht nur verblüffend ähnliche Namen, sie läßt sie auch, solange sie von Dag und Dagmar als den Zwillingen spricht, als zwei jungenhafte sich im Wesen kaum unterscheidende Kinder auftreten, die Innigkeit und Harmonie lieben.

Anders ist es bei Katherine Patersons Hauptfiguren in »Aber Jakob habe ich geliebt«[11]. Nur das Titelbild läßt erahnen, daß es sich wohl um eineiige Zwillinge handeln muß. Die Geschichte ist der Kampf einer sich ständig unterlegen und benachteiligt fühlenden Zwillingsschwester im Kampf um die gleiche Aufmerksamkeit und Akzeptanz, wie sie der Schwester zuteil wird. Erst als sie sehr spät von der Mutter erfährt, wie sehr auch die mütterliche Liebe ihr gehört, kann sie für sich diesen inneren Kampf und Konflikt bewältigen und sich von zu Hause lösen, um Verantwortung für ihr eigenes, von Schwester und Eltern unabhängiges Leben zu übernehmen.

Louise und Caroline haben von Geburt an mit unterschiedlichen Startbedingungen das Leben begonnen und Caroline als die ewig Kränkelnde und Zarte alle Aufmerksamkeit und Sorge auf sich gezogen. Während Louise den Jungen in der Familie zu ersetzen versucht, um sich über ihre Unentbehrlichkeit bei der Mithilfe des täglichen Krabbenfangs Zuwendung und Anerkennung zu verschaffen, ist die zarte Caroline der Mittelpunkt aller Aufmerksamkeit durch ihre ausgeprägte musische Begabung. Louise hadert wegen dieser Benachteiligung mit der Welt und fühlt sich unverstanden. Als Caroline in New York eine teure Gesangsausbildung erhält und zu allem Überfluß Louises einzigen Kameraden und Freund aus der Kinderzeit auf dieser Fischerinsel heiratet, den auch Louise zu lieben glaubt, sieht diese für sich keine Zukunft mehr. Nur langsam begreift sie, daß es in ihrer Hand liegt, dem eigenen Leben einen Sinn zu geben. Ein Buch nicht nur für Zwillinge.

Über früh getrennte Zwillingsschwestern schreibt auch Afsaneh Eghbal in ihrem Roman »Als der Mond sein Gesicht verbarg«[12]. Die bürgerlich europäisch lebende Erzählerin gelangt auf der Suche nach ihrer Schwester zu einem afrikanischen Volk, das reich an Mythen das Leben und die eigene Kultur gestaltet. Sie versucht zu verstehen, warum ihre Zwillingsschwester einen Selbstmordversuch unternommen hat, was es heißt, so nah verwandt und doch ganz anders zu sein.

Zwillinge im Fernsehen

Während die Literatur zentrale Probleme wie den Kampf um Akzeptanz und Individualität aus Entwicklungsgeschichten von Zwillingen in Romanen verarbeitet, und damit der Realität weit näher kommt als es Kästner und Ury mit der Vermarktung des Mythos gelungen ist, zeigt das Fernsehen als wichtigster Informations- und Meinungsträger Zwillinge noch überwiegend unter dem Aspekt ›Attraktion‹ und ›Verwechslungsgeschichten‹ beispielsweise in Spielfilmen.

Natürlich fallen uns zuerst die berühmten Kessler-Zwillinge ein, die es mit einem gewissen Showtalent geschafft haben, ihre Gleichheit und (gespielte?) Harmonie erfolgreich zu vermarkten. Auch die Werbung setzt in immer neuen Spots täuschend ähnliche Zwillinge ein.

Die in einigen Ländern bekannten Zwillingstreffen, die natürlich auch über das Medium Fernsehen Verbreitung finden, dienen ebenfalls dazu, nicht nur die äußerliche Gleichheit zu demonstrieren, sondern auch die innere Harmonie und Seelengleichheit, zur Show zu stellen. Zweieiige Zwillinge sind dabei zwar willkommen, bleiben aber Randfiguren, weil sie die Reinheit des Mythos stören, allein aus biologischen Gründen der größtmöglichen Nähe von Zwillingen nicht entsprechen.

Ich möchte mich hier auf Kindersendungen beschränken, weil auch das Meinungsbild der Kinder als Spielkameraden von Zwillingen und natürlich auch von Zwillingen selbst zur Aufrechterhaltung des Mythos beiträgt.

Gleich in drei Kindersendungen wird dieser Mythos ungefragt übernommen. In der beliebten Sendung »Hallo Spencer« sind es Mona und Lisa, die niemals auseinandergehalten werden können, selbst aber nicht nur in Harmonie miteinander leben. Die Gebrüder Erbenstein in der Sendung »Katze mit Hut«, gespielt von der Augsburger Puppenkiste, sind nicht nur absolut identisch, sie karikieren dies geradezu noch durch ihr zeitgleiches Sprechen. Es scheint, als wäre einer der beiden zweimal da. Ähnlich wie Mona und Lisa in »Hallo Spencer« sind auch Zwideldi und Zwideldum absolut gleiche Zwillinge, die in der Serie »Alice im Wunderland« gegenüber Dritten immer zusammenhalten, auch wenn sie untereinander nicht immer einer Meinung sind.

Umwelt – Eltern – Zwillinge – sie reichen sich den Mythos weiter

Die Gesellschaft hält also sowohl für die Erwachsenen wie auch für die Kinder mehr oder weniger unbefragt den Zwillings-Mythos bereit. Ist es verwunderlich, daß Zwillinge und ihre Eltern davon geprägt sind? Eltern halten ihn aufrecht, wenn sie sich dadurch Wiedergutmachung für besondere Belastungen oder die Belebung eigener narzißtischer Gefühle erhoffen. Die Kinder selbst verinnerlichen ihn oftmals derart, daß sich die Eltern mit ihrer Verantwortung hinter dem Wunsch der Kinder nach Gleichheit und enger Bezogenheit auf den Zwilling verstecken können. Wenn zum Beispiel Steffi und Susi im Vorschulalter so lange weinen, bis sie von Kopf bis Fuß gleich gekleidet sind, ist zu vermuten, daß diese auch nach außen gelebte Harmonie und Nähe dem Paar Sicherheit und eine bestimmte Reaktion im Umfeld gewährleistet, auf die sie sich verlassen können, die sie mit ihrer Zurschaustellung des Status Zwilling aus der Reihe der Kinder heraustreten läßt. Steffi und Susi wollen gleich sein und fühlen sich gleich. Sie hatten diesen Mythos schon sehr früh für sich verinnerlicht.[13]

Nicht nur die Gesellschaft hält über ihre Meinungsträger bestimmte Vorurteile bezogen auf Zwillinge bereit. Eltern, LehrerInnen und ErzieherInnen müssen sich damit auseinandersetzen, welche Rolle dieser Mythos in ihrer Beziehung zu den Zwillingen spielt, inwieweit sie bestimmte Verhaltensweisen durch ihre Interventionen verfestigt. Die Zwillinge selbst werden sich dann irgendwann aus ihrer Paarbezogenheit zu befreien versuchen, um als Individuum die Unverwechselbarkeit in Beziehungen mit anderen zu erleben. Wie ihnen dies gelingt, hängt nicht nur von der eigenen Stärke ab, sondern auch von den Bezugspersonen der unterschiedlichen sozialen Systeme, in denen sie leben.

Da kommt ihnen zugute, daß heute Kindern grundsätzlich mehr Individualität und Freiraum für Eigenständigkeit zugestanden wird. Dieser sogenannte Zeitgeist in Sachen Erziehung hat auch vor den Zwillingen nicht haltgemacht. Bleibt zu hoffen, daß die zunehmend differenzierte Haltung und Meinung der Eltern durch Schule und Kindergarten unterstützt wird und nicht zuletzt die Medien auf plakative Vereinfachungen verzichten, um statt dessen das wirkliche Leben von Zwillingen mit all den Facetten vielfältiger Probleme, Freuden und Fragen darzustellen.

Karin von Schlieben-Troschke

Gedanken zu ungeborenen Zwillingen

Die Vorstellung einer guten und glücklichen Zeit im Bauch der Mutter ist weit verbreitet. Manche Zwillinge bezweifeln allerdings, im Mutterleib auch das Schlaraffenland kennengelernt zu haben. Da die Möglichkeiten der Erforschung vorgeburtlichen Lebens kaum bekannt sind, sollen hier in einem ersten Schritt Untersuchungsergebnisse zur vorgeburtlichen Entwicklung von Einlingen vorgestellt werden. Da Überlegungen zu vorgeburtlichen seelischen Prozessen bei Zwillingen noch relatives Neuland darstellen, wird in einem zweiten Schritt beschrieben, was sich bei einer Zwillingsschwangerschaft anders darstellt.

›Störfall‹ Zwilling

Das Geschehen im Mutterleib ist kein vorprogrammierter Prozeß. Mehrlingsgeburten sind die ›Ausnahme von der Regel‹. Wie es zu diesem ›Störfall‹ kommt und wie die Entscheidung für das Entstehen von eineiigen, zweieiigen oder den sogenannten ›Superzwillingen‹ kommt, ist anderen Orts ausführlich beschrieben worden.
Der Teilungsprozeß einer Eizelle, das ›Suchen‹ und ›Finden‹ eines Platzes sowie das Nebeneinander ist ein lebendiger Prozeß. Zwillinge unterscheiden sich in ihrer vorgeburtlichen Entwicklung hinsichtlich ihres Kopf- und Längenwachstums sowie ihres Gewichts von Einlingen. Sind ein oder zwei Eizellen herangewachsen, in die Gebärmutter gewandert und zu Zellbläschen mit einer Flüssigkeit herangewachsen, saugen sich diese Zellblasen an der Gebärmutterschleimhaut fest. Aus der äußeren Zellschicht entwickelt sich die

äußere Eihaut (Chorion) und die Zotten (Placenta), die in die Schleimhaut der Gebärmutter hineinwachsen. Man kann dieses Verhalten für eine aktive Suche nach Raum und Nahrung halten, denn nicht jede Stelle der Gebärmutter muß sich gleich gut zum Einnisten eignen. Möglicherweise kommen sich nun die beiden platzsuchenden Zellbläschen in die ›Quere‹. Nur ein Keim von beiden mag sich den etwas ›besseren‹ Platz erobern. Da sich manche eineiigen Zwillinge äußerlich nur durch einen Leberfleck voneinander unterscheiden, vermutet *Lepage*, daß dieser im Verlauf der Festsetzung der Zellblase an der Gebärmutterschleimhaut entstanden sein kann.[1]

Bei etwa zwei Drittel der eineiigen Zwillinge mit eigener innerer Eihaut und gemeinsamer äußerer Eihaut und Placenta bestehen zwischen den Blutkreisläufen der Zwillinge Gefäßverbindungen, und es können Verdrängungsprozesse entstehen. Bei eigenen äußeren Eihäuten wird die voneinander unabhängige Entwicklung etwa der Zusammensetzung des Blutes, des Gewichtes und des Gehirns ermöglicht. Zwillinge können daher auch als Säuglinge Unterschiede im nichtsprachlichen Verhalten zeigen.

Ergebnisse vorgeburtlicher Forschungen, Phantasien von Zwillingen über ihre Zeit im Mutterleib und Phantasien von Zwillingsmüttern, die während der Schwangerschaft entstehen, miteinander zu kombinieren, stellt für mich einen gewissen Drahtseilakt dar. In Teilen, wo ich ganz persönliche Ableitungen finde, verlasse ich den Boden wissenschaftlich anerkannten Denkens zugunsten eines ›einfühlsamen Verstehens‹. Aber auch die aktuellen psychologischen Meinungen, die eine vorgeburtliche seelische Entwicklung für möglich halten, basieren teilweise auf Interpretationen. Dies liegt daran, daß es sich aus moralischen Gründen verbietet, genauere Untersuchungen vorzunehmen, die massiv in den Mutterleib eingreifen würden. Experimente verschiedener Art und Weise mit ungeborenen Zwillingen ermöglichen aber bereits die Beschreibung einiger vorgeburtlicher Verhaltensweisen.

Während also Verhalten beobachtet und beschrieben werden kann, beinhaltet die Beschreibung vorgeburtlichen ›Erlebens‹, daß in das Verhalten etwas hineininterpretiert wird. Die ungeborenen Zwillinge machen noch keine bewußten Erfahrungen. Sie können ja noch nicht sprechen und nicht denken, aber möglicherweise vor der Geburt etwas erleben.

Wenn man jedoch Körper und Geist als Einheit versteht, wird vorstellbar, daß die Empfindungen der Zwillinge als Embryonen und Feten als Gedächtnisspuren gespeichert werden. Was vorgeburtlich festgehalten wird, kann auch später eine unbewußte Wirkung haben. Da noch nicht annähernd aufgeklärt ist, wie das geschieht, möchte ich mich noch nicht so weit vorwagen wie Janov, der die Meinung vertritt, daß »Kindererziehung im Mutterschoß« nach dem zweiten Monat begänne, und die darauf folgende Zeit sogar entscheidend für die Entwicklung der individuellen Persönlichkeit sei.[2]

Tatsächlich erzählten mir Zwillinge viel über die Zusammenhänge zwischen ihrer Zeit im Mutterleib, dem Geburtsverlauf und ihrem späteren Leben. Nicht nur ihre Vorstellungen von der gemeinsamen Zeit im Bauch der Mutter, sondern auch mütterliche Phantasien enthielten häufig Hinweise darauf, daß die Zeit im Mutterleib nicht nur Glückseligkeit bedeuten muß. Vorstellungen und Phantasien über die Zeit im Mutterbauch sehen sorgenvoller aus als die von Einlingen. In ihnen spiegeln sich Beobachtungen von vorgeburtlicher Forschung wider, die im Folgenden dargestellt werden.

Direkte und indirekte Beobachtungen zur vorgeburtlichen Zeit

Eine Möglichkeit, Zugang zu vorgeburtlichen Ereignissen zu bekommen, ist die indirekte Beobachtung, indem man Menschen erzählen läßt.

Psychoanalytiker haben sich mit dem Geburtstrauma und mit den Auswirkungen vorgeburtlicher Erlebnisse befaßt. Ihr Material waren Träume. In Symbolen, etwa von zwei Eiern auf einem Teller, zeigte sich die Existenz eines noch vor dem dritten Monat im Mutterleib gestorbenen Zwillings im Traum und wurde durch Nachuntersuchungen als Tatsache festgestellt.

Mit Hilfe bewußtseinserweiternder Drogen schilderten Menschen ihre ›Erlebnisse‹ im Mutterleib. Diese Experimente ermöglichten es, Erfahrungen vor und während der Geburt nachzuerleben und in einen Zusammenhang mit späterem Erleben zu stellen.

Weitere Zugangsmöglichkeiten werden unter Hypnose gesucht. So konnten sich manche Zwillinge unter Hypnose aneinander erinnern. Eine erstaunliche und von mir skeptisch beurteilte Geschichte, bei der ein Ungeborenes sich im fünften Monat – über die von den Autoren sogenannte ›innere Stimme‹ – selbst zu Wort meldete, soll durch Meditation erreicht worden sein. Das Geschehen wurde von der, sich als sehr sensitiv beschreibenden Mutter Coudris in Tagebuchform festgehalten, wobei sie die Mitteilungen des Ungeborenen aufschrieb.[3]

Eine andere Möglichkeit ist die direkte Beobachtung von Frühgeborenen im Mutterleib.

Humanembryologen untersuchten Fehlgeburten und beschrieben die verschiedenen Stadien der embryonalen Entwicklung. Andere filmten zu früh geborene Embryonen und Feten und unterzogen sie verschiedenen Tests.

Das Verhalten und die Lernfähigkeit der Feten werden bereits im Mutterleib auf vielfältige Weise untersucht. Es wird zum Beispiel Lärm erzeugt, mit einer Lampe durch die Bauchdecke geleuchtet oder Süßstoff in das Fruchtwasser injiziert. Dies ermöglicht Einblicke in die körperliche Entwicklung und Reaktionsbereitschaft von Embryonen und Feten.

Eine weitere Möglichkeit ist es, Verhaltensweisen Neugeborener zu beobachten und mit Bedingungen während der Schwangerschaft in Zusammenhang zu sehen. So werden beispielsweise Neugeborene, deren Mütter an der Autobahn oder in der Nähe des Flughafens wohnen oder während der Schwangerschaft in einer lauten Fabrik arbeiteten, mit anderen Neugeborenen verglichen, deren Mütter eine andere Schwangerschaft hatten.

In der Einstellungsforschung wird nach der Geburt das Verhalten der Neugeborenen beurteilt und mit der bewußten und unbewußten Einstellung der Mutter ihrem ungeborenen Kind gegenüber in einen möglichen Zusammenhang gebracht.

Die Untersuchungsergebnisse lassen den Schluß zu, daß ein Fetus den Gefühlszustand der Mutter wahrnehmen kann. Nicht aufgeklärt ist damit, was Ungeborene genau erleben und wie sich Vorerfahrungen im Verlauf des Lebens fortsetzen.

Der internationalen Studiengemeinschaft für pränatale Psychologie (I.S.P.P.) ist es zu verdanken, daß ganz verschiedene Forschungsrichtungen zusammenarbeiten und sich unsere Kenntnisse in den nächsten Jahren noch wesentlich erweitern werden. Es gibt jedoch bereits beeindruckend viele Beispiele, die einen Austausch zwischen Mutter und ungeborenem Leben belegen.

Ehe ich die Entwicklung im Mutterleib beschreibe, möchte ich die Frage nach dem ›Beginn des Lebens‹ kurz erörtern.

Wann beginnt menschliches Leben/Erleben?

Die Diskussion darum, wann genau der Tod eintritt, oder um den Paragraphen 218 kann hier nicht das Thema sein. Für nicht mehr lebend wird ein Mensch erklärt, wenn der Arzt das Eintreten des ›Hirntodes‹ feststellt. Sobald ein Kind geboren ist, ist eine Tötung strafbar. So darf bis zur 22. Schwangerschaftswoche mit der Begründung ›kindliche Indikation‹ abgetrieben werden. Haben Medikamente eine Überbefruchtung herbeigeführt, dürfen einzelne Vierlinge durch Herzspritzen abgetötet werden. Streng juristisch betrachtet, scheint der Zeitpunkt des ›Menschseins‹ eng mit dem Funktionieren des Gehirns zu tun zu haben.

Wissenschaftler waren und sind noch über das Vorhandensein eines Seelenlebens zerstritten. Die Meinungen in der jüngeren Literatur gehen in der Tendenz dahin, daß sich alle seelischen Empfindungen aus Körperempfindungen herleiten lassen und viele Gefühle vor und bei der Geburt entstünden. Ich meine, daß sich Körper und Psyche von Anfang an gemeinsam entwickeln und daher die persönliche Entwicklung vor der Geburt beginnt. Für einen Embryo gibt es weder Vergangenheit noch Zukunft, er lebt im Hier und Jetzt. Trotzdem scheinen ihm seine Erfahrungen nicht verlorenzugehen, und zu dem, was er vorgeburtlich mit all seinen Sinnen wahrgenommen hat, fügen sich nach der Geburt die Wahrnehmungen der Außenwelt hinzu. Selbstverständlich arbeiten die Augen und Ohren vorgeburtlich oder auf dem Höhepunkt des Lebens und im Alter anders. Jedoch sind es immer dieselben Sinnesorgane, eine ganz persönliche Art und Weise zu schauen oder zu hören. Damit entfällt für mich die Notwendigkeit zu überlegen, wann und ob eine Seele in den Körper einzieht. Alle seelischen und körperlichen Erscheinungen können als eine Vorbereitung auf etwas Kommendes betrachtet werden.

Die menschliche Keimzelle enthält alle notwendigen ererbten Informationen und die Fähigkeit, Reize aufzunehmen, zu verarbeiten und zu speichern. Ihre Entwicklung ist ein Prozeß, in dessen Verlauf sich bereits ihre Möglichkeiten wahrzunehmen, auf eine individuelle Art und Weise herausentwickeln. Insofern hat der Keim am Anfang der Zellteilung nicht weniger oder mehr persönliche Kennzeichen als nach Tagen oder Monaten im Mutterleib. Aber auch wenn die befruchtete Eizelle bereits aktiv an der Einnistung in die Gebärmutterschleimhaut beteiligt ist und genauestens auf die ›örtlichen Gegebenheiten‹ reagiert, erscheint es unwahrscheinlich, daß sie bereits ›erlebnisfähig‹ ist.

In den letzten Lebensmonaten allerdings, ist der Organismus des Ungeborenen so weit entwickelt, daß vorgeburtliche Zustände mit den dazugehörenden Empfindungen in den Körper- und Nervenzellen gespeichert werden. So waren Patienten von Laing unter Zuhilfenahme einer Droge in der Therapie in der Lage, Schmerzen wiederzuerleben, die sie in früheren Operationen unter Vollnarkose erlitten hatten.[4] Obwohl einige Embryologen bereits dem ganz jungen Keim die Fähigkeit nachsagen, Informationen zu speichern, herrscht lediglich breite Übereinstimmung über diese Fähigkeit, sobald die Nervenverbindungen zur Großhirnrinde hergestellt sind. Dies ist im letzten Schwangerschaftsdrittel der Fall.

So meint Cooper, es spräche vieles dafür, daß Erinnerungen an Atemgeräusch, Muskelgeräusche, Berührungen durch die Bauchdecke und an die Geburt bleiben. »Der Säugling muß spüren, daß er, bevor er zur Welt kommt, ein gesondertes, wenngleich gemeinschaftliches menschliches Wesen ist und daß er als solches empfunden wird.«[5] Es wird auch angenommen, daß das Einsetzen der Kontraktionen über die Veränderungen der Placenta dem ungeborenen Kind Informationen über die bevorstehende Geburt geben, sie also nicht unerwartet kommt.

Zusammenfassend möchte ich sagen, daß die Behauptung, das Ungeborene hätte von Beginn an eine Seele oder Persönlichkeit wie ein Erwachsener, sicherlich sehr vermessen wäre. Und doch entwickeln sich Körper und Psyche gemeinsam, und der Fetus oder Embryo ist kein passiver ›blinder‹ Passagier. Die Entstehung eines ›Ich‹-Kerns hat bereits begonnen, auch wenn noch nicht das Gefühl von Ich und Nicht-Ich vorhanden sein kann.

Die Dreiecksbeziehung beginnt

Auch wenn das Ungeborene noch nicht zwischen sich und den anderen unterscheiden kann, beginnt doch das Aufeinanderbezogensein bereits in dem Moment, wo die Mutter von ihrer Zwillingsschwangerschaft erfährt. Besonders schwer zu verkraften ist eine sehr frühe Diagnose, wenn danach ein Embryo abstirbt, was allerdings nach dem dritten Schwangerschaftsmonat selten vorkommt. Wenn die Zwillingsschwangerschaft bekannt wird, beginnen sich die Gedanken der Mutter und des Vaters um die Entwicklung der Zwillinge zu drehen. Die Verfügbarkeit des Vaters, oder eine mangelnde tatkräftige und gefühlsmäßige Unterstützung der Mutter, wirkt indirekt auf das seelische Wachsen der ungeborenen Zwillinge. Allerdings gibt es keine Untersuchungen zur unbewußten Haltung von Vätern gegenüber ihren ungeborenen Kindern, obwohl auch sie Teil der Neuorganisation der Paar- und Familienstrukturen bereits vor der Geburt sind. Untersuchungen von Neugeborenen und der Einstellung der Mutter während der Schwangerschaft zeigten, daß bewußt oder unbewußt abgelehnte Kinder auffällige Verhaltensweisen an den Tag legten. Daraus schloß man, daß die Gefühle der Mutter über Informationsbahnen als Botschaft an die ungeborenen Kinder übermittelt wurden.

Um Schädigungen zu vermeiden, verzichten schwangere Mütter auf Zigarettenkonsum, Alkohol und Tabletteneinnahme. Weniger

Wissen existiert jedoch über die Folgen für Mutter und Kind, die durch unvermeidbare Lärmbelästigung, übergroße Anstrengungen am Arbeitsplatz, Bildschirmarbeit, körperliche Rhythmusstörungen durch Schichtarbeit, oder durch unregelmäßiges Leben, das den Schlaf-Wach-Rhythmus beeinträchtigt, entstehen. Auch extreme Hormon- oder Stoffwechselschwankungen infolge von Sorgen und Nöten der Mutter teilen sich den ungeborenen Zwillingen mit. Dieser Zusammenhang zwischen biochemischen Einflüssen und ihrem »Wohlbefinden oder Unwohlsein« im Mutterleib ist kaum bekannt. Dies mag verwundern, da fast jede Frau weiß, daß ihre seelische Verfassung bereits vor der Zeugung für die Entstehung einer Schwangerschaft eine Rolle spielen kann. Wir wissen, daß der starke bewußte oder unbewußte Wunsch einer Frau, schwanger zu werden, auch die Empfängniswahrscheinlichkeit erhöht. Umgekehrt werden Frauen, die nicht die besten Voraussetzungen zur Nährung eines Kindes mitbringen (Untergewicht, Frauen auf der Flucht oder im Gefängnis) nicht so leicht schwanger. Seelische Voraussetzungen sind auch für die Fortsetzung einer Schwangerschaft und für den Ablauf von Bedeutung.

Mit dem ›Einnisten‹ der Keime beginnt der biochemische Austausch zwischen der Mutter und den beiden werdenden Embryonen. In diesem teilt sich der mütterliche Zustand den Ungeborenen mit. Ich möchte nun die Entwicklung der Feten in den neun Monaten im Mutterleib unter Einbezug der oben beschriebenen Einwirkungsmöglichkeiten nachzeichnen. Dazu wird die Entwicklung der Funktionstüchtigkeit der Organe und der damit einhergehenden Fähigkeiten der Ungeborenen dargestellt. Zu Beginn soll von dem ganz kleinen ›Körper‹, dem Keim die Rede sein, obwohl sich vermutlich zu diesem Zeitpunkt körperliche Zustände noch nicht in seelischen Entsprechungen niederschlagen.

Die vorgeburtliche Entwicklung

In den zwei Anfangsmonaten entwickeln sich die lebensnotwendigen Organverbindungen, die jedoch noch nicht voll funktionsfähig sind. Es entsteht ein reichhaltiges Repertoire an Reflexen. Ein Ungeborenes windet sich an eine andere Stelle, wenn es Stößen ausgesetzt wird, oder ›tritt‹ zurück. Die Augen sind entwickelt, schließen sich jedoch bis zum siebenten Monat. Trotzdem werden Helligkeitsunterschiede wahrgenommen, bei Sonnenlicht auf nacktem Bauch erfolgen Reaktionen der Ungeborenen.

Im Verlauf des dritten Schwangerschaftsmonats verbessert sich die Funktionstüchtigkeit der Organe weiter. Die ungeborenen Kinder bewegen sich jetzt schon sehr viel, entwickeln ein Gefühl für ihre Lage im Raum und sind sehr lebhaft in ihren Reaktionen auf Außenreize. Sie können die Geräusche im Darm sowie die Herztöne des Zwillingspartners und der Mutter wahrnehmen. Als eine Mutter während der Schwangerschaft Musik von Vivaldi hörte, beruhigte sich ihr Baby, bei Beethoven begann es zu strampeln. Es wird von Personen berichtet, die Musikstücke spontan spielen konnten, die sie nie bewußt gelernt hatten. Oder von Personen, die Worte sprachen, die sie nur vorgeburtlich durch die Bauchdecke vernommen haben konnten. Nach der Geburt konnten die Neugeborenen zwischen dem Herzschlag der Mutter und dem anderer Personen unterscheiden.

Im vierten Monat haben Experimente ergeben, daß ein Ungeborenes die Stirn runzeln, schielen und Grimassen schneiden kann. Es runzelt die Stirn, wenn man ihm über die Augenlider streicht, oder beginnt zu saugen, wenn über seine Lippen gestrichen wird. Etwa im fünften Monat entsteht ein Haarkleid, durch das die Feten eine Reizung der Haut bei Bewegungen in der Amnionflüssigkeit erfahren. Diese Reizung soll über Nervenrezeptoren als angenehm erlebt und gespeichert werden. Die damit verbundene Erfahrung des Gefühls der eigenen Körpergrenzen wird für sehr wesentlich für die Grundlegung der Ich-Entwicklung in jungen Jahren gehalten. Die Erfahrung der lustvollen Reizung der Haut könnte eine Wurzel der späteren Suche nach Körperkontakt sein. Etwa im fünften Monat ist das ungeborene Kind etwa so empfindsam wie jedes einjährige Baby. Es beginnt zu strampeln, wenn kaltes Wasser in den Leib der Mutter injiziert wird. Wird Süßstoff in die Amnionflüssigkeit injiziert, von der die Feten große Mengen trinken, steigern sie ihre

Trinkmenge. Auch die Grundlagen des Geruchssinns werden vorgeburtlich herausgebildet. Ein Neugeborenes lernt nämlich sofort, den Geruch seiner Mutter von dem anderer Personen zu unterscheiden.

Organe zur Aufnahme von Geräuschen, Mundreflexe und der Gleichgewichtssinn sind im sechsten Schwangerschaftsmonat entwickelt. Hörreize können nach Rhythmus und Heftigkeit sowie nach der Richtung, aus der sie kommen, unterschieden werden. Im letzten Schwangerschaftsmonat beginnt das Träumen.

Abschließend kann festgehalten werden, daß die verschiedensten Umweltreize durch die Bauchdecke, durch die Placenta, lediglich etwas gedämpft durch die Amnionflüssigkeit, hindurchdringen.

In den letzten Monaten reifen alle Organe weiter aus, die wesentlichen Funktionen für ein Überleben sind jedoch bereits vorhanden.

Belastungen während der Zwillingsschwangerschaft

Die Zwillingsschwangerschaft hat eine Reihe von besonderen Merkmalen. Zu ihnen gehört das besonders schnelle Wachstum der Gebärmutter, des Bauchumfanges, sowie des größeren Anwachsens von Eiweißkörpern und Placentahormonen. Größerer Körperumfang und größere Gewichtszunahme einer Zwillingsmutter und die dadurch entstehende Belastung für den Stützapparat, kann störend oder ängstigend erlebt, aber auch mit Stolz getragen werden. Häufig berichten Zwillingsmütter von besonders starken Kindsbewegungen oder auch starker Atemnot. Kreislauf und Nieren müssen eine erhöhte Leistung bringen. Die starke Belastung der mütterlichen Organe kann zu einer Stimmungsverschlechterung führen. Eine besondere Belastung für eine werdende Zwillingsmutter ist festes Im-Bett-Liegen über Monate. Dieses wird von Frauen häufig als Krankheit erlebt. Aber auch Ängste, die Geburt beider Kinder nicht durchzustehen, oder eines der Neugeborenen könnte es nicht lebendig schaffen, können die Gedanken mancher Mutter beherrschen. Durch die heftigen Kindsbewegungen entstehen Vermutungen und Bilder über die ungeborenen Zwillinge. Einer sei der Aggressivere, der den anderen immer trete oder schubse, der andere der, der sich in die Ecke drängen und sich treten ließe. Meist handelt es sich um eine bunte Mischung ängstlicher und freudiger Erwartungen und Gefühle. Glücklicherweise bleiben die unangenehmen Begleiterscheinungen während der Schwangerschaft, wie Liegenmüssen, Atemnot, Erbrechen, Schlaflosigkeit oder verstärkter Urindrang nicht so sehr in der Erinnerung zurück. So, wie die Zwillingsmutter größeren Belastungen ausgesetzt ist, können auch die ungeborenen Zwillinge größeren Belastungen unterworfen sein. Bei von Anfang an gemeinsamer oder auch später zusammengewachsenen Placenten, oder bei einer Verbindung zwischen den Blutkreisläufen, kommt es gelegentlich zu einer schlechteren Versorgung eines der ungeborenen Zwillinge. Lediglich ein Drittel der Zwillingsschwangerschaften endet mit der Geburt zweier Kinder. Bei den abgestorbenen Zwillingen liegen die eineiigen Zwillinge mit einer gemeinsamen äußeren Eihaut an der Spitze. Eine Frucht wird entweder als Totgeburt ausgestoßen oder bleibt plattgedrückt, ohne das andere Kind zu schädigen, bis zum Geburtstermin im Bauch. In der zweiten Schwangerschaftshälfte können Zwillinge in eine, noch rein ›biologische‹ Konkurrenz um die Nahrung und den Sauerstoff, der von der Mutter für den Stoffwechsel zur Verfügung gestellt wird, kommen.

Vorgeburtliche ›Verteilungsprobleme‹ werden von den ungeborenen Zwillingen natürlich nicht bewußt bemerkt. Doch ihre Organe sind in der zweiten Schwangerschaftshälfte mit einigen Fähigkeiten ausgestattet, die an eine Möglichkeit der Speicherung von ›Erleben‹ im Gedächtnis denken lassen. Darüber hinaus reagieren sie zu diesem Zeitpunkt schon gezielt auf Veränderungen im Mutterleib. Die Hormone und Enzyme der Mutter, die in Abhängigkeit von ihrer seelischen Verfassung ausgeschüttet werden, sowie Nähr- und Schadstoffe gelangen in die Placenta und beeinflussen den Organismus der ungeborenen Zwillinge. Das um einige 100 Gramm geringere Geburtsgewicht anderen Neugeborenen gegenüber entsteht durch einen relativen Mangel an Sauerstoff, Eiweiß, Kohlenhydraten und Fett, wird jedoch später schnell wieder aufgeholt. Entsteht nun die Situation, daß aufgrund einer Verbindung der

Kreislaufsysteme der Zwillinge, dem einen Zwilling durch Druck-veränderungen mehr, dem anderen weniger Blut zufließt, wird jeder Zwilling persönliche Reaktionen entwickeln. Zum größten Teil erhalten selbstverständlich beide dieselben ›Botschaften‹ der Mutter auf biochemischem Weg übermittelt.

Alle Ungeborenen reagieren auf Töne, Sprache und Melodien, weshalb man sagen könnte, daß die Sprachentwicklung bereits im Bauch der Mutter beginnt. So scheint auch die gefühlsmäßige Beziehung zwischen der Mutter und den Zwillingen schon vorgeburtlich einzusetzen. Vorgeburtlich erlebter mütterlicher Streß durch unlösbare Konflikte der Mutter oder Ablehnung könnten zum Beispiel gestörtes Eßverhalten nach der Geburt auslösen. Dieser Vermutung liegt die Annahme zugrunde, daß ein Gedächtnis schon vorgeburtlich entsteht.

Man nimmt an, daß menschliches Bewußtsein bereits zwischen der 28. und 32. Schwangerschaftswoche vorhanden ist, da sich zu dieser Zeit bereits die Großhirnrinde gebildet hat. Es wird vermutet, daß das Gehirn etwa mit dem achten Schwangerschaftsmonat ein Erinnerungsvermögen erwirbt. Deshalb können auch langfristige persönliche Belastungen einer Mutter während der Schwangerschaft den ungeborenen Zwillingen durch Hormone übermittelt und als Erinnerungsspuren festgehalten werden. So wie das Ungeborene an freudigen und traurigen Stimmungen der Mutter teilnimmt, gibt es auch ›Antworten‹ auf das, was es erlebt, wie plötzliche Temperaturveränderungen, Veränderungen des durchscheinenden Lichtes, der Bewegungen der Mutter sowie des Zwillingspartners. Es paßt sich dem Schlaf- und Wachrhythmus der Mutter an, hört die Herztöne, Stimmen, Darm- und Muskelgeräusche und beantwortet diese Eindrücke durch Gestik, Mimik und Bewegungen. Während es auf den mütterlichen Zustand reagiert, können dadurch vielleicht auch Prozesse ausgelöst werden. Möglicherweise haben Stimmungsschwankungen oder ein Appetit auf besondere Nahrungsmittel der Mutter während der Schwangerschaft ihre Ursache in Befindlichkeiten der ungeborenen Kinder. Was das Ungeborene ›sich von der Mutter holt‹, wird von ihr als körperlicher Mangel oder seelische Bedürftigkeit erlebt.

Vorgeburtliche Prägung

Zwei bis drei Monate zu früh Geborene haben vorgeburtlich so viel gelernt, daß sie alle Voraussetzungen für das Überleben mitbringen. Sie haben Reize zuerst über das Blut und die Eingeweide, später mit dem Gleichgewichtssinn, den Muskeln, Sehnen und Knochen aus ihrer Umwelt aufgenommen und sich an Vieles gewöhnt. Dieses Lernen in Form der Gewöhnung fördert die andauernde Verbesserung aller organischen Funktionen. Um sich körperlich und seelisch zu entwickeln, braucht der Embryo oder Fetus diese äußeren Reize. Seine ererbten Anlagen werden durch Botschaften über die seelische Situation der Mutter beeinflußt. In der vorgeburtlichen Zeit würde also eine körperlich-seelische Prägung stattfinden.

Ein Ungeborenes, das einer zu großen Menge oder sehr hohen Schwankungen der Hormone ausgesetzt ist, kann darauf mit körperlichen Reaktionen und einer entstehenden seelisch- körperlichen Reaktionsbereitschaft antworten. So könnte ein Ungeborenes lernen, daß der Zustand der Entspannung der Mutter ihm immer gleichzeitig mit einem Alkoholspiegel im Blut übermittelt wird. Es wird auch die Auffassung vertreten, daß sich ein Fetus sogar gegen ihm nicht ›schmeckende‹ Informationen, die durch die Nabelschnur kommen, zur Wehr setzte. Mehr noch, es sei möglich, daß er sich sogar um die Mutter ›Sorgen mache‹, weil er ›wüßte‹, daß es ihm nur gut geht, wenn die Mutter wohlauf sei. Er würde es vielleicht auch im späteren Leben besonders schwer haben sich abzugrenzen, und könnte besonders viele hilfsbereite Eigenschaften entwickeln. Während kritische Lebensbedingungen zu einer gefühlsmäßig problematischen Verfassung der Mutter und zu Störungen in der vorgeburtlichen Zeit führen können, sind Schwankungen, die als leichter vorgeburtlicher ›Streß‹ bezeichnet werden können, aber sehr wichtig und notwendig für die Auseinandersetzung des Ungeborenen mit den Bedingungen der Umwelt ›Mutter-Bauch‹.

Ungeborene von schichtarbeitenden Frauen, passen sich deren Schlaf- und Wachrhythmus an. Sie lernen auch, den Daumen wiederzufinden und die Nähe oder Entfernung der Nabelschnur oder der Uteruswände einzuschätzen.

Kinder, denen später Tonbandaufnahmen des ruhigen, gewöhnlichen Herzschlagens einer Mutter vorgespielt wurde, beruhigten sich. Ein unnormal schneller oder von einem Zischton begleiteter Herzton dagegen rief Schreien der Kinder hervor und weckte sie aus dem Schlaf auf. Beim Hören des ruhigeren Herztons schrien die Kinder weniger und nahmen stärker an Gewicht zu. Ein Taktgeber (Metronom) hatte nicht dieselbe Wirkung, auch wenn er die gleiche Zahl von Schlägen erzeugte, denn die Neugeborenen hatten keine Beziehung zu ihm.

Es wurden auch kleine Lautsprecher in den letzten Wochen in den Gebärkanal eingesetzt und den Feten zwei verschiedene Geschichten vorgelesen. Neugeborene, die diese Geschichten über Kopfhörer wiederhörten, reagierten mit starken Saugbewegungen, aber nur die, die die Geschichte schon vorgeburtlich gehört hatten. Sie konnten auch durch einen unterschiedlichen Saugrhythmus zwischen einer bekannten und einer unbekannten Geschichte die auswählen, die sie schon vor der Geburt gehört hatten. Kinder, die vorgeburtlich noch keine Geschichte gehört hatten, bevorzugten dagegen keine der beiden Geschichten.

Auch die Stimmorgane werden schon vor der Geburt geübt, was der Geburtsschrei beweist. Geübt wird beim Schluckauf, durch Mundbewegungen, Daumen und Trinken des Fruchtwassers. Feten mit 28 bis 32 cm Größe, die operativ auf die Welt geholt werden mußten, gaben leise Töne von sich. Vermutlich weil aus noch unbekannten Gründen Luft in die Placenta gelangt, kommt es gelegentlich vor, daß Ungeborene deutlich wahrnehmbar in verschieden großen Zeitabständen vor der Geburt schreien. Ein Neugeborenes reagiert sehr bald nach der Geburt mit saugenden Bewegungen auf die Stimme der Mutter.

Das Gehör eines Ungeborenen läßt sich nur mit sehr künstlich anmutenden Methoden untersuchen. Man verhindert, daß die Mutter sich selbst erregt, und mißt, während laute Schallreize erzeugt werden, die Herzschlagfolge des Kindes. Mit 36 Wochen stellt man Hörreaktionen fest und beobachtet, daß bei wiederholten künstlichen Schallreizen, etwa Flugzeug- oder Maschinenlärm, der Fetus sich an diese Geräusche gewöhnt. Neben der Gewöhnung an den

Herzton und Geräusche in den letzten Schwangerschaftswochen, gewöhnt sich der Fetus an die beruhigende Wirkung des Geschaukeltwerdens. Die Prägung auf das rhythmische Wiegen beim Laufen der Mutter zeigt sich in dem beruhigenden Effekt, den die Kinderwiege auf das Neugeborene hat. An die Wärme im Mutterleib gewöhnt, löst Brutkastenwärme bei Frühgeborenen Saugbewegungen aus, ein Herzschlag schläfert sie ein.

Unsere Prägung auf einen melodischen Rhythmus wird deutlich, wenn wir beobachten, daß wir uns einen Platz oder eine Telefonnummer leichter merken können, wenn wir sie mit einem melodischen Rhythmus verbinden. Auch am Rhythmus von Schlafliedern und melodischen Abfolgen der Babysprache zeigt sich die vorgeburtliche Gewöhnung an einen rhythmischen Charakter von Lauten. Vorgeburtliches Trinken und Schreibewegungen des Mundes sind Reaktionen, die durch rhythmische Hörreize ausgelöst werden. Rhythmische Atembewegungen vor der Geburt beweisen, daß die Lungen bereits funktionieren können.

Die Gewöhnung betrifft zusammenfassend den Rhythmus des Gewiegtwerdens bei den Bewegungen der Mutter, der Regelmäßigkeit ihres Herzschlages, ihrer Atmung, des Herzschlages des Zwillingspartners und an die Bewegungen, die von ihm spürbar werden. Die Herzfrequenz ist von der Empfindungsaktivität des Ungeborenen abhängig und bei jedem ungeborenen Zwilling verschieden.

Spurensicherung

Die vorgeburtliche Psychologie behauptet aufgrund dieser Ergebnisse, daß nicht nur die körperlichen Funktionen vorgeburtlich entwickelt, sondern auch Wurzeln der Persönlichkeit angelegt werden. Durch vorgeburtliche Erfahrungen, die im sich entwickelnden Gedächtnis gespeichert wurden, sind Grundmuster der Wahrnehmung entstanden. Miteinander im Mutterleib wachsen heißt daher für Zwillinge, sich schon vorgeburtlich zueinander zu verhalten. Daraus können auch unbewußte, identitätsbildende Spuren entstehen, die durch die Nähe des Zwillingspartners angeregt wurden. Zwillinge haben mehr vorgeburtliche Sinneseindrücke erhalten und mehr Wahrnehmungen koordinieren müssen. Aufgrund der schneller zunehmenden Enge sind häufigere Lageveränderungen und Bewegungen notwendig. Da der Körper und vielleicht auch die Seele der Mutter größeren Belastungen ausgesetzt sind, bekommen die ungeborenen Zwillinge möglicherweise auch mehr Streßfaktoren mit, die dazu anregen, wieder ein eigenes Gleichgewicht herzustellen. Vorgeburtliche Anpassungsmechanismen, etwa an freudige oder leidvolle Stimmungen, die über die Sinnesorgane der Ungeborenen aufgenommen werden, oder an Medikamente, die die Mutter einnimmt, können sowohl positive als auch negative Auswirkungen haben. Es muß weder eine Neigung zu einem bestimmten Verhalten noch gegen ein bestimmtes Verhalten entstehen, jedoch kann ein Kind eine besondere Beziehung einem Verhalten gegenüber entwickeln, ohne es bewußt zu spüren. Die frühe relative Enge im Mutterleib bei Zwillingen kann zu zustandsabhängigem Lernen unter dem Motto »ich bin nicht allein« führen. Daraus könnte sowohl das Gefühl des »Niemals-genug-Bekommens« oder des »Nicht-genug-Platz-für-sich- allein-Habens« oder auch des »Mirgeht-es-nur-gut-wenn-wir- zusammen-sind« entstehen. Erworbene Reaktionsbereitschaften heißen nicht zwangsläufig, daß Gefühle, die an Erinnerungen im Mutterleib geknüpft sind, nachfolgend auch in Verhaltensweisen ausgelebt werden. Beweisen läßt sich ein Zusammenhang zwischen späteren Verhaltensweisen und vorgeburtlich Erlebtem nicht, auch wenn manche Zwillinge ihre Verhaltensweisen in diesem Sinne erklären.

Ich kann es zum Beispiel nicht aushalten, daß Kopfkissen oder Decke zu nah an mein Gesicht herankommen, aus Angst, ich könnte ersticken oder erdrückt werden. Zwischen meinem Zwillingsbruder und mir gab es lange ein recht aggressives Spiel, das darin bestand, sitzend oder liegend den anderen mit den Füßen im Gesicht zu treffen und ihn so in eine Ecke des Bettes zu drängen. Diese Verhaltensweisen könnten natürlich auch aus anderen Gründen entstanden sein. Beides fällt mir jedoch im Zusammenhang damit ein, daß meine Mutter behauptete, mein Bruder hätte immer sehr heftig im Bauch ›herumgebolzt‹, sie also schon Phantasien über uns in ihrem Bauch hatte. Vielleicht leiten auch Ungeborene Informationen an die Mutter. Nicht nur bei meiner Mutter war es so, daß sie bis zum Zeitpunkt der Entbindung der einzige Mensch war, der wußte, daß Zwillinge geboren werden würden, während Ärzte und Hebamme dies für völlig unmöglich hielten.

Die Welt eines Zwillings im Mutterleib enthält auf jeden Fall zusätzliche Eindrücke und Einflüsse, die Einzelgeburten nicht haben. Die Erlebniseinheit führt zu einer Dreiecksbeziehung besonderer Art, die andere Verständigungsmöglichkeiten und – fähigkeiten und andere Bindungsmechanismen hervorrufen kann. Die schwangere Zwillingsmutter entwickelt bereits Liebe zu zwei neuen Ankömmlingen und in den letzten Wochen im Mutterleib wird eine naturgegebene Konkurrenz zwischen den Zwillingen spürbar. Manchmal scheinen Spuren dieses Kampfes bis in das spätere Leben hineinzuwirken. Die Rivalität um den Platz kann einen ›Kämpfer‹ oder einen ›Nachgeber‹ entstehen lassen, jede Erfahrung kann so oder so umgesetzt werden. Genauso wie zu vorgeburtlich vorgespielter Musik eine gute oder negative Beziehung entstehen kann, könnte man sich dieses auch für das Empfinden der Tritte und Püffe durch den Zwillingspartner denken.

Aus Schilderungen meiner Mutter weiß ich, daß ich im Alter von etwa zehn Monaten umfiel und weinte, wenn mich mein Bruder nur ganz sanft mit dem Zeigefinger anstieß. Bei der Geburt wog ich 400 Gramm weniger; der Gewichtsunterschied vergrößerte sich noch, da ich im ersten Lebensjahr das meiste wieder ausspuckte. Erst mit etwa neun Jahren konnte ich auch ›austeilen‹ statt zu ›spucken‹. Mir auch von anderen bekannt gewordenes dominantes und untergebenes Verhalten junger Zwillinge sowie starkes Aufeinander-Angewiesensein und heftigste Auseinandersetzungen zeigen ein ›Wissen‹ um die Verhaltensweisen, die persönlich und gefühlsmäßig mit Empfindungen im Bauch verknüpft sind, aber nicht nachgewiesen werden können. Charakterliche Eigenarten eines Säuglings können somit vorgeburtlich erworben und nicht genetisch bestimmt sein. Da Persönlichkeitszüge stärker als körperliche Eigenschaften durch die Umwelt geformt werden, kann eine starke Bindung und heftige Positionskämpfe ihre Wurzel in der gemeinsamen Zeit im Mutterleib haben. Gedächtnisspuren, die ein Unwohlsein festhalten, das mit einem Mangel an Eiweiß, Fett, Blut oder Sauerstoff verbunden war, könnte später heftige Gefühle der Angst, zu kurz zu kommen oder um alles kämpfen zu müssen, wachwerden lassen.

Zwillinge sind nicht immer denselben Bedingungen im Mutterleib ausgesetzt. Einer kann in eine unvorteilhaftere Situation durch die Lage oder die Blutversorgung kommen und muß dann stärkere Anstrengungen unternehmen, um wieder ein Gleichgewicht zu finden. Er bildet vielleicht vorgeburtliche Grundzüge besonders heftiger Verhaltensweisen zur Verarbeitung großer Frustrationen aus, die im späteren Leben Nachwirkungen zeigen können. Daher können sich Zwillinge bei Lebenskrisen durchaus sehr unterschiedlich verhalten. Durch die nie wirklich gleichen Bedingungen im Mutterleib hervorgerufen, entstehen persönliche Reaktionsbereitschaften, die auf unterschiedlich ›kreative‹ Wege der Meisterung vorgeburtlichen Stresses hinweisen.

Die Akzeptanz der Möglichkeit des vorgeburtlichen Aufeinanderbezugnehmens von Zwillingen ermöglicht es, mehr Verständnis für die Probleme von Zwillingen zu entwickeln und ihre Verhaltensweisen auch bewußter als veränderbar anzunehmen. Die gefühlsmäßige Nähe von Zwillingen, die durch das gemeinsame Aufwachsen entsteht, erhält vor dem Hintergrund ihrer Verbundenheit im Mutterbauch eine weitere Dimension.

Mögliche Folgen vorgeburtlicher Prägung

Gelegentlich werden Zwillinge wie eine ›kleine Bande‹ erlebt. Auch die Redewendung ›sich Abnabeln‹ kann bei Zwillingen die zusätzliche Bedeutung des Abnabelns vom Zwillingspartner bekommen.

Die Wahrnehmungs- und Gefühlsstruktur von Zwillingen, die nicht mit anderen sprechen (wollen), aber sich miteinander austauschen, hat eine gewisse Ähnlichkeit mit der Struktur ihrer Beziehung im Mutterleib. Im Uterus gab es neben dem Zwillingspartner keine

weiteren ›wichtigen Beziehungspartner‹. Das wortlose Aufeinan-
derbezugnehmen wurde in der vorgeburtlichen Zeit vorgeformt und
stellt die vorgeburtliche stille Verbundenheit weiter her. Bei starker
Abhängigkeit voneinander wird die Zwillingsgemeinschaft zur
Fortsetzung des Erlebens im Mutterleib und verhindert die soziale
Integration in den Schoß der Gesellschaft. Möglicherweise ist das
vorgeburtliche Thema von Zwillingen die Nähe, die Verbundenheit
und das Teilen, die Enge und das Sich-Raum-Schaffen, das Nicht-
genug-Bekommen und das Gleichzeitig-haben-Wollen.

Das erste körperliche Auseinanderrücken von Zwillingen geschieht
bei der gemeinsamen Geburt. Daß die Erfahrung der gemeinsamen
Zeit prägend sein kann, zeigt sich daran, daß, verglichen mit anderen Geschwistern, Zwillinge häufiger unverheiratet bleiben. Die
mögliche Grunderfahrung, ohne den anderen ›unvollständig‹ zu
sein, kann dazu führen, daß Zwillinge immer wieder versuchen, die
Gemeinsamkeit des Mutterleibes herzustellen. Davon zeugen häufige Telefonate und Besuche oder die Beobachtung, daß sie sich in
einer persönlichen Krise zuerst an den Zwillingspartner wenden,
auch wenn weitere Partner vorhanden sind. Dies könnte daran
liegen, daß die ersten schwierigen Situationen, also vorgeburtlicher
Streß, gleichzeitig erlebt wurden.

Nach meinen Erfahrungen ist die Geschichte mit dem Zwillingspartner immer ein großes Thema, wenn Zwillinge therapeutische
Hilfe aufsuchen. Einzelne Kapitel ihrer Geschichte berühren Berei-
che, wie für das Wohlempfinden des anderen verantwortlich zu
sein, ohne ihn nicht leben zu können oder ein Schuldbewußtsein
dem anderen gegenüber zu haben. Andere Kapitel sind Aggressionen, die Angst, von ihm nicht losgelassen zu werden, sowie das
Gefühl, kopiert zu werden. Jedes dieser Themen kann vorgeburtliche Wurzeln besitzen.

Zusammenfassend kann man sagen, daß im Mutterleib biochemische Reize auf vielfältige Art und Weise auf ein Kind einwirken.
Körperliche Empfindungen und Hörreize gehen auch vom Zwillingspartner aus. Gegenseitige Berührungen bei zunehmender Enge
sowie Nahrungskonkurrenz bei der vorgeburtlichen Entwicklung
haben vermutlich einen Einfluß auf die spätere Persönlichkeitsent-

wicklung. Verhaltensweisen und Eigenschaften haben, auch wenn sie nicht direkt zurückzuverfolgen sind, ihre Wurzeln auch in der vorgeburtlichen gemeinsamen Zeit. So, wie die Hautempfindungen, das Hören, Schmecken und die Grundlagen des Sehens vorgeburtlich gelernt werden, um später ausgeübt zu werden, kann auch die Suche nach gegenseitiger Nähe und der Drang, miteinander zu wetteifern, seine Wurzel in der vorgeburtlichen Zeit haben.

Renate Kiefer

Warum sprechen Lena und Natascha im Kindergarten nicht?

Die Geschichte des ersten Jahres eines gemeinsamen Suchprozesses

»Der Nutzen der Gespräche ist, sich an Fortschritte zu erinnern, die man kaum daß sie da sind, für selbstverständlich genommen hätte.« (Mutter)

Die Situation am Anfang

Zu uns in die Beratungsstelle kommt eine Mutter mit ihren beiden 4 1/2 jährigen-zweieiigen-Zwillingstöchtern Lena und Natascha. Die Kollegin, die das Erstgespräch führt, schreibt ins Protokoll: »Schon während der Begrüßung lassen die beiden Töchter nicht von ihrer Mutter, klammern sich an ihr fest, schauen zu Boden und nehmen keinen Kontakt mit mir auf. Während des ganzen Gespräches sitzen sie beide der Mutter auf dem Schoß, antworten nicht auf Fragen sondern schauen verschämt immer nach unten und zotteln an ihrer Mutter herum. Erst gegen Ende des Gespräches kommt eine Lockerung in diese Frauenfigurade, die Mädchen schauen verstohlen nach mir, die Mutter wippt sie auf ihrem Schoß, erscheint selbst etwas erleichtert.« Genau das Verhalten, das die Mädchen hier im Gespräch zeigen, ist der Grund, warum die Mutter auf Empfehlung des Kindergartens zur Beratungsstelle gekommen ist. Die Sprachentwicklung der beiden Mädchen sollte im Kindergarten vom Lehrer einer Sprachheilschule eingeschätzt werden, was aber nicht gelang, da beide kein Wort mit ihm sprechen. Die Mutter berichtet zwar von Problemen mit *sch* und *r*, beschreibt aber als

Hauptproblem, daß die beiden Mädchen, »sobald sie das Haus verlassen haben und unter Freunden oder im Kindergarten sind, wie ausgewechselt sind, als wären es zwei andere Kinder«. Zu Hause erlebt sie die beiden als sehr lebendig, eigentlich kann jede ausdrücken, was sie will und was sie nicht will. Außer Haus sind sie verschlossen, geben auf Fragen keine Antwort, schauen zu Boden, wenden sich ab, wenn ihnen etwas nicht paßt, anstatt, wie die Mutter es gerne hätte, sich zu wehren und ihre Wünsche und Abneigungen mit Worten auszudrücken. Als Grund für dieses ›fremdelnde‹ Verhalten vermutet sie, daß die Mädchen vielleicht Angst haben, daß es ihnen ganz wichtig ist, sich sicher zu fühlen und daß ihnen das im Kindergarten fehlt. Wenn etwas anderes gemacht wird, als sie es gewohnt sind, erschrecken sie eben. Zwar spielen sie schon mit anderen, die Zeit aber, bis sie sich an die neue Situation gewöhnen, sei »extrem zu lang«.

Auf die Frage, was sie der Betreuerin im Kindergarten raten würde, meinte die Mutter: »Spiele machen, die die Mädchen aus der Reserve locken könnten.«

Herr Meier, der Vater von Lena und Natascha, betrachtet es als Aufgabe der Mutter, die Mädchen dahin zu bringen, daß sie aufgeschlossener sind.

Der Kollegin im Erstgespräch hilft es, daß Lena und Natascha Hosen in verschiedener Farbe anhaben, da sie sie ansonsten vom Gesicht, der Frisur und der übrigen Bekleidung her nicht unterscheiden kann. Als ich die Beratung zur Weiterführung übernehme, schildert die Mutter – während Lena und Natascha, auch für mich zunächst ununterscheidbar, ganz eng neben ihr in ihren Armen sitzen – noch einige Verhaltensweisen ihrer Töchter, die ihr Sorgen machen: Lena und Natascha hatten von klein auf ihre eigene Sprache gehabt, die die Mutter erst einmal verstehen lernen mußte; sie sind auch in solchen neuen Situationen ängstlich, die ganz unbedrohlich wirken, wie beispielsweise im Herbst, als sie wieder Strumpfhosen anziehen mußten; sie wehren sich nicht, wenn sie von Kindern angegriffen werden, weder mit Worten noch mit Taten, sondern bleiben nur stehen und weinen; sie lassen sich passiv von anderen Kindern umherführen.

Allein auf die Zwillingssituation läßt sich dieses auffällige Verhalten nicht zurückführen, meint die Mutter, da es im Kindergarten noch ein anderes Zwillingspärchen gibt, das sich nicht so benimmt, außerdem hat sie im Radio eine Sendung gehört, in der das Verhalten ihrer Kinder mit einem medizinischen Fachausdruck bezeichnet wurde, den sie sich aber nicht gemerkt hat. Ich höre daraus die Frage: »Sind meine Kinder noch normal, wenn sie solch auffällige Verhaltensweisen zeigen?«

Mit Erlaubnis der Mutter nehme ich auch Kontakt mit der Erzieherin auf, die mir das derzeitige Verhalten von Lena und Natascha im Kindergarten aus ihrer Sicht schildert. Lena und Natascha sind seit fast zwei Jahren im Kindergarten, sie haben sich noch kaum verändert, reagieren auf keine Fragen, haben bisher noch nie in Worten geantwortet, sprechen nicht direkt zu ihr, sondern nur indirekt, zum Beispiel über Bilder. Das Verhalten der Zwillinge gegenüber anderen Kindern hat sich ein bißchen gebessert, sie sagen »ja« und »nein« aber reden nichts von selbst. Früher ist das noch viel schlimmer gewesen, sie haben anfangs sehr lange geweint, bis zu zehn Minuten, und sich an ihre Mutter geklammert. Seit einem dreiviertel Jahr haben sie sich an ein Kind (Madeleine) angeschlossen. Noch ein Mädchen (Nora) will Kontakt zu ihnen, was Lena und Natascha aber nicht möchten. Die Kinder streiten sich, wer Lena oder Natascha heute bekommt. Sie stürzen zur Tür, versuchen die Hand von einer der beiden zu erwischen und führen sie wie Puppen in die Mitte des Raumes. Sie selbst hat einen Hausbesuch in der Familie gemacht, dort hatten Lena und Natascha sehr viel erzählt und gespielt. Danach war es zwei Tage lang im Kindergarten etwas besser, danach haben sie wie schon öfter gefehlt, anschließend war alles wieder wie vorher. Nach fast zwei Jahren Kindergartenbesuch kann man aber nicht sagen, daß Lena und Natascha im Kindergarten noch fremd sind.

Die Mutter hatte sich anfangs vier Wochen Zeit genommen, um den Kindern die Eingewöhnung zu erleichtern. So lange nehmen sich Mütter selten Zeit.

Das Fazit der Erzieherin: »Ich hatte schon öfter ruhige Kinder, hier stoß' ich auf Granit.«

Wie über Veränderungen in zwölf Monaten Beratungszeit berichtet wird

Der folgende Abschnitt ist *keine* zusammenfassende Darstellung des bisherigen Verlaufs der Beratung, sondern ich habe die etwa 20 Gesprächsprotokolle daraufhin untersucht, welche Veränderungen mir berichtet wurden beziehungsweise ich selbst wahrgenommen habe. Alle Veränderungen also, die *zur Sprache* kamen, werde ich wie in einer Reportage der Reihe nach aufzählen – und mir dadurch das sonst in ›Fall-Darstellungen‹ übliche Herstellen von linear-kausalen Zusammenhängen ersparen.[1]

Der Anlaß zur Beratung war eine Stagnation in der Entwicklung von Lena und Natascha im Kindergarten: Auch nach einer sehr langen Zeit seit Kindergarteneintritt sprachen sie nicht. Das heißt, die Kinder hatten sich nicht erwartungsgemäß verändert. Die folgende Aufzählung enthält jedoch nicht nur Veränderungen bei Lena und Natascha, sondern auch bei ihrer Mutter, der Erzieherin und mir sowie Veränderungen bei anderen Personen in der Umgebung der Kinder.

April/Mai 1988

Nach zwei vergeblichen Versuchen, Sprechtests mit Lena und Natascha durchzuführen, kommt die Mutter mit ihren beiden Töchtern zum Erstgespräch in die Beratungsstelle.

Sie gibt mitten in der Schilderung der Probleme ihrer Töchter einen ersten Hinweis darauf, in welcher Form sie auch Stärke zeigen: Sie schildert eine Situation, in der ihre Töchter zu Hause, wo sie ja nicht ›fremdeln‹, sondern sich geborgen fühlen, etwas zu erreichen versuchen, indem sie ihre Mutter als Vermittlerin einsetzen: zum Beispiel »Mama, wir wollen schaukeln«, wenn die Cousine auf der Schaukel sitzt.

Sie verhält sich in solchen Fällen auch schon anders als früher: Sie läßt sich nicht mehr darauf ein, den Arbeitsauftrag als Vermittlerin zu übernehmen, findet es aber sehr viel schwerer, sich in entsprechenden Situationen in der Öffentlichkeit, zum Beispiel in Geschäften oder beim Baden, anders zu verhalten.

Hier antworten Lena und Natascha nicht, wenn sie von Bekannten angesprochen werden, und die Mutter fühlt sich gezwungen, um nicht unhöflich zu sein, etwas zu sagen, und damit das Verhalten ihrer Töchter zu entschuldigen.

(Erste Hinweise auf die positive Bedeutung von bisher ›problematischem‹ Verhalten)

Juni 1988

Da sowohl die Mutter als auch die Erzieherin dazu bereit sind, daß letztere in die Beratung mit einbezogen wird, nehme ich Kontakt mit ihr auf.

Die Mutter berichtet, daß sie sich in einer öffentlichen Situation anders verhalten hat als sonst: Beim Baden setzte sie sich mit Sonnenbrille weiter weg von Lena und Natascha und erreichte dadurch, daß andere Kinder die Zwillinge direkt ansprachen und diese antworteten.

(Beginn des ›Experimentierens‹)

Sie hat die Idee, sich auch beim Einkaufen mehr von den beiden zu entfernen, indem sie sie den Einkaufswagen schieben läßt, statt sie an der Hand zu halten.

Sie nimmt sich anläßlich eines Gesprächs mit einer anderen Zwillingsmutter vor, ihre beiden Töchter auf die Einschulung in zwei verschiedene erste Klassen vorzubereiten.

(Zukunftsplanung, das heißt eine Veränderung wird für möglich gehalten)

Bei einer Beobachtung, zu der ich in den Kindergarten gehe, spielen Lena und Natascha zur Überraschung der Erzieherin intensiver als sonst und antworten auch einige Male.

(Überraschung)

Die Erzieherin berichtet, daß Lena und Natascha sie letzte Woche selbständig zum Spielen ins Puppeneck eingeladen haben.

(Bericht über Fortschritte von Lena und Natascha)

Um mich über spezifischere Aspekte der Situation von Familien mit Zwillingen zu informieren, besorge ich mir ein Buch über Zwillinge, das auch alle drei erwachsenen Teilnehmerinnen am Beratungsprozeß lesen.[2]

(Input von neuer Information)

Juli 1988

Das Experiment mit dem Einkaufswagen ist gelungen. Lena und Natascha gaben Antwort, als jemand sie ansprach, während die Mutter weiter weg war.

Nach einem weiteren Zufallsgespräch mit einer anderen Zwillingsmutter überlegt sich die Mutter, ob sie die Einschulung in verschiedene Klassen nicht dadurch vorbereiten könnte, daß sie beispielsweise nur jeweils Lena oder Natascha in den Kindergarten schickt.

Die Mutter beobachtet, wie andere Kinder das Zwillingspaar- Verhalten von Lena und Natascha fördern, indem sie mit beiden spielen wollen, »als ob eine allein nichts wert wäre«.

(Verhalten als Teil eines Interaktionszirkels)

Lena und Natascha verhalten sich während des Beratungsgesprächs lebhafter.

Die Mutter berichtet, daß sie nicht gerne herkommen.

August 1988

Die Erzieherin beschreibt, wie Lena im Kindergarten über Kneten und Bilderbücher ohne Text ansprechbar gewesen sei.

(Erste Nennung eines Unterschieds zwischen Lena und Natascha)

Lena und Natascha werden jetzt öfter von ihrer Mutter bewußt beobachtet. Sie müsse sich dabei konzentrieren wie bei einer Arbeit und könne nichts nebenher machen.

(Einnehmen der Meta-Position als Beobachterin)

Die Mutter und die Erzieherin haben ein Experiment mit einer Trennung von Lena und Natascha gemacht: Lena und Natascha sind jeweils abwechselnd in den Kindergarten geschickt worden. Die Mutter berichtet, daß es viel leichter gewesen sei, als sie befürchtet hatte, ganz ohne Weinen, im Gegenteil, die beiden hätten sich gegenseitig berichtet, was im Kindergarten stattgefunden hatte und gemeinsam Pläne für den nächsten Tag gemacht. Es sind weitere Versuche geplant.

(Beginn der Zusammenarbeit von Frau Meier und Frau Häuser und überraschender Erfolg)

Die Erzieherin schildert einen Unterschied zwischen Lena und Natascha und wie sie dazu gekommen ist, diesen Unterschied wahrzunehmen: Natascha sei verschmuster, Lena möge Schmusen gar nicht. Sie habe an sich selbst beobachtet, daß sie das erst einmal sofort auf beide übertragen habe, als sie von Lena einmal abgewiesen worden sei: »Die schmusen nicht gern« und erst jetzt beim genaueren Beobachten den Unterschied bemerkt habe.

(Unterschiede sehen lernen)

Die Mutter erzählt wo sie bemerkt habe, »daß Lena und Natascha nicht ohne Selbstbewußtsein sind«: Sie wollten mit zwei bestimmten Kindern auf keinen Fall spielen, mit einem anderen dagegen unbedingt; eine wollte den Pferdeschwanz nach hinten, die andere unbedingt zur Seite haben.

(Positive Sicht von bisher als problematisch gesehenem Verhalten)

Die Erzieherin berichtet, daß Lena und Natascha mittlerweile auch mit anderen Kindern spielen, nachdem das Kind, das sie bisher beide regelrecht mit Beschlag belegt hatten, in Kur sei.

Sie reagieren mittlerweile wenigstens durch Gesten auf die Erzieherin, das Sprechen während meiner Beobachtung im Kindergarten ist leider die Ausnahme geblieben.

September 1988

Obwohl Lena und Natascha jetzt problemlos einzeln in den Kindergarten gehen, was früher für sie unvorstellbar gewesen sei, fühlt sich die Mutter dennoch resigniert. Sie ist resigniert, weil es keine Veränderung im Kindergarten mehr gebe und sie so oft erlebe, »daß sie immer wieder ähnlich reagieren und sich von anderen Kindern steuern lassen«. Optimistischer fühle sie sich dagegen, wenn sie andere schüchterne Kinder beobachte.

(Resignation nach den ersten Erfolgen)

November 1988

Die Mutter und die Erzieherin berichten, daß das Experiment mit der probeweisen Trennung von Lena und Natascha in verschiedene Gruppen nicht das erhoffte Ergebnis gezeigt hat: Lena ging nicht mit der Erzieherin in die andere Gruppe. Die Mutter probierte es nochmal, sie wollte bei einem Mutter-Kind-Nachmittag mit Lena in die andere Gruppe gehen, Lena weinte aber und ging nicht mit.

»Wir waren so hoffnungsvoll, als es geklappt hat, daß die beiden jeweils alleine in den Kindergarten gegangen sind, da wollten wir sie auch gleich in verschiedene Gruppen bringen.« Die Erzieherin befürchtet nun, im Gegensatz zur Mutter, daß Lena und Natascha am Ende gar nicht mehr in den Kindergarten gehen wollen.

Lena weint in der Folgezeit mehrmals, als sie mich sieht und sagt: »Ich will nicht in die andere Gruppe.«

(Lena sieht mich offenbar als diejenige, die sie drängen will)

Nach der Beobachtung der Erzieherin spielen beide, auch wenn sie zusammen da sind, nicht mehr soviel miteinander und mehr mit anderen, daß also trotzdem eine gewisse Trennung stattgefunden hat.

(Erste Anzeichen für eine Trennung von Lena und Natascha innerhalb der Gruppe)

Lena habe ihr zum ersten Mal eine Antwort auf eine direkte Frage gegeben, berichtet die Erzieherin.

(Erste direkte Antwort)

Lena ist zum ersten Mal im Kindergarten auf die Toilette gegangen. Um das weiter zu unterstützen, will die Mutter ihre Kinder nicht mehr wie bisher daran erinnern, daß sie morgens vor dem Weggehen zu Hause »noch schnell auf's Klo gehen«.

(Schritt zur Erweiterung der ›Zone des Vertrauens‹ auf den Kindergarten)

Die Erzieherin schlägt vor, die Videokamera, die ich als mögliches Arbeitsmittel der Beratungsstelle vorgestellt habe, in den Kindergarten zu bringen und dort Spielsituationen aufzunehmen; dieser Vorschlag wird auch ausgeführt. Die Erwachsenen und die Kinder sehen die Aufnahme gemeinsam an. Um gezielter beobachten zu können, schlage ich als Fragestellung für das Betrachten vor: »Was ist erwartet, was ist unerwartet?«

Beim ersten Ansehen kommentiert die Erzieherin die erste Szene – Lena und Natascha kommen in den Gruppenraum und stehen abwartend an der Türe – als »sehr typisch« und auch die Mutter findet ihre Befürchtungen bestätigt: »Sie stehen da wie bestellt und nicht abgeholt. Wenn niemand auf sie zugeht, machen sie nichts.« Die zweite Szene wirkt ähnlich: Lena und Natascha stehen am

Tisch, an dem einige Kinder mit einer anderen Erzieherin malen und gehen weg, als sie ruft: »Holt ihr euch auch ein Papier!« Die Mutter fragt sich deshalb, warum sich ihre Töchter nach zwei Jahren im Kindergarten noch so fremd fühlen. Zwar seien sie im ersten Jahr viel krank gewesen, und im Sommer sei sie öfter mit ihnen baden gegangen, jetzt in der kalten Jahreszeit kämen sie jedoch regelmäßig. Die Mutter bedauert: »Sie haben noch nie ›ich will‹ gesagt.«

(Beginn der Videobeobachtung: Zunächst Wahrnehmung des bisher Erwarteten)

Beim nächsten Videotermin hatten Lena und Natascha die Wahl gehabt, entweder in den Kindergarten zu gehen oder sich in der Beratungsstelle den Film mit anzusehen und hatten sich für letzteres entschieden.

Neugier auch bei Lena und Natascha?

Als Fragestellung schlägt die Mutter vor: »Was machen Lena und Natascha *von sich aus?*« und »Was hindert sie daran, aktiv zu werden?«

(Veränderung der Fragestellung durch Frau Meier)

Wir sehen uns daraufhin die Tisch-Szene vom letzten Mal noch einmal an und sehen nun, daß, genauer betrachtet, genau das Gegenteil von dem stattfindet, was wir zuerst zu sehen geglaubt hatten: Lena und Natascha gehen nicht erst vom Tisch weg, als die andere Erzieherin sie dazu auffordert, sich Papier zu holen, sondern sie waren schon unterwegs, als sie sie anrief; sie waren *von sich aus* einem Kind nachgegangen.

(Veränderung der Wahrnehmung – genauer hinsehen)

Die Erzieherin berichtet, daß Lena und Natascha nach dem Ansehen des Videobandes mit einem anderen Kind zusammen zum ersten Mal in der Puppenecke gespielt hätten, »so als ob von ihnen eine Maske abgefallen wäre«, sie hätten sich als Braut und Hund verkleidet und seien immer wieder zu der Erzieherin gekommen: »Guck mal!« Sie hatte eher befürchtet, daß Lena und Natascha durch das Ansehen des Videobandes beim Spielen gehemmter werden könnten.

(Sich zeigen im Rollenspiel)

Beim Betrachten der nächsten Szene, als mit den Kindern, darunter Lena und Natascha, Schiffe gebastelt werden, berichtet die Erzieherin, daß Lena und Natascha im Kindergarten dabei genau zusehen und das Gezeigte gleich nachmachen können. Aber: Damit ersparen sie sich wieder zu sprechen, denn die anderen, schlechteren Kinder müssen nachfragen. Und: Wahrscheinlich mögen sie Basteln lieber als Gesellschaftsspiele, weil bei denen mehr gesprochen werden muß.

(Ein Verhalten – Stärke oder/und Schwäche je nach Bewertung)

Ich frage die Mutter, ob auch ihr schon aufgefallen ist, daß ihre Kinder gute Beobachterinnen sind. Sie schildert als Beispiel zwei Situationen: Als Lena und Natascha zwei bis drei Jahre alt waren, war sie mit ihnen bei der Feier zur Einweihung eines Bahnhofs; sehr viel später erinnerten sie sich noch, daß damals ein kleiner Zug gefahren war. Bei einem Zoobesuch sagten Lena und Natascha »Guck mal, der Seelöwe ißt Süßes«. Erst nach einigem Nachfragen wurde der Mutter klar, daß die Kinder die schlechten Zähne des Tieres gesehen und daraus auf schlechte Eßgewohnheiten geschlossen hat.

(Positiv bewertete Eigenschaften werden berichtet, wenn danach gefragt wird)

Beim Betrachten einer Szene, in der ein Gesellschaftsspiel gespielt wird, berichtet Frau Häuser, daß sie in der akuten Situation den Eindruck hatte, Lena und Natascha holen sich den Würfel nicht, wenn sie an der Reihe sind. Deshalb regte sie, wie wir nun auf dem Videoband sehen, an, daß alle Kinder die Würfel weitergeben sollten. Beim Betrachten des Bandes sieht sie nun, daß Lena und Natascha sich den Würfel durchaus auch mal holen und daß eine von beiden sogar den Würfel zwischen zwei anderen Kindern hin- und hergibt.

(Genauer hinsehen)

In einer späteren Spielphase kommentiert Frau Meier das Verhalten ihrer Töchter: »Sie gucken desinteressiert«. Die Überlegung, daß sie, desinteressiert am Spiel, eventuell interessiert in eine andere Richtung gucken könnten, bringt uns dazu, die Szene nochmal anzusehen. Wir sehen, daß Lena und Natascha sich phasenweise ganz lebhaft am Spiel beteiligen und daß genauso auch andere

Kinder zeitweise desinteressiert sind: Ein Mädchen ist müde, ein Junge geht auf der Suche nach etwas Interessanterem im Gruppenraum umher.

(Ein Verhalten, zwei Möglichkeiten der Bewertung/Erweiterung des Fokus – auf andere)

Zum ersten Mal habe ich Blickkontakt mit Lena – Natascha ist heute schlapper, da sie gerade am Krankwerden ist.

Aus dem großen Unterschied im Verhalten der beiden Kinder zu Hause und im Kindergarten entsteht der Vorschlag, auch zu Hause eine Videoaufnahme zu machen.

Die Erzieherin nimmt sich vor, im Kindergarten nicht mehr so viel auf Lena und Natascha einzugehen, also ihnen nicht die Chance zu nehmen, etwas von sich aus zu tun.

(Verhalten von Lena und Natascha als Teil eines Interaktionszirkels)

Dezember 1988

Die Mutter und die Erzieherin berichten, daß die Kinder sich verändert haben. Vorher hatten sie große Probleme, sich von ihrer Mutter im Kindergarten zu lösen, jetzt rennen sie schon vor dem Kindergarten los und gehen alleine hinein. Da jedoch jetzt die Weihnachtsferien beginnen, ist die Mutter skeptisch: »Wer weiß, wie es nachher wieder ist!«

(Erweiterung der ›Zone des Vertrauens‹ auf den Kindergarten – Loslösung)

Januar 1989

In einem gemeinsamen Treffen mit der Mutter, den Kindern, der Erzieherin und mir gibt eine Expertin für Fragen zur Zwillingserziehung einige Anregungen, die den Zwillingen für ihren Individualisierungsprozeß helfen: Die für alle Kinder sinnvolle Öffnung der Gruppen im Kindergarten hilft den Zwillingen, zur Vorbereitung einer Trennung, auch Freundschaften in der anderen Gruppe aufzubauen. Jedes Kind sollte sich extra Freundinnen einladen dürfen; wenn sie es wollen, sollte jeder Zwilling seinen eigenen Kindergeburtstag feiern dürfen, wobei sie sich vermutlich gegenseitig einladen und einige Freunde eben zweimal eingeladen werden; unterschiedliche Kleidung und Frisur sollte den individuellen Typ jedes Kindes herausstreichen helfen; ein Elternteil sollte öfters mal mit nur einem Kind einkaufen gehen; die jeweiligen Paten der beiden sollten sich der Chance und Aufgabe bewußt sein, daß nur sie innerhalb der engeren Verwandtschafts- und Bekanntschaftsbeziehungen das Privileg haben, eine besondere Beziehung zu nur einem der beiden Zwillinge aufbauen zu dürfen; wenn Lena und Natascha noch nicht zu anderen Kindern gehen, sollten Freundinnen nach Hause eingeladen werden; vielleicht könnten sie schon zum Mittagessen nach dem Kindergarten gleich mitgehen; die Neigung von Lena und Natascha zu Rollenspielen sollte weiter unterstützt werden. Insgesamt gehe es bei der Unterstützung der selbständigen Entwicklung jedes Zwillings nicht um den Abbau aller Gemeinsamkeiten, sondern um das Erspüren von Unterschieden. Beim Sprechen über die Gruppentrennung im Kindergarten und über die getrennte Einschulung soll die Betonung nicht zu sehr auf dem Wort ›trennen‹ liegen, sondern darauf, daß in zwei verschiedenen Umwelten jede der beiden Töchter eher die Chance hat, etwas Eigenes zu entwickeln.

Die Mutter berichtet, daß Lena – meist rosa gekleidet – und Natascha – blau – nicht in den Kindergarten gehen wollten, als ihre Farben vertauscht waren.

(Das eigene Bedürfnis der Kinder nach Unterschiedlichkeit wird wahrgenommen)

Sie sind mit einem anderen Kind zusammen das letzte Stück in den Kindergarten ohne ihre Mutter gelaufen. Dabei sei nochmal an die Skepsis vor Weihnachten erinnert!

Als die Mutter die Kinder fragt, »Habt ihr Durst?«, erinnert die Erzieherin sie daran, jedes Kind einzeln zu fragen.

(Unterstützung durch Erinnern)

Die Erzieherin berichtet, daß manche Kinder im Kindergarten neidisch auf die beiden sind und daß zwei Mädchen sogar Hand in Hand gehen und ›Zwillinge‹ spielen, insgesamt habe das ›Star‹-tum jedoch nachgelassen.

(Erweiterung des Fokus – auf andere)

Die Mutter beschreibt, wie Lena und Natascha wieder so schnell in den Kindergarten gelaufen sind, daß sie selbst nicht mitgekommen ist: »Man sieht, daß sie sich freuen, sie hüpfen im Hof.«

Februar 1989
Lena sagt zu Natascha auf dem zu Hause gedrehten Videofilm: »Du darfst mir es heute nicht mehr nachmachen!«
Die Mutter berichtet, daß sie manchmal von der einen Dinge erzählt bekommt, die sie der anderen nicht sagen darf.
(Eigene Wünsche nach Unterscheidung)
Durch den starken Gegensatz zwischen dem vitalen Spiel von Lena und Natascha zu Hause auf dem Videoband und dem schlaffen Herumsitzen, das ich in der Beratungsstelle erlebe, wird deutlich, daß die beiden ihre Vitalität hier wirklich aktiv und mit Kraftaufwand zurückhalten, und es entsteht die Frage, was dieses Zurückhalten für einen Sinn hat.
(Frage nach Funktion des auffallenden Verhaltens statt Frage nach der Ursache)
Die Erzieherin berichtet, daß Lena und Natascha im Kindergarten zum ersten Mal Wasserfarben verwendet und eine Malschürze angezogen haben. Durch die Reaktionen der beiden auf Spielangebote mit Fingerfarben und Kleister hatte die Erzieherin bisher den Eindruck gewonnen, daß sie sich nicht so gerne die Finger schmutzig machen. Gegen die Malschürze schien bisher zu sprechen, daß sie Wert darauf legten, nur ihre eigenen Sachen anzuziehen. Die Erzieherin hatte wie immer gefragt, ob sie malen wollten, aber schon nicht mehr daran geglaubt und überraschenderweise haben sie es diesmal gemacht.
(Überraschung)
Die Mutter berichtet, daß Lena und Natascha ihr dieses Weihnachten zum ersten Mal ein Geschenk gemacht haben.
Die Erzieherin schätzt, daß Lena und Natascha ihre persönlichen Schwerpunkte dann stärker entwickeln werden, wenn sie getrennt in die Schule gehen und verschiedene Freundinnen mit unterschiedlichen Hobbys haben werden.
(Zukunftsperspektive also Erweiterung des Fokus, zeitlich)

Die Erzieherin hat beim Betrachten des Videobandes den Eindruck, daß Lena und Natascha sehr ausdauernd und genau »wie Geschwister« spielen und findet das Band sehr sehenswert.

Sie berichtet zusammenfassend über Änderungen im Kindergarten: Lena hat sich letzte Woche sichtlich gefreut, in den Kindergarten zu gehen, sie hat gut gelaunt mit einem anderen Kind gespielt; beide Kinder stehen nicht mehr so ängstlich an der Türe sondern gehen alleine in den Raum; Gesichtsausdruck und Gestik sind bei beiden nicht mehr so verkrampft; im Spiel geben sie ihr Antwort, nicht aber bei direkten Fragen, da weinen beide.

Bei einem Elternabend über Aggressionen wird der Mutter deutlich, daß sie dieses Problem mit ihren Kindern nicht hat.

Die Mutter berichtet von einer Situation zu Hause, als Lena mit einer Freundin weggehen wollte. Für Natascha konnte es nicht schnell genug gehen, bis sie mit ihrer Mutter allein war, und brachte Lena noch den Mantel. Die Mutter: »Lena hat mir leid getan«, weil sie von Natascha so hinausgedrängt wurde.

(Unterschiede können weh tun)

Die Erzieherin weist im Kindergarten die anderen Kinder auf Unterschiede zwischen Lena und Natascha hin: »Heute hat Lena die rosa, Natascha die blaue Hose an.

(Verhalten im Interaktionszirkel)

Als Bild für den Prozeß, den die Mutter mit ihren beiden Töchtern durchläuft, taucht bei mir das Bild einer Geburt auf, der zweiten Geburt aus dem Familienkreis in die weitere Umwelt.

(Neue Sicht des Prozesses durch das Bild einer ›zweiten Geburt‹)

März 1989

In der Supervision des Beratungsstellenteams entstanden folgende Überlegungen:

– Analog zu dem Bild von der Geburt: Eine der beiden Zwillingsschwestern müßte sich entscheiden, als erste ›herauszukommen‹.

– Die Geburt geht langsam, auch wenn der Wunsch der Erwachsenen – Mutter, Vater (?), Erzieherin, beratende Psychologin usw. – es möge schneller gehen, sehr groß ist.

- Welchen Sinn könnte es eventuell für wen haben, daß es langsam geht?
- Da sich Vater und Mutter offensichtlich einig sind, daß es Aufgabe der Mutter ist, dafür zu sorgen, daß die Kinder mehr aus sich und aus dem Kreise der Familie herausgehen, was würde der Vater dazu für Ratschläge geben?
- Was denkt die Mutter, wie der Vater seine Aufgabe beim Selbständigwerden seiner beiden Töchter sieht?
- Was denkt der Vater, wie er seine Frau bei der besonderen Aufgabe unterstützen kann, eine gute Mutter von Zwillingen zu sein?
- Den Zwillingen soll beides erlaubt sein: Unterschiedlichkeit und Gleichheit. Beispielsweise könnten sie sich abends beim Zubettgehen gleich und tagsüber unterschiedlich oder am Wochenende gleich und während der Woche verschieden anziehen.[3] Die Kinder werden immer Zwillinge bleiben, und gleichzeitig müssen sie lernen, in ihrer Umwelt als einzelne zu bestehen. Sie dürfen, wenn sie wollen, ihre Umwelt auch immer mal als Zwillinge verblüffen, aber es soll nicht ihre einzige Möglichkeit sondern ihre freie Wahl sein. Dann werden sie nicht weniger Chancen als normale Geschwister haben sondern andere.
- Die Menschen in der Umwelt der Zwillinge, die die beiden nicht so häufig sehen, brauchen äußere Unterscheidungshilfen (Frisur, Kleidung), um jede von beiden als eigene Person zu erkennen und dürfen diese Unterscheidungshilfen von der Mutter erbitten.
- Viele der genannten Überlegungen sind familienbezogen. Es soll versucht werden, neben der Besprechung der Fragen der Zusammenarbeit zwischen Mutter und Erzieherin im Dreiergespräch die familienbezogenen Fragestellungen im Familiengespräch zu besprechen. Daneben gibt es auch noch Fragen, die mehr den Kindergarten und die Erzieherin betreffen, deshalb kann auch ein Einzelgespräch mit der Erzieherin sinnvoll sein. Es geht hier ähnlich wie bei den Zwillingen darum, daß Gemeinsamkeiten und Unterschiede vorhanden sein dürfen, also

sowohl ein gemeinsames Vorgehen von Mutter und Erzieherin als auch ein getrenntes Vorgehen stattfinden kann. Die Zeitpunkte sollen die Beteiligten bestimmen.

(Neuer Input in der Supervision)

Mit der Mutter und der Erzieherin werden zusätzlich zu den gemeinsamen Gesprächen Einzelgespräche zu familienbezogenen und kindergartenbezogenen Fragestellungen vereinbart.

(Ansatz zu einer ›Trennung‹ bei weiterer Zusammenarbeit auch auf der Ebene der Erwachsenen)

Im familienbezogenen Einzelgespräch mit der Mutter berichte ich von den in der Supervisionsgruppe entstandenen Überlegungen und von dem Bild einer ›zweiten Geburt‹ aus dem Familienkreis in eine weitere Umgebung.

Angeregt durch die Überlegungen zur ›zweiten Geburt‹ erfahre ich von der Mutter Einzelheiten zur Geburt der Zwillinge, die im Erstgespräch noch nicht angesprochen worden waren: Vor der Geburt hatte die Mutter »eine paradiesische Zeit«, es war Sommer, sie ist viel schwimmen gegangen. Ihre Mutter konnte bis zum Schluß nahezu nicht glauben, daß ihre Tochter Zwillinge bekommen würde. Der Vater reagierte gelassen. Die Geburt selbst war sehr strapaziös. Ausgelöst durch die Überlegung, daß der Anlaß, die Beratungsstelle aufzusuchen, eine Stagnation während der ›zweiten Geburt‹ war, berichtet Frau Meier, daß es auch bei der ersten Geburt eine Stagnation gab: Der Muttermund ging nicht auf, sie lag zwei Tage lang am Wehentropf; ihre Mutter, die sie besuchte, konnte fast nicht aushalten, sie so leiden zu sehen. Trotzdem sie vorher dagegen gewesen war, stimmte sie nun dem Einsatz von Zange und Saugglocke zu. Lena mußte wegen zu geringem Geburtsgewicht noch im Kinderkrankenhaus bleiben. Natascha wurde dazu gelegt. Die Mutter mußte wegen ihrer körperlichen Schwächung fünf Tage lang im Rollstuhl sitzen und war zum ersten Mal als Erwachsene auf die Hilfe anderer angewiesen. Sie und ihr Mann hätten sich zwar gewünscht, daß bei zwei Kindern auch ein Junge dabei ist, aber beide Eltern wollen kein Kind mehr.

(Wirkung des Bildes von der zweiten Geburt)

Die Mutter berichtet noch, daß Lena und Natascha jeweils bestimmte Kinder, alles Mädchen, im Kindergarten bevorzugen und andere ganz entschieden ablehnen. Im Vorraum des Kindergartens prüfen die Kinder anhand der belegten Kleiderhaken, welche Kinder da sind und entscheiden danach, ob sie bleiben wollen oder nicht. Es wird immer deutlicher, wie klar beide wissen, was sie wollen und wie energisch sie es zu erreichen versuchen.

Die Mutter erzählt, daß Lena und Natascha heute geweint haben, als sie nur erwähnte, daß sie in die Beratungsstelle geht.

Zum nächsten Termin möchte die Mutter wieder ein gemeinsames Gespräch mit der Erzieherin.

Nach dem Einzelgespräch hatte ich den Eindruck, die Mutter zum ersten Mal auch als Einzelperson gesehen zu haben. Das Bild von der ›zweiten Geburt‹ erlebte ich als förderlich für den Gesprächsfluß, bei den familienbezogenen Fragen erlebte ich mich bohrend, und mir fiel der Vergleich mit der Geburtszange ein.

(Verschiebung des Fokus – auf eine einzelne Person)

Im Einzelgespräch mit der Erzieherin am Nachmittag desselben Tages erfahre ich auch von ihr weitere Einzelheiten, die die bisherigen Informationen ergänzen und besser verstehen lassen. Sie war aus mehreren Gründen interessiert, an den Beratungsgesprächen teilzunehmen:

- Weil sie alleine nicht mehr weiter wußte,
- weil sie es in ihrer bisherigen Kindergartenarbeit noch nicht mit Zwillingen zu tun gehabt hatte,
- weil sie sich durch die Zurückgezogenheit von Lena und Natascha an sich selbst als »stilles und verdrücktes Kind« erinnert fühlte, das die Zeit im Kindergarten, die »so prägend« ist, nicht genug genützt hat und
- weil sie, jetzt als erwachsene Frau rückblickend erkennt, daß ihre Mutter »damals nicht in allem recht hatte«.

(Verschiebung des Fokus – auf eine einzelne Person)

Die Erzieherin bedauert, daß Lena und Natascha bis vor einem halben Jahr relativ häufig fehlten. Die Mutter mochte die beiden »nicht zwingen«, wenn sie wieder heimgehen wollten; beide Eltern, auch der Vater, behandelten die Kinder sehr fürsorglich, »wie kleine Kostbarkeiten«. Angeregt durch das Bild von der ›zweiten Geburt‹

Lenas und Nataschas aus dem Kreis der Familie heraus in den Kindergarten und ein weiteres Umfeld – ein Bild, in das sie sich gut hinein denken konnte, erinnert sich die Erzieherin an den Kindergarteneintritt ihres Sohnes und die Einschulung ihrer Tochter im letzten Jahr. Damals empfand sie, daß die Phase ihres stärksten Einflusses auf ihre Kinder nun vorbei sei, und war erst erleichtert, als sie nach dem ersten Elternabend einen guten Eindruck von der Lehrerin hatte. Ebenso wie sie sich nun besser in die Situation der Mutter hineinversetzen kann, versucht sie auch den Vater zu verstehen: vielleicht verhält er sich deshalb so besonders fürsorglich seinen Kindern gegenüber, weil er, ähnlich wie ihr eigener Mann, weniger Vergleichsmöglichkeiten als sie als Erzieherin hat und nicht beurteilen kann, wieviel Selbständigkeit Kindern in diesem Alter zugemutet werden kann.

(›Role-taking‹: Ein Blick vom Standpunkt der anderen aus ist möglich)

Die Kindergartengruppen waren in der Zeit des Gruppenaufbaus seit der Gründung des Kindergartens bewußt geschlossen gehalten worden. Nun wird am Freitag vormittag ein Besuchstag zwischen den Gruppen eingerichtet.

(Beginn einer Öffnung der Kindergartengruppen)

Ein Kind habe bei der Ankunft von Natascha von sich aus bemerkt: »Heute hat die Natascha die blaue Hose an.«

(Kinder sehen Unterschiede)

Die Erzieherin hält Gespräche wie die Beratungsgespräche wegen Lena und Natascha für einen notwendigen Bestandteil der Arbeit von Erzieherinnen. Neue Ideen und eine andere Sichtweise, die im Gespräch entstehen, können bei den immer wieder vorkommenden schwierigen Situationen weiter helfen.

(Fokuserweiterung auf die Arbeit als Erzieherin allgemein)

Die Erzieherin möchte Lena und Natascha systematischer beobachten.

Ich habe einen ähnlichen Eindruck wie nach dem Einzelgespräch mit der Mutter, nämlich, daß ich die Erzieherin sowohl vom persönlichen Anteil ihres Engagements als auch von den institutionellen Rahmenbedingungen des Kindergartens her ›genauer gesehen‹

habe als in den gemeinsamen Gesprächen, die ja ihre Beobachtungen von Lena und Natascha zum Thema hatten.

Zusätzlich zu den Gemeinsamkeiten – Zusammenarbeit zwischen der Mutter und der Erzieherin – die weiter erhalten bleiben, scheinen, wie bei den Zwillingen, auch auf der Ebene der Erwachsenen die Unterschiede zwischen der Mutter und der Erzieherin (Blick auf das Problem von verschiedenen Standpunkten aus) deutlicher zu werden. Daher erscheint mir für das nächste gemeinsame Gespräch das Thema der gegenseitigen kritischen Anregungen wichtig: »Können Sie sich jetzt, wo Sie so gut zusammenarbeiten, auch etwas Kritisches sagen und zwar in der Form: »Was denken Sie, Frau Meier, was Frau Häuser sich von Ihnen wünscht, was für die Entwicklung von Lena und Natascha hilfreich sein könnte?« Und umgekehrt: »Was denken Sie, Frau Häuser …?«

Wichtig scheint mir, nachdem das gemeinsame Ziel der Weiterentwicklung von Lena und Natascha von allen geteilt wird, auch nochmal danach zu fragen, welche unterschiedlichen Ziele die Mutter, der Vater und die Erzieherin für die Kinder haben sowie danach, welche Fähigkeiten sie jeweils entwickeln müßten, um zur Lösung ›des Problems‹ beizutragen. Schließlich scheint es mir wichtig, im nächsten gemeinsamen Gespräch noch einmal die Frage anzusprechen, welchen Sinn das »Zurückhalten« von Lena und Natascha außerhalb des engeren Familienbereichs für die einzelnen Familienmitglieder hat – auch wenn ich dabei an die eingreifende Geburtszange denken muß und auch wenn ich nicht bestimmen kann, wann es für die Mutter richtig ist, sich mit dieser Frage zu beschäftigen.

April 1989

Für einen Sinn, den das aktive Zurückhalten von Lena und Natascha haben könnte, sieht die Mutter »keinen Anhaltspunkt«. »Letzten Endes bin ich froh, daß sie sind, wie sie sind. Es wird noch eine Weile dauern, bis sie auftauen.«

(Dieses Thema ist – noch – nicht dran)

Die Mutter berichtet, daß Lena und Natascha allen von der Idee mit der extra Geburtstagsfeier erzählen.

(Bedürfnis nach Unterscheidung nach ›Eigenem‹)

Lena habe, so die Mutter, seit etwa einem Monat einen deutlichen Vorsprung vor Natascha. Es sei unklar wodurch. Allerdings wehre sich Natascha mehr als Lena. Das Zurückbleiben von Natascha, die »kein drittes Rad am Wagen« sein möchte, wenn Lena mit einer Freundin spielen geht, tue ihr weh. Die Erzieherin erinnert in dem Zusammenhang an die Spielszene im Kindergarten, wo Lena eine Braut und Natascha einen Hund gespielt habe. Lena sei momentan etwas kontaktfreudiger, ihre Auswahl an Spielkameradinnen sei größer, Natascha habe lediglich Kontakt zu Madeleine.

(Unterschiede werden deutlicher gelebt)

Die Mutter weiß, was die Erzieherin sich von ihr wünscht: Lena und Natascha sollen häufiger in den Kindergarten kommen.

Im Kindergarten gibt es mittlerweile zwei Besuchstage zwischen den Gruppen.

(Weitere Öffnung der Gruppen)

Heute haben Lena und Natascha nicht geweint, als sie erfuhren, daß ihre Mutter und die Erzieherin in die Beratungsstelle gehen.

Ziele der Mutter für Lena und Natascha: Jede soll ›ich‹ sagen und selbstbewußt sein.

Die Erzieherin berichtet über Reaktionen der Kinder im Kindergarten: Wenn Lena und Natascha gleich angezogen sind, fragen sie, wer wer ist. Sie sagen nicht mehr »Lenanatascha«. Zum Teil stürzen sie aber noch an die Tür, um Lena und Natascha abzuholen.

(Aus den ›Bindestrich-Kindern‹ sind zwei Individuen geworden)

Die Erzieherin nimmt sich vor, eine Woche Lena und eine Woche Natascha zu beobachten, da es nicht mehr möglich ist, beide gleichzeitig zu beobachten.

(Lena und Natascha sind nicht mehr dauernd am selben Ort zu finden)

Mai 1989

Als ich mir das letzte Gespräch zur Vorbereitung des neuen nochmal durchlese, fällt mir auf, daß die Mutter, als sie den Vorsprung von Lena und das für sie schmerzliche Zurückbleiben Nataschas beschreibt – Schmerzen, die ich als notwendige Geburtsschmerzen eingeordnet habe – einen Hinweis darauf gibt, daß diese Weiterentwicklung der Zwillinge auch anders gesehen werden kann: Natascha geht nicht mit zu den Freundinnen ihrer Schwester, weil sie »kein drittes Rad am Wagen« sein will. Und: Natascha wehrt sich mehr als Lena. Ich nehme mir vor, im folgenden Gespräch anzusprechen, daß Lena und Natascha wahrscheinlich zum Teil schon anfangen, ihre eigenen Wege zu gehen: Lena entwickelt sich mehr in diese Richtung, Natascha in jene. Das Bild vom Zurückbleiben der einen kann ja nur zutreffen, wenn wir uns vorstellen, daß sie beide auf demselben Weg gehen; bei zwei verschiedenen Wegen ist eine hierarchische Bewertung nicht mehr sinnvoll.

(Lena und Natascha gehen zum Teil ihre eigenen Wege)

Noch bevor ich dazu komme, meine Gedanken darzustellen und dadurch zu einer anderen Sicht der Entwicklung von Lena und Natascha anzuregen, berichtet die Mutter, daß sie das, was sie beim letzten Mal über Lenas Entwicklungsvorsprung und Nataschas Zurückbleiben gesagt hat, heute ganz anders sieht: Natascha habe einen festen Willen. Sie habe bisher immer gedacht, Natascha sei einsam. Jetzt sehe sie, Natascha möchte das nicht anders. Zunächst habe Natascha, wenn sie ohne Lena zu Hause geblieben sei, mit ihr gespielt, jetzt beschäftige sie sich mit ihrem Esel. Sie sei doch sehr selbstbewußt, vielleicht sogar zu viel, zu wählerisch. Sie möchte nicht mit Lena und ihrer Freundin alleine spielen. Sie spiele nur mit, wenn auch andere Kinder dabei sind.

(Zwillinge, von denen nicht die eine besser, die andere schlechter ist; denn Selbstbewußtsein kann sich ganz verschieden äußern)

Auch die Erzieherin hat bei Natascha neue Zeichen für Selbstbewußtsein beobachtet. Natascha habe, allerdings auf Nachfragen, zum ersten Mal *gesagt*, daß sie auch an einem Angebot teilnehmen will. Außerdem fange sie an, die Kinder, die mit ihr spielen wollen, zu veräppeln, indem sie immer wieder entwischt und sich von ihnen fangen läßt.

Die Mutter erzählt von einer weiteren Veränderung zu Hause: Bisher hätten beide immer eher Kinder zu sich nach Hause zum Spielen eingeladen. Jetzt habe Natascha zum ersten Mal von sich aus verlangt, zu einem anderen Kind nach Hause spielen zu gehen.

(Der Aktionsradius wird größer)

Die Erzieherin berichtet jedoch auch, daß Lena und Natascha noch einige Verhaltensweisen von früher haben, wie zum Beispiel, daß sie im Kindergarten noch immer keine Hausschuhe anziehen. Die Mutter bemerkt, daß jetzt von »von früher« gesagt wird, wenn von dem Verhalten von Lena und Natascha gesprochen wird, weswegen sie die Gespräche begonnen hat.

(Es hat sich wirklich etwas verändert: manche Verhaltensweisen gehören der Vergangenheit an)

Die Mutter berichtet, daß sie die Zwillinge in der anderen Kindergartengruppe, Sven und Torsten, nicht auseinanderhalten kann, und die Erzieherin schildert ein Gespräch zwischen den Kindern, als einer der beiden eines Tages eine andere Frisur hatte: »Guck mal, das sind keine Zwillinge mehr!« »Aber wenn dein Bruder eine andere Frisur hat, ist er doch auch noch dein Bruder!«

(Fokuserweiterung – auf andere)

Lena und Natascha haben heute morgen zunächst wieder geweint, als die Mutter ihnen ankündigte, daß sie in die Beratungsstelle zu mir gehen. Dann meinte Natascha: »Dann gehe ich zu Claudia.«

Die Mutter schildert, wie entweder Lena oder Natascha zu einer Freundin sagte: »Wir sind Zwillinge.«

(Gerade in der Individualisierung ist es wichtig, das gemeinsame zu betonen)

Die Mutter berichtete, daß sie den beiden schon angekündigt hat, daß sie in der Schule in verschiedene Gruppen kommen. Sie hätten reagiert, als ob sie sich damit abgefunden hätten. Aber es wäre möglich, daß sie sich dabei noch sträuben, sobald es in einem Jahr wirklich soweit ist. Sie wäre sehr enttäuscht, wenn die getrennte Einschulung mißlänge und richtet sich darauf ein, diesen Übergang, diese neuerliche Geburt zu überstehen, und sei es auch unter Schwierigkeiten.

(Zukunftsplanungen)

Neuland sei für sie auch, berichtet die Mutter, daß sie zur Organisation der Besuche und Gegenbesuche ihrer beiden Töchter immer mit mindestens zwei Familien telefonieren muß, zumal jetzt mehr die Initiative von ihren Töchtern ausgeht, während früher die Mütter bei ihr anriefen.

(Die Initiative zu Kontakten geht stärker von den Töchtern aus)

Da Lenas Freundin nebenan wohnt und sie es dadurch leichter hat als Natascha, lädt Frau Meier im Sommer verstärkt Kinder ein, damit auch Natascha zum Zuge kommen kann.

Ich erzähle, daß das Verfassen des Beratungsberichts für mich auch wie eine Geburt ist, darauf die Erzieherin: »Der Vergleich mit der Geburt war wirklich gut für das, was da stattfindet.« Sowohl die Mutter als auch die Erzieherin werden den Bericht lesen und kommentieren.

Bis zu den Kindergartenferien sind es noch sechs Wochen. Was soll bis dahin noch geschehen: Die Mutter möchte, daß ihre Töchter noch mehr Kontakt finden, die Erzieherin möchte weiterhin beide getrennt beobachten.

(Zukunftsplanungen)

Der Beratungsprozeß

Die im letzten Abschnitt benannten sehr unterschiedlichen Veränderungen sind zunächst einzelne Hinweise auf den Entwicklungsprozeß, der gerade im Gange ist, und zu dem Lena und Natascha durch ihr auffälliges Verhalten außerhalb des engeren Familienkreises den Anstoß gegeben haben.

Schon während der Beratungsgespräche und noch mehr jetzt, während ich das Geschehen überdenke und zu diesem Bericht zusammenfasse, kristallisierten sich für mich bestimmte Merkmale dieses Prozesses als besonders charakteristisch heraus. Zentral dabei erscheint mir das Thema ›Wahrnehmung‹.

Lena und Natascha haben uns dazu gebracht, *genauer hinzusehen*, auf sie beide, auf jede von ihnen einzeln, auf uns gegenseitig und schließlich auch noch auf die Art, wie wir Dinge wahrnehmen, und nicht wahrnehmen. Die Möglichkeit, Videoaufnahmen zu machen und das Aufgenommene wiederholt anzusehen, hat sich dabei als sehr hilfreich erwiesen, um Situationen wirklich genau, gezielt und in Ruhe betrachten zu können, und um die eigene Wahrnehmung zu überprüfen und auszuprobieren, ob das Wahrgenommene sich nicht auch anders sehen, das heißt mit einer anderen Bedeutung versehen läßt.

Als die wichtigsten Veränderungen sehe ich daher solche, in denen Bisheriges in einem anderen Licht gesehen, neu definiert[4] wird. Zum Beispiel die erweiterte Sicht des Schweigens von Lena und Natascha im Kindergarten als nicht nur sprachheilpädagogisches, sondern als Familienberatungsproblem, das die Mutter und die Erzieherin – wie ihr Verhalten zeigt – als Angelegenheit sehen, die am besten in Zusammenarbeit von ihnen beiden und der Beratungsstelle angegangen werden kann. Meine Versuche, den Vater in die Beratungsgespräche einzubeziehen oder ihm als abwesendem Familienmitglied indirekt durch zirkuläres Fragen wie »Was wäre seine Meinung hierzu?« eine Stimme zu geben, schlugen fehl. Ich denke, die Mutter versprach sich zu diesem Zeitpunkt mehr von der Zusammenarbeit mit der Erzieherin. In bestimmten, bisher als passiv oder gar nicht normal gesehenen Verhaltensweisen von Lena und Natascha wurden Stärken sichtbar: Sie schaffen es gut, andere für sie Dinge erledigen zu lassen; sie wissen genau, mit welchen Kindern sie nicht spielen wollen; sie können sehr gut beobachten und Konsequenzen aus ihren Beobachtungen ziehen; sie sind nicht aggressiv; sie lassen sich nicht alles bieten; Natascha ist nicht ›zurück‹, sondern geht ihren eigenen Weg.

Das Verhalten von Lena und Natascha, das vorher isoliert gesehen wurde, wird immer mehr als Teil eines Interaktionszirkels gesehen, also als Teil eines Ablaufs, bei dem sich *alle* Beteiligten – und auch Lena und Natascha – anders verhalten können.

Das hat zur Folge, daß der Eindruck, die Entwicklung der beiden stagniere, langsam abgelöst wird durch den Eindruck: Es tut sich was; es finden, zwar langsam und unterbrochen von Mißerfolgen, Schübe von überraschenden Veränderungen statt; ja, manche anfänglich häufigen, typischen Verhaltensweisen gehören plötzlich der Vergangenheit an, sind Verhalten ›von früher‹.

Die Beteiligung der Erwachsenen, in dem Fall der Mutter und der Erzieherin, wird weniger als Schuld, Fehler, Ungenügen empfunden, sondern als Verhaltensmöglichkeiten, mit denen experimentiert werden kann.

Mir scheint, daß in den Beratungsgesprächen mit der Mutter, ihren Töchtern und der Erzieherin ein Prozeß in Gang gekommen ist, den ich als Entwicklung »Von der resignierten Wahrnehmung zum Wiederaufleben der Neugier« bezeichnen möchte. Was ich damit meine, möchte ich noch einmal genauer darstellen: Die ›neue Sicht‹ von Lena und Natascha als Kinder, die auch Stärken besitzen, ist so neu nicht. Ihrer Mutter war auch schon früher einiges aufgefallen, sonst hätte sie sich in den Gespräche nicht daran erinnert. Das auffallend zurückhaltende Verhalten von Lena und Natascha und die Definition der Zwillinge als ›problematisch‹ hatte jedoch zunächst den Blick auf deren Fähigkeiten verstellt. Dazu kommt zum einen, daß Fähigkeiten generell leicht als selbstverständlich hingenommen werden und zum anderen wohl die Meinung, daß Gespräche in einer Psychologischen Beratungsstelle sich eben auf Probleme zu konzentrieren haben. So war der Mechanismus der resignierten Wahrnehmung in Gang gekommen.

Wie dieser Mechanismus funktioniert und was für emotionale Folgen er hat, wird an mehreren Stellen deutlich, besonders aber beim Ansehen der ersten Szenen der Videoaufnahme aus dem Kindergarten. Um unserer Wahrnehmung etwas auf die Sprünge zu helfen, hatte ich als Fragestellung für das Ansehen der Videoaufnahme vorgeschlagen: »Was ist erwartet, was ist unerwartet?«

Trotzdem sahen wir alle drei in einer Situation nur das Erwartete und Befürchtete. Resignation machte sich breit. Auch ich als relativ Außenstehende blieb davon nicht unberührt. Die Sitzung endete mit Äußerungen darüber, daß dies eine »sehr typische Situation« sei, daß da »etwas blockiere«, »sie gehen schon zwei Jahre in den Kindergarten und sind noch fremd«, »noch nie haben sie gesagt ›Ich will‹« – also lauter resignierte Äußerungen, die zudem aus der beobachteten kurzen Szene sehr allgemeine Schlüsse zogen.

Die Überraschung kam in der nächsten Sitzung. Irgend etwas führte dazu, daß wir diese Szene mehrmals zurückspulten und uns anschauten.

Beim genauen Hinsehen entdeckten wir, daß sich Lena und Natascha anders verhielten, als wir es beim ersten Ansehen des Videos wahrgenommen hatten.

Die Neugier hatte über die Tendenz zur »resignierten Wahrnehmung« gesiegt. Gleich danach kam noch eine ähnliche Situation, die wir uns mit einer durch das vorangegangene geschärften Aufmerksamkeit gleich von vorne herein mehrmals ansahen: Auch hier zeigte sich, daß die resignierte Erwartung sich nicht immer bewahrheitet. Es wird auch wieder möglich, den Blick von den Zwillingen weg und den anderen Kindern zuzuwenden und zu sehen, wie sich die anderen Kinder verhalten. Es wird immer mehr möglich, neben dem ›auffälligen‹, dem besonderen Verhalten, auch das ›normale‹ Verhalten zu sehen. Der neugierige Blick ist wieder offen dafür, »mit allem zu rechnen, auch mit dem Besten«.

Die hier beschriebene Wahrnehmungstendenz, die wir in den Beratungsgesprächen an uns gegenseitig und jede an sich selbst beobachteten, ist nichts ›Abnormales‹, sondern entspricht völlig den im Alltagsleben allgemein beobachtbaren wie in der Wahrnehmungspsychologie beschriebenen Mechanismen: Man sieht eher das, worauf die Erwartung gerichtet ist. Es geht hier also auch nicht darum, daß zum Beispiel eine Mutter oder eine Erzieherin sich schuldig fühlen müßten, weil sie bestimmte Verhaltensweisen der Kinder übersehen haben, sondern es geht darum, in Situationen von Stagnation wie bei Lena und Natascha im Kindergarten, wenn Mutter und Erzieherin sich Sorgen machen, Möglichkeiten zu schaffen, genauer hinzusehen als normal im Alltag möglich und auch nötig ist. Mütter, Erzieherinnen, alle, die viel Kontakt mit einem bestimmten Kind haben, haben es, weil sie das befürchtete unerwünschte Verhalten so oft erleben, aus diesem Grunde schwerer, einen offenen Blick der Neugier zu behalten und nicht nur skeptisch zu sein, sondern »auch mit dem Besten« zu rechnen. Es kann in solchen Situationen nicht immer von einem Kind erwartet werden, daß es einer einseitig gewordenen Wahrnehmung der Umwelt durch plötzliche, nicht mehr zu übersehende Veränderungen auf die Sprünge hilft.

Was hilfreich sein kann ist, mit Personen zu sprechen, die wegen ihres Abstands zu dem betreffenden Kind nicht so sehr durch Vorerfahrungen festgelegt sind.[5] Eine solche Lernsituation entstand während des Beratungsprozesses, Frau Meier formulierte das so: »Wir lernen alle, wir wissen nicht was kommt. Darauf aufmerksam wird man erst dadurch, daß man darüber spricht.« Durch das gemeinsame Interesse am Thema, und durch die oft unerwarteten Reaktionen von Lena und Natascha auf unsere für sie auch oft unerwarteten Verhaltensweisen entstand ein Klima, in dem die drei erwachsenen Beteiligten häufig neugierig waren, wie es wohl weiter gehen würde. Dazwischen gab es immer wieder Situationen der Enttäuschung und Resignation, die in den Dreiergesprächen und durch die Zusammenarbeit der Mutter und der Erzieherin aufgefangen werden konnten. Neben den Videobildern, die die einseitig gewordene Wahrnehmung wieder offener und schärfer machten, gab es noch andere Bilder, die hilfreich waren: innere Bilder dafür, welcher Prozeß hier eigentlich stattfand.

Für mich als Beraterin war ein hilfreiches Bild das einer Entdeckungsreise per Schiff: zwar zu wissen, worauf ich beim Segeln achten muß, aber nicht zu wissen, welche Insel oder unerwartete Küste auftauchen würde, wenn der Nebel sich lichtet.

Das wichtigere Bild war jedoch das Bild einer Geburt, der zweiten Geburt aus dem Familienkreis in ein weiteres Umfeld. Dieses Bild war auch eine Umdefinition: Ein unverständliches, möglicherweise ›nicht normales‹ Verhalten der beiden Kinder wird Teil eines normalen, verständlichen Lebensvorganges mit einer eigenen Gesetzmäßigkeit, bei dem die Beziehung zwischen Mutter und Kind/ern sich verändert. Das Bild der Geburt hat alle am Beratungsprozeß Beteiligten angesprochen – alle waren sich einig, daß die zweite Geburt zwar im Gange, aber noch nicht abgeschlossen ist – und es hat Anregungen zu einer Reihe von Überlegungen gegeben: daß es auch Phasen der Stagnation geben kann, bei denen Geburtshilfe notwendig werden kann; daß Schmerzen dazugehören; daß es Aktivität sowohl bei der Mutter (Preßwehen) als auch bei den Kindern gibt; daß eins der Kinder vorangehen muß. Es hat auch bewirkt, daß die Mutter die ›erste Geburt‹ der Zwillinge genauer schilderte und daß die Erzieherin neben ihrer professionellen Sicht auch die Situation der Mutter, eine Situation, wie sie ja bei Kindergarten- und Schuleintritt ihrer eigenen Kinder auch erlebt hatte, besser verstehen konnte.

Abschließende Überlegungen und Ausblick

Beim Durchlesen der Veränderungen, wie sie berichtet wurden, fällt auf, daß wir trotz unseres bewußten Vorsatzes, Unterschiede zwischen den beiden Zwillingen wahrnehmen und fördern zu wollen, um ihre eigenständige Entwicklung zu unterstützen, sprachlich weiterhin auf der Paar-Ebene geblieben sind, also meistens »sie« oder »die Zwillinge« sagten. Wenn uns das bewußt wurde, bemühten wir uns etwas krampfhaft, von Lena und von Natascha einzeln zu sprechen. Erst gegen Ende des hier beschriebenen Zeitablaufs gelang das natürlicher. Lena und Natascha begannen, ihre eigenen Wege zu gehen, waren daher nicht mehr so oft gemeinsam im Blickfeld und konnten deshalb weniger leicht ein Etikett auf der Paar-Ebene (»*sie* sind/tun das und das«) erhalten.

Ungefähr zur selben Zeit hatte die Erzieherin den Entschluß gefaßt, sich in der Beobachtung jeweils eine Woche lang auf eine der beiden zu konzentrieren.

Für die Fortdauer des Beratungsprozesses erwarte ich, daß dieses getrennte Sehen von Lena und von Natascha noch eine Zeitlang Thema sein wird und wir noch auf weitere unterschiedliche Eigenschaften von jeder der beiden gespannt sein dürfen. Wahrscheinlich werden Frau Häuser im Kindergarten und besonders Frau Meier im Familien- und Bekanntenkreis die erreichten Eigenarten ihrer Töchter gegen den ›Zwillingsblick‹ der Umwelt, die nur Gemeinsamkeiten sehen will, noch sehr heftig verteidigen müssen. Aber wieder zur selben Zeit berichtete Frau Meier, daß eine ihrer beiden Töchter ihrer Freundin gegenüber betonte, daß sie und ihre Schwester Zwillinge seien. Ich nehme an, daß Lena und Natascha im Laufe des Differenzierungsprozesses ihrer Umwelt noch häufiger in Worten und Taten signalisieren werden, daß sie Zwillinge sein und bleiben wollen. Dadurch werden wir jedesmal wieder an das bereits angesprochene Paradox erinnert: Zwillinge werden immer Zwillinge bleiben und müssen dennoch lernen, in ihrer Umwelt auch einzeln zu bestehen. Die wieder stärker in Gang gekommene Entwicklung zur Eigenständigkeit soll unterstützt werden, ohne die fundamentale Gemeinsamkeit der Zwillingsbeziehung zu bedrohen.

Die Erfahrung anderer Zwillingsfamilien zeigt, daß es möglich ist, spielerisch mit diesem scheinbaren Gegensatz von Unterschiedlichkeit und Gemeinsamkeit umzugehen. Wenn Kinder zum Beispiel sagen »Heute wollen wir uns als Zwillinge anziehen!« impliziert das schon, daß sie sich ein andermal auch anders entscheiden können. Dieses spielerische Element kann auch die Gefahr entschärfen, die darin liegt, wenn Zwillinge mit ›normalen‹, also nicht gleich alten Geschwistern verglichen und sehr schnell als ›nicht normal‹ eingeordnet werden.

Es ist wichtig, die Besonderheiten, auch die besonderen Risiken, zu sehen, die sich aus Zwillingsschwangerschaft und -geburt ergeben. Aber die Konsequenzen aus dem gemeinsamen Aufwachsen zweier gleich alter Kinder in einer Familie für alle einzelnen Familienmitglieder wie für das Familiensystem insgesamt müssen zunächst noch genauer und aus einem nicht pathologisch orientierten Blickwinkel betrachtet werden.

Mein Fazit aus dem bisherigen Verlauf der Beratung ist deshalb: Der Beratungsprozeß verspricht um so erfolgreicher zu werden, je mehr es den erwachsenen Beteiligten gelingt, aus der Bedrängnis der Stagnation herauszukommen und in Ruhe, mit einem offenen neugierigen Blick ihre Kinder zu betrachten, spielerisch mit ihrem eigenen Verhalten zu experimentieren und Überraschungen für möglich zu halten.

Karin von Schlieben-Troschke

Gibt es eine Geheimsprache bei Zwillingen?

Wenn ich nicht für mich selbst spreche, wer spricht dann für mich?

Ich möchte von mir und von anderen Zwillingen berichten, die über einen begrenzten Zeitraum hinweg, eine zum Teil andere Sprechweise hatten. Es wird oft über Geheimsprachen von Zwillingen gesprochen, obwohl sie in Wirklichkeit keine sind. Eine echte Geheimsprache denkt sich jemand aus, weil er vor anderen etwas verbergen will, und manchmal teilt er diese ausgedachte und geplante Geheimsprache mit einem weiteren Menschen.

Die sogenannte ›Geheimsprache‹ von jungen Zwillingen ist weder besonders geheimnisvoll, noch ein ›Sprachfehler‹. Auch andere Kinder, die nicht genügend Anregungen bekommen, und Geschwisterkinder, die eine sehr enge Beziehung haben, können wie Zwillinge eine schwer verständliche Sprache sprechen.

Bei etwa 40 % der Zwillinge soll eine ›Geheimsprache‹ anzutreffen sein. Sie wird mit dem Beginn des Spracherwerbs bemerkbar und läßt sich meist bis zum Schuleintritt verfolgen. Sie ist ohne Unterschied bei geistig und körperlich gesunden Zwillingen und bei Zwillingen, die in einem oder mehreren Entwicklungsbereichen ›hinterherhinken‹, anzutreffen. Es wurde festgestellt, daß insbesondere bei eineiigen Zwillingen, die etwas größere Schwierigkeiten in der Persönlichkeitsentwicklung haben, und insbesondere bei männlichen Zwillingen die ›Geheimsprache‹ häufiger auftritt. Sie ist Ausdruck einer Sprachentwicklungsverzögerung, entsteht unbewußt und kann nach Lepage verschiedene Erscheinungsformen haben.

Das Sprechenlernen beginnt mit unverständlichen Worten. Die Zwillinge versuchen anfangs mit ihrer Art zu sprechen, auf andere zuzugehen und verstanden zu werden. Es kommt gelegentlich vor, daß ein Geschwisterkind, das sehr viel mit ihnen spielt, die Sprache mit und von ihnen lernt. Dort, wo Eltern dieses unverständliche Sprechen einfach hinnehmen, gibt ein Zwillingspaar auch schon mal auf, mit seiner ›verstümmelten‹ Sprache auf die Eltern zuzugehen. Die überwiegend innerhalb des Paares verwendete schwerverständliche Sprache ist Ausdruck einer verzögerten Sprachentwicklung. Da die Regeln der allgemeinen Sprache noch nicht oder nur zum Teil gelernt wurden, kann das Zwillingspaar aber stets nur mit dieser relativ armen Sprache auf andere zugehen.

Werden Zwillinge darauf angesprochen, ob sie eine Geheimsprache besessen haben, bejahen fast alle eineiigen Zwillinge. Ich habe 43 Zwillingspaare verschiedenen Alters und Geschlechts befragt, von denen ein Viertel angab, eine Geheimsprache, aus einigen Worten und Sätzen bestehend, benutzt zu haben. Sie bejahten, da sie auch das häufig anzutreffende Verstehen ohne Worte und den Gleichklang von Gesten und Gedanken als Geheimsprache bezeichneten. Bei keinem dieser Paare hatte ihre Art der Verständigung dazu geführt, daß sie von anderen schlechter verstanden wurden, insgesamt weniger mit anderen Menschen gesprochen hatten oder sonst irgendwie wesentlich anders als andere Kinder sprechen gelernt hatten. Auch bei meiner eigenen Erfahrung mit meinem Zwillingsbruder gab es neben dem wortlosen Verstehen gemeinsame Redewendungen, die zufällig im Zusammensein entstanden waren. Eine Bezeichnung war ›Dummpotz‹; sie wurde auf alles angewendet, was blöd war, egal, ob Mensch oder Ding, egal, ob jemand uns hätte hören können oder nicht.

Das Phänomen des sich wortlosen Verstehens durch Gestik, Mimik oder auch im Schweigen, ist nicht besonders originell. Voraussetzung ist nur, daß Menschen sich aufgrund gemeinsamer Erlebnisse gut einschätzen können, viel vom anderen wissen und weniger zu erklären brauchen. So auch bei der Liebespaarsprache, bei der aus bestimmten Situationen heraus, originelle oder zärtliche Worte, die nicht der allgemeinen Sprache entnommen sind, entdeckt werden.

Damit ist bereits eine Wurzel der ›Geheimsprache‹ beschrieben, die Exklusivität der Zwillingsbeziehung.

Ich verstand meinen Zwillingspartner so sehr, daß ich mich selbst nicht mehr verstand

Es lassen sich nicht nur bei Freunden und bei Liebespaaren im Sprechen Merkmale finden, die dem ähneln, was wir mit Geheimsprache bezeichnen. Auch in Familien werden Sätze oder Worte geschaffen, die nur in der Familie Gültigkeit haben.

Eltern regen die Sprachentwicklung ihrer kleinen Kinder an, indem sie ihre Gedanken und Gefühle über einfache Worte ausdrücken. Auch das könnte man als ›Liebesgeflüster‹ bezeichnen. Darüber hinaus greifen sie auch anfangs nachahmend das Gurren, Quäken und Quietschen ihrer Zwillinge auf. Das sich daraus entwickelnde gemeinsame Gespräch besteht aus Worten der allgemeinen Sprache und den Lauten, die die Eltern produzieren, wenn sie mit den Kindern in der Babysprache sprechen.

Alle Menschen verwenden ganz selbstverständlich eine einfachere Sprache gegenüber kleinen Kindern. Sie ähnelt etwas der Art des Sprechens mit Tieren oder alten Menschen und drückt den Wunsch aus, überhaupt gemeinsames Sprechen zu ermöglichen.

In gewisser Weise bestärken sich Kleinkinder und Eltern gegenseitig, eine einfache Sprache zu benutzen. Zum Beispiel entdecken kleine Kinder ein Phantasiewort für alles, was sich fortbewegt. Eltern greifen dieses Wort auf, um gemeinsames Sprechen möglich zu machen, oder weil sie es niedlich finden, und benutzen dieses Wort dann auch weiterhin spaßhaft. Innerhalb der Familie ist das gemeinsame Wort oder die Ausdrucksweise ›richtig‹, außerhalb wäre sie falsch. Bei beiden Teilen, sowohl bei den Zwillingen als auch bei den Eltern, löst diese gemeinsame Erfahrung angenehme Empfindungen aus. Die Intensität des Verstehens ohne Worte, des Verstehens über Gestik und Mimik oder über Worte der Baby- oder Familiensprache und auch der Liebespaarsprache kann sehr verschieden sein. Sie reicht vom stummen Verstehen über heftiges, lebhaftes Geplapper. Worte, die nicht der allgemeinen Sprache entnommen sind, entstehen immer spontan, zufällig und unbewußt. Sie können in der Folge auch bewußt eingesetzt werden und sind an die Fähigkeit, sich einzufühlen, an Liebe oder an Leidenschaft füreinander geknüpft. Eine große Zwillingsuntersuchung von R. Zazzo hat ergeben, daß sich Zwillinge niemals an das erste Auftreten ihrer Geheimsprache erinnerten und meinten, sie hätten sie schon immer besessen.

Um dies zu verstehen, möchte ich erst einmal die Familiensituation einer Zwillingsfamilie beschreiben. Sie bildet den Rahmen des Spracherwerbs und entscheidet darüber, welche sprachlichen Fähigkeiten stärker und welche schwächer ausgebildet werden.

Im ersten Teil haben wir gesehen, wie eng Sprechen und Gefühl zusammenhängen. In einer Zwillingsfamilie ist es nicht immer möglich, beiden Neuankömmlingen gleichzeitig und gleichviel Liebesgefühl entgegenzubringen. Zwillingseltern haben es schwerer, weil sie sich auf zwei einlassen müssen. Zwillinge haben es schwerer, weil sie das Interesse der Eltern auf sich ziehen wollen, der Zwillingspartner es im selben Moment aber ebenfalls versucht.

Das Sprechen mit den Eltern wird von Kindern immer als Zuwendung erlebt, auch wenn es noch gar nicht richtig verstanden wird. Ebenso geben sich Zwillinge untereinander durch gefühlsmäßige Laute Zuwendung. In die Welt eines Zwillings gehört von Anfang an der Zwillingspartner. Meist liegen sie in der ersten Zeit in einem gemeinsamen Bett und teilen sich über Körpersprache, Anlächeln und Berührungen mit. So kann es geschehen, daß Eltern weniger oft ›Angebote‹ machen, die die Aufmerksamkeit jedes Zwillings erregen, als der Zwillingspartner, der immer greifbar ist. In diesem Miteinander ›erziehen‹ sich die Zwillinge bereits gegenseitig. Kinder versuchen auf verschiedenen Wegen, Aufmerksamkeit auf sich zu lenken, hier jedoch sollen nur die sprachlichen Möglichkeiten betrachtet werden.

Aufgrund des doppelten Zuwachses unterscheiden sich Zwillingsfamilien von anderen Familien. Es wird häufig beobachtet, daß Zwillingsmütter im Vergleich zu anderen Müttern weniger mit ihren Kindern sprechen und manchmal auch tun. Das ist nicht sehr verwunderlich, da sie ihre Kraft und Energie auf zwei Kinder verteilen, und bei mehr Geschwistern, noch weiter aufteilen müssen. Es scheint darüber hinaus so, daß Zwillingen aufgrund der Annahme, daß sie sich auch gegenseitig Dinge erklären und sich hilfreich sein können, weniger als anderen Kindern erklärt wird. In dem großen Ausmaß, in dem Zwillinge Zeit miteinander verbringen, ist auch nicht verwunderlich, daß oft ein Zwilling einem Elternteil das Verhalten seines Zwillingspartners erklärt, wenn dieser nicht ›verstanden‹ hat. Es erstaunt auch nicht, daß Zwillingseltern ausführlicher erklären, wenn sie nur mit einem Zwillingskind zusammen sind, da sie ihre Aufmerksamkeit nicht aufteilen müssen. Nicht-Zwillinge konzentrieren ihre Wahrnehmungsfähigkeit auf Personen, die bereits über größere Sprachfähigkeiten verfügen. Zwillinge dagegen, besonders wenn sie stark aufeinander bezogen sind, konzentrieren sich viel auf die noch unfertige Sprache des Partners und können sich darin bestärken.

Wichtig ist auch der Umstand, daß Eltern insgesamt mehr mit dem Zwillingspaar sprechen und ihm erklären, als das die Zwillinge miteinander tun. Kleine Zwillinge brauchen die Eltern zum Führen eines Gespräches. Sie sprechen anfangs weniger miteinander, wenn die Eltern nicht dabei sind. Im Vergleich zu anderen Familien fällt allerdings auf, daß Zwillingseltern insgesamt weniger mit den Zwillingskindern sprechen, als dies in anderen Familien der Fall ist. Dies hängt offensichtlich mit der allgemeinen Belastungssituation zusammen.

Diese Familiensituation macht möglich, daß Zwillinge ihre eigene ›Paarlogik‹ durch das gegenseitige Formen, Einfühlen und Interpretieren entwickeln, noch bevor sie richtig sprechen können. Dadurch kann ihr Sprachniveau langsamer als bei anderen Kindern wachsen. Wenn sie sich ungestört in ihren ganz persönlichen Deutungen der gemeinsamen Aktivitäten bestärken können, entsteht ein gemeinsamer ›Spielplan‹, der auf ihr Fühlen und Denken zurück wirkt. Er kann sich in einem gemeinsamen Gesprächsstil, einer Aufgabenverteilung und in gegenseitiger Identifikation zeigen. Dieser ›Spielplan‹ wird fortlaufend zwischen den Zwillingen und den Eltern neu ausgehandelt.

Hören und Sprechen ist ein vergessener Rest des Berührens

Zwillinge müssen zwei Dinge lernen: Das Sprechen in der Mutter-Kind- oder Vater-Kind-Dyade, und gleichzeitig, mit zwei oder mehreren Personen zu ›sprechen‹. Dies betrifft natürlich auch die anderen Familienmitglieder, die zum selben Zeitpunkt mit dem Paar zu sprechen versuchen und häufig eine Verbindung zwischen den Zwillingen herstellen.

Von S. Savics Ergebnissen zur Kommunikation in Zwillingsfamilien möchte ich hier einige festhalten, die die Lernsituation von Zwillingen beschreiben. Danach verdoppeln Eltern ihr Gesprächsangebot bei Zwillingen nicht. Das Zwillingspaar muß sich die Gesprächsangebote teilen. Beide Zwillinge hören zu und beide können antworten. Wenn einer nichts sagt, sagt der andere etwas. Hier ist ein großer Unterschied zu anderen Familien, denn in der Gegenwart nur eines Kindes würden Eltern eine Aufforderung ein- oder mehrmals wiederholen, bis das Kind antwortet. Zwillinge dagegen machen häufig die Erfahrung, zu spät dran gewesen zu sein. Daher ist oft zu beobachten, daß jeder versucht, schneller als der andere zu sein, weshalb die Antworten auch insgesamt bei beiden kürzer werden. Jeder Zwilling kann aber auch bemüht sein, den anderen zu unterbrechen und den Satz zu Ende zu führen. Das Sprechen im Dreieck kann ein schnelles Sprechen fördern, das schnelle Antworten lehren oder dazu führen, daß ein Zwilling sich mit dem zufrieden gibt, was der andere sagt.

Bemerkenswert ist auch, daß sich Zwillinge auffällig früh und sehr viel gegenseitig verbessern. Den Eltern gegenüber korrigieren sie sich, sobald sie deren Sprachregeln erkennen. Dies geschieht meist nach Situationen, in denen es einem Zwilling nicht gelungen ist, etwas Bestimmtes auszudrücken und durchzusetzen. Jedoch fällt auf, daß die Zwillinge sich untereinander häufiger verbessern, als jeder Zwilling sich selbst. Einerseits ist die gegenseitige Korrektur Ausdruck von Selbstbewußtsein, andererseits von Rivalität. Wenn bemerkt wird, daß der eine etwas falsch spricht, schaltet sich der andere in das Gespräch ein. Oft genug passiert es, daß einer den anderen falsch verbessert, was zu heftigen Streitereien führen kann.

Beobachten läßt sich auch, daß sich Zwillinge bereits im Alter von eineinviertel Jahren in dem Moment ins Wort fallen, wo der andere noch nach dem richtigen Ausdruck sucht. Jeder kann ebensogut den Satz zu Ende führen, wenn beide eine sehr ähnliche Gedankenwelt haben. Die rasch entstehende Zwillingsbeziehung, verbunden mit der Notwendigkeit, das Sprechen zu dritt zu lernen, birgt Vor- und Nachteile. Während es Nicht-Zwillinge erst im Alter von etwa zweieinhalb Jahren schaffen, sich dem Sprachniveau eines älteren oder jüngeren Gesprächspartners anzupassen, lernen Zwillinge schneller, sich auf einen Dialog einzustellen.

Um die Aufmerksamkeit ihres Gegenübers zu erregen, benutzen sie besonders viele Fürwörter, wie ›mein‹, ›ich‹, ›dieser‹ sowie viele gefühlsmäßig betonte Ausrufe. Zwillinge verbessern ihre Dialogfähigkeit miteinander darüber hinaus dadurch, daß sie sich häufiger beim Sprechen unterstützen und helfen, als dies andere Geschwister tun. Die Handlungen und die Lautäußerungen eines Zwillingspaares werden insgesamt im Vergleich zu Nicht-Zwillingen häufiger aufgegriffen, da es fast immer zwei mögliche Dialogpartner gibt. Dadurch wird ihr zunächst noch nicht an jemand Bestimmtes gerichtetes Sprechen häufiger aufgegriffen und zu gerichtetem Sprechen. Zwillinge haben daher häufiger eine Erfolgskontrolle über die eigene Fähigkeit, jemanden in ein Gespräch oder in eine Handlung hineinzuziehen. Diese Übungsmöglichkeiten bewirken, daß Zwillinge schneller deutlich zeigen können, wen sie ansprechen wollen. Selbstverständlich gibt es nicht nur das Sprechen zu dritt oder zu viert, sondern auch Zweiersituationen. Auch wenn das Zwillingspaar zusammen ist, erwarten Eltern bei einer Frage, daß zumindest ein Kind antwortet. Allerdings läßt sich gelegentlich eine Aufgabenteilung im Paar feststellen. Einer der Zwillinge ist dann für das Sprechen mit anderen Menschen zuständig und der zweite für andere Aktivitäten.

Eltern richten also insgesamt sehr viel häufiger das Wort an einen Zwilling, als umgekehrt. Dies ist verständlich, da dem Erwachsenen die besseren sprachlichen Möglichkeiten zur Verfügung stehen. Es ist daher nicht verwunderlich, daß es dem Zwilling anfangs mehr Spaß macht, mit Mutter oder Vater zu sprechen, als mit dem Zwillingspartner, da er von ihnen mehr Hilfe erhält. Darüber hinaus ist das Sprechen zu dritt schwieriger, und jeder Zwilling braucht die im Gespräch mitschwingende Zuwendung von den Eltern, um zu wachsen.

Die Fähigkeit jedes Zwillingskindes, mit einem Elternteil ein Gespräch anzufangen, ist entscheidend dafür, ob sein Spracherwerb rasche Fortschritte macht. Meist wird davon ausgegangen, daß Zwillinge miteinander eine einfachere Satzstruktur anwenden als mit Erwachsenen. Dies erscheint mir schwer erklärbar, da jedes Kind bemüht ist, sich mit den Formulierungen, die es durch Erwachsene lernt, auszudrücken und sich darin zu üben, also auch mit dem Zwillingspartner. Savic fand in seiner Untersuchung der Satzstruktur zwischen Zwilling-Erwachsenem und Zwilling-Zwilling keine Unterschiede. Die von ihm beobachteten Zwillinge wurden allerdings kaum sich selbst überlassen.

Es ist spannend zu beobachten, daß Zwillinge sich mehr oder weniger Mühe geben, ›gut‹ zu sprechen, je nachdem, ob sie mit dem Zwillingspartner oder einem Elternteil sprechen. Für das Gespräch untereinander brauchen sie sich keine besondere Mühe zu geben. Ohne Anstrengung wird das Gemeinte, auch bei wechselnder Aussprache oder Zusammensetzung der Worte, von beiden verstanden. Dies ist möglich, da sie sich wissens- und gefühlsmäßig ›auf der gleichen Wellenlänge‹ befinden.

Zwillinge sind Nicht-Zwillingen noch in etwas Anderem voraus. Auch wenn sie, das Gespräch mit einem Elternteil dem mit dem Zwilling vorziehen, haben sie doch bereits nach eineinhalb Jahren gelernt, zwei Gesprächspartner in ein Gespräch einzubinden. Und dies, obwohl der Anteil der Dreier-Gespräche in Zwillingsfamilien insgesamt nicht sehr hoch ist. Er betrug bei den von Savic beobachteten drei Zwillingspaaren in den ersten zwei Lebensjahren nur 6,5 %. Andere Kinder brauchen für die Fähigkeit, mit zwei Personen gleichzeitig zu sprechen, doppelt so viel Zeit. In Anwesenheit von zwei weiteren Kindern sprechen Nicht-Zwillinge bis zum Alter von etwa drei Jahren im Beisammensein mit mehreren Kindern immer nur ein Kind an, weil sie die Fähigkeit, zu dritt zu sprechen, noch nicht besitzen.

Kommunikation ist das weite Feld zwischen dem unwiderstehlichen Wunsch nach sozialem Kontakt und der unabwendbaren Notwendigkeit der Trennung

Wir haben bisher gesehen, daß das Sprechen in Zwillingsfamilien besondere Merkmale trägt. Die sogenannte ›Geheimsprache‹ kann gelegentlich, wenn auch mit Mühe, von Geschwistern oder Eltern verstanden werden. A.R. Luria und F.J. Youdovich beobachteten, daß ihre Zwillingspaare das Gespräch in Anwesenheit weiterer Personen einstellten. Ähnliches berichtet J. Echle von seinen Zwillingen. Weder er, seine Frau noch die Geschwister seiner Zwillinge, konnten die eigenwillige Verständigungsweise des Paares verstehen. Es hörte auf zu sprechen, wenn Familienmitglieder dabei waren. Andererseits richtete es im Alter von zweieinhalb Jahren gut verständliche Worte an andere Menschen. Dieses Paar wollte die Geheimsprache für sich aufrechterhalten.

Was unter Geheimsprache verstanden wird, kommt in verschiedenen Erscheinungsweisen daher. Neben den stillen Erscheinungsformen des wortlosen Verstehens, der Gestik und Mimik, zeigt sie sich als fröhliches Geplapper, nicht wie eine ›Fremdsprache‹ wirkend, und doch unverständlich. Sie besteht aus vielen Lautmalereien, ihre Worte und Sätze haben eine wesentlich ärmere Struktur, als die der normalen Sprache. Die Paare sprechen, so Luria und Youdovich, kaum losgelöst von der gerade ablaufenden gemeinsamen Handlung. Nur 3 % des Sprechens sind nicht an die aktuelle Situation gebunden. Diese Anbindung an das momentane Tun bewirkt ihr ausdrucksvolles Sprechen, welches darauf abzielt, sich etwas Wichtiges mitzuteilen und eine Reaktion beim anderen hervorzurufen. Da die ›Geheimsprache‹ mit relativ wenigen und ›primitiven‹ Wortbildungen auskommt, scheint sie schwer zu entschlüsseln zu sein. P. Bakker beobachtete an neun Zwillingspaaren, daß der größte Anteil ihrer Worte der Erwachsenensprache entliehen war. Die Worte wurden so ausgesprochen, wie es den Zwillingen altersgemäß möglich war. Auch bei Nicht-Zwillingen kennen wir die Imitation unseres Sprechens, des Laute-Malens und Laute-Nachahmens. Die ›Geheimsprache‹ ist schwer zu verstehen, obwohl der

Anteil von wirklich völlig neuen Wortschöpfungen sehr gering zu sein scheint.

Ihr Verständnis wird erschwert, weil Worte nicht in der Mehrzahl gekennzeichnet werden und zwischen den Worten auch keine Verbindungen existieren. Kein ›der‹ oder ›die‹ oder ›das‹ tauchte auf und keine Präpositionen wurden verwendet, um nur Einiges zu nennen. Es existierte auch keine Ordnung zwischen den Worten, wie wir sie in der allgemeinen Sprache kennen.

Zur Erscheinungsweise kann deshalb zusammenfassend gesagt werden, daß das Spektrum der Wortanteile der ›Geheimsprachen‹ von undeutlichem Gemurmel ohne Ähnlichkeit mit der normalen Sprache, über abgewandelte Worte, bis hin zu einigen neuen Wortschöpfungen reichen kann. Die Bedeutungen der Worte können mit dem Zusammenhang, in dem die Handlungen der Zwillinge gerade geschehen, wechseln. Da meist sehr schnell gesprochen wird und einzelne Wortschatzelemente der Zwillinge keine feste Bedeutung haben, ist das Verständnis für andere sehr erschwert.

Nur wenn ich betone, wie wertvoll mein Zwillingspartner ist, kann ich mich selbst ein kleines bißchen wichtig finden

Nach der Darstellung der Umstände, unter denen die ›Geheimsprache‹ auftaucht, und dem, wie sie sich anhört, gewinnt an Bedeutung, was zu dieser Art des Sprechens führt.

Ohne Zweifel erlangen Zwillinge schon lange, bevor sie miteinander wirklich sprechen können, füreinander eine gefühlsmäßige Bedeutung. Anfangs handeln sie überwiegend miteinander. Neben Berührungen, Gestik und Mimik ahmen sie die Geräusche des Zwillingspartners ebenso nach, wie die der Eltern. Bereits zwischen zweijährigen Zwillingen sind ›Unterhaltungen‹ möglich, auch wenn mehrmalige Anläufe notwendig sind, damit der Zwillingspartner aufmerksam wird und eine bedeutsame Antwort gibt. Wir müssen unsere Aufmerksamkeit auf die Zweisamkeit der Zwillinge lenken, aus der heraus eine ›Geheimsprache‹ wie eine ›Melodie des Paares‹ entstehen kann. Diese Zweisamkeit, die Vor- und Nachteile hat, birgt in sich die Gefahr, daß ein Zwilling nicht so schnell die Notwendigkeit spürt, mit anderen sprechen zu können. Miteinander Sprechen ist viel leichter, als mit anderen. Um mit anderen zu sprechen, müßte dieser herbeigeholt, seine Aufmerksamkeit geweckt, seine Sprachregeln verwendet werden und vieles mehr.

Da das Miteinander-Sprechen angenehme Empfindungen hervorruft, kann sich in den Fällen, wo die Zwillinge füreinander zum größten Liebesobjekt werden, eine ›Geheimsprache‹ entwickeln. Ihr Beibehalten führt dazu, daß das Paar sich weniger, als andere Kinder bemüht, die Regelhaftigkeit der allgemeinen Sprache zu ergründen. In Situationen, die jeder Zwilling für sich erlebt, erkennt er stärker, daß es wichtig ist, die allgemeine Sprache zu erlernen. Mit den erlernten ›normalen‹ Worten, müßte er sich auch dem Zwillingspartner gegenüber mitteilen, da die Möglichkeit der Vereinfachung durch das fehlende gemeinsame Erleben fortfiele.

Nun scheinen sich aber Mutter und Vater wenig mit nur einem Zwillingskind zu beschäftigen. Einige Untersuchungen weisen darauf hin, daß Zwillingsmütter im Vergleich zu anderen Müttern weniger mit ihren Zwillingen sprechen. Darüber hinaus wird, wenngleich nicht einheitlich, behauptet, daß Erwachsene nicht nur weniger mit Zwillingen sprechen, sondern sich ihnen auch insgesamt weniger zuwenden. L. Lytton verglich 29 Zwillinge und 44 männliche Einzelkinder im Alter von zwei Jahren. Er stellte fest, daß die Zwillingssituation Grund dafür ist, daß sich Eltern emotional und sprachlich den Zwillingen weniger zuwenden.

Einer der Gründe ist, daß Eltern oft nicht die Zeit für lange Erklärungen bleibt, sondern gehandelt werden muß. Sie sprechen daher stärker situationsbetont und direktiver. Dies führt dazu, daß Zwillinge ebenfalls stärker ein an einen gefühlsmäßigen Ausdruck und an die Situation gebundenes Sprechen pflegen. So zu sprechen, betont, wie bei den Eltern, den gefühlsmäßigen Hintergrund und die Aufforderung zu einem bestimmten Tun.

Zwillingseltern bleibt mit Sicherheit weniger Zeit, Lautbildungen und Worte der Zwillinge aufzunehmen, sie fortzuführen, zu erweitern und zu korrigieren. Dagegen ahmen sie in größerem Ausmaß die Lautproduktion der Zwillinge nach und geben ihnen damit die notwendige Nähe und Zuwendung. Der Grund dafür mag sein, daß das Aufgreifen der Wortproduktionen und die Korrektur bei zwei Kindern viel schwieriger und zeitaufwendiger wäre.

Hinzu kommt weiter, daß, bei einem Gespräch zwischen einem Zwilling und einem Erwachsenen, der andere sich ausgeschlossen fühlt und das Gespräch stört. An der Tatsache, daß Zwillinge weniger Anregungen erhalten, ändert auch die Tatsache, mit weiteren Geschwistern aufzuwachsen, nicht sehr viel. Es stellte sich heraus, daß auch ältere Kinder sich den Zwillingskindern gegenüber, ähnlich wie die Eltern, mit mehr auffordernden, lenkenden und gefühlsbetonten Botschaften verhalten.

Die Beschäftigung mit Zwillingen im Alltag scheint ein ›wirtschaftliches‹ Umgehen im Sprechen und Handeln zu erfordern. Dies führt dazu, daß manche Zwillinge länger als andere Kinder vorrangig Wünsche ausdrücken und weniger Fragen stellen.

Es ist die Zwillingssituation, die dazu führt, daß Zwillinge mehr Zeit brauchen, um die allgemeine Sprache zu erlernen und ein Selbstkonzept zu entwickeln. Die Zwillinge selbst spüren, daß sie im Umgang miteinander wesentlich sicherer und spontaner sein können, und vom Zwillingspartner besser verstanden werden als von anderen. Zu zweit gelingt es ihnen auch sprachlich besser, auf Angriffe und Verletzungen zu reagieren. Das gemeinsame Sprechen wird meistens viel mehr geübt als das Sprechen eines Zwillingskindes mit Mutter oder Vater, da diese Situation sich sehr viel seltener herstellen läßt. In diesen reduzierten Sprechanlässen außerhalb der Paargemeinschaft liegt eine Wurzel der größeren Unsicherheit von Zwillingen, andere Menschen so im Sprechen zu beeinflussen, daß sie auf sie reagieren.

Die ›Geheimsprache‹ entsteht somit dadurch, daß die Umwelt weniger Aufforderungscharakter zur Beschäftigung bietet, als der Zwillingspartner. So richtet sich die Wahrnehmung des Zwillings hauptsächlich auf ein Gegenüber, welches ebenfalls geringe Sprachfähigkeiten besitzt. Obwohl die ›Geheimsprache‹ unbewußt entsteht, wird mit dem Erlernen der Regeln der allgemeinen Sprache nach und nach ein Bewußtsein über die Tatsache des gemeinsamen ›anders‹ Sprechens entstehen. Nun kann durch die Erfahrung, von anderen kaum, schlecht oder gar nicht verstanden zu werden, auch ein Motiv entstehen, die ›Geheimsprache‹ bewußt aufrecht zu erhalten. Bei einem zunehmenden Verständnis der allgemeinen Sprache und gleichzeitiger Aufrechterhaltung der ›Geheimsprache‹ innerhalb des Paares, lassen sich unterschiedlichste Motive vermuten. So kann sich das Paar dadurch gegen Eltern oder Geschwister zur Wehr setzen, das Sprechen verweigern, auffallen und damit mehr Zuwendung erhalten.

Vom Standpunkt der Zwillinge aus, ›spricht‹ ihre Geheimsprache, ›viel mehr für sich‹, als die allgemeine Sprache, wenn diese schlecht beherrscht wird. Auf Grund fehlender Übung und Bestätigung im ›normalen‹ Sprechen mag dieses als ›arm‹ oder weniger interessant erlebt werden. In der Folge kann sie zugunsten der eigenen Ausdrucksmöglichkeiten von Bedeutungen und Gefühlen abgelehnt werden. Unter diesen Umständen kann sich dann im ›anders‹ Sprechen, allerdings auf Kosten der Verständlichkeit für andere, die Bevorzugung des Partners gegenüber den ›normal‹ Sprechenden zeigen.

Auseinander – Setzung

Wie wir gesehen haben, braucht jeder Zwilling die Erfahrung, daß seine persönlichen Lautproduktionen von anderen aufgegriffen, wiederverwendet und verbessert werden. Es ist von daher gut, wenn jedes Elternteil sich mit einem der Zwillinge beschäftigen kann oder nach Möglichkeiten gesucht wird, auch nacheinander mit jedem Zwillingskind umzugehen. Zu begrüßen ist natürlich, wenn Eltern die Hilfe einer weiteren erwachsenen Person in Anspruch nehmen können. In diesem Fall ist es für jeden Zwilling nicht mehr so schwer, das Interesse der Bezugsperson zu wecken, da die Konkurrenz abnimmt. Jedes Zwillingskind erhielte mehr der notwendigen, und als angenehm erlebten ›Kommentare‹ zu seinen Lauten und Bewegungen und zu seiner Sprache, die es ›erziehend‹ beeinflußten.

In Situationen mit nur einem Zwilling können Eltern bestehende Unterschiede in der Kontaktaufnahme jedes Zwillings zu ihnen beobachten. Dem einen gelingt es oft besser, als dem anderen, auf sich aufmerksam zu machen. Wenn ein Erwachsener sich mit nur einem Zwillingskind beschäftigt, bekommt er mehr die Gelegenheit, persönliche Stärken oder Schwächen des Zwillings zu bemerke und miteinzubeziehen. Die Zweiersituation ermöglicht jedem Zwilling, die eigenen Möglichkeiten im Rahmen der Erfahrung einer verläßlichen, helfenden Beziehung auszubauen. Wiederholte Angebote, zu Sprechen und zu Handeln, verstärken das Vergnügen, die allgemeine Sprache zu lernen und zu üben. Beide lernen, einen eigenen Weg zu finden, gefühlsmäßig-kommunikative Verhaltensweisen individuell weiterzuentwickeln und die von den Eltern angeregten und stärker wissensorientierten Sprachmöglichkeiten in ihre Aktivitäten mit hinein zu nehmen.

Der Anspruch, Zwillinge gleich zu behandeln, kann beruhigt fallengelassen, und mit jedem Zwilling kann unterschiedlich umgegangen und Verschiedenes getan werden. Auf diesem Wege wächst das Vertrauen jedes Zwillings in die eigenen sprachlichen Fähigkeiten. Er benötigt dieses Selbstvertrauen, um zuerst kurze, dann auch längere Zeit allein bleiben zu können, und die damit verbundene Spannung auszuhalten. Wenn jeder Zwilling im Umgang mit dem Erwachsenen sein Selbstvertrauen aufgebaut hat, ermöglicht ihm dies, die wichtige Erfahrung des zeitweisen Getrenntseins vom Zwillingspartner auszuhalten.

Durch kurze, später länger werdende Trennungen sowohl von Mutter oder Vater, aber auch vom Zwillingspartner, lernt jedes Zwillingskind im Gefühl des Getrenntseins auch sich selbst besser kennen. Zweiersituationen helfen daher der Mutter oder dem Vater, sich in Ruhe einem Zwilling zuzuwenden, und dem Zwilling, das Gefühl der Anerkennung durch die Eltern ungestört zu genießen.

Durch voneinander getrennte Erfahrungen wird zwar der objektiven Schwierigkeit, die zur Verfügung stehenden Möglichkeiten auf zwei Kinder aufzuteilen, nicht entgegengewirkt, aber die Einbindung jedes Zwillingskindes in die Familie gefördert. Gleichzeitig wird es unwahrscheinlicher, daß die Zwillinge sich nur als Teil des Paares wohlfühlen. Vor diesem Hintergrund gilt es abzuwägen, ob die Zwillinge in einem Bett oder einem Zimmer schlafen, zusammen in eine Spielgruppe gehen sollen usw., auch wenn darin für die Eltern Vorteile liegen.

Überwiegen die Zwillingspaar-Gesprächssituationen, kann dies mit der Zeit dazu führen, daß die Zwillinge versuchen, an der Illusion festzuhalten, daß sie Teil des Zwillingspartners sind. Jeder braucht dann, wenn auch unterschiedlich stark, den Zwillingspartner, um sich nicht verlassen zu fühlen.

Herausforderungen

Wenn nun Eltern dem häufig sehr harten Widerstand der Zwillinge gegenüber einer auch nur kurzen Trennung vom Zwillingspartner nichts entgegensetzen, werden beide wenig in die Situation kommen, zu lernen, allein und nur mit den eigenen Möglichkeiten auf andere zuzugehen. Ihnen würde die Möglichkeit, zum vom Zwillingspartner unabhängigen Sprechen fehlen, und damit Anregungen, ihr Sprechen, Handeln und Denken zu verändern.

Beide brauchen die Rückmeldung von anderen und die Erfolge bei ihren Beeinflussungsversuchen anderer Menschen. Damit wird verhindert, daß eine langsamere, sprachliche Entwicklung auch den Erwerb anderer Fähigkeiten bremst. Wenn es uns zum Beispiel selbst gelingt, ›gut‹ mit jedem Zwilling sprechen zu können, können wir auch die Sauberkeits-, Ordnungserziehung und das Spiel jedes Zwillings deutlicher lenken.

Ich meine, daß die Menge und die Qualität, in der wir mit den Zwillingen sprechen, den Zeitpunkt mitbeeinflußt, wann jedes Zwillingskind die ersten Worte spricht. Indem wir uns die Chance geben, mit jedem getrennt vom anderen Erfahrungen zu machen, lernen wir, differenzierter wahrzunehmen. Hier liegen unsere Möglichkeiten, einer entstehenden ›Melodie‹ oder ›Logik‹ des Paares entgegenzuwirken. Auf diesem Wege helfen wir, das Fühlen und Denken jedes Zwillingskindes auch nach außen zu lenken.

Einer starken gegenseitigen Identifikation, die sich in der ›Geheimsprache‹, ähnlichem Verhalten und einer raffinierten Aufgabenverteilung ausdrücken kann, wirken wir damit entgegen. Die Zwillinge

111

profitieren mehr von uns, wenn wir uns erlauben, auch unsere eigenen Bedürfnisse ernst zu nehmen. Wenn sich das Gefühl einstellt, mit Zweien gleichzeitig ist es zuviel, dann ist es für unser Selbstvertrauen gut, zu sagen, »einer nach dem anderen«. Wenn wir uns den Raum zur Selbstdarstellung jedem einzelnen Zwilling gegenüber geben, und damit die Möglichkeit der Auseinandersetzung mit dem, was wir bei jedem Zwilling wahrnehmen, unterstützen wir die Entwicklung des Selbstvertrauens bei jedem Kind. Wir bieten ihm die Gelegenheit zur Wahrnehmung eigener Fähigkeiten, den Raum zur Selbstdarstellung und Selbstdefinition. Damit behält er wie wir die Möglichkeit, eigene Wege im Erkennen und Denken zu gehen.

Diese sind beeinflußt davon, mit wem und in welchem Ausmaß gesprochen wird. Wir müssen mit der Schwierigkeit umgehen, daß wir unser Gesprächsangebot nicht einfach verdoppeln können und daß Zwillinge in der Dreier- oder Vierer-Gesprächssituation unsere Gesprächsangebote teilen müssen. Wir sollten uns natürlich auch bemühen, im Gespräch zu mehreren, gezielt ein Kind anzusprechen und bei einem Kind nachzufragen, bis wir eine Reaktion erhalten. Wir können auch in Situationen eingreifen, wenn einer dem anderen ins Wort fällt oder versucht, schneller zu sein als der andere. Anfangs sind sie noch zu klein, um ihnen zu erklären, daß »man den anderen nicht unterbricht«. Es ist auch schwer, ihnen zu erklären, daß sie sich nicht zufriedengeben sollen mit dem, was der andere sagt. Wir können sie nicht schützen vor der Erfahrung, »zu spät drangewesen zu sein«, und auch nicht davor, daß sie sich gegenseitig falsch korrigieren.

Wir können uns jedoch bemühen, unverständliches Sprechen nicht einfach hinzunehmen, sondern jedem Zwilling sprachliche ›Regelverletzungen‹ deutlich zu machen und ihn zu verbessern. Unser Ziel kann sein, ganz bewußt für jeden Zwilling ein Modell für Sprache zu sein. Dazu gehört, daß wir für jedes Kind ansprechbar bleiben, das heißt jedes die Möglichkeit hat, uns erfolgreich in ein Gespräch zu ziehen, und daß wir ihn ganz persönlich ansprechen. So kann es gelingen, daß sich das Mitteilungsbedürfnis der Zwillingskinder nicht nur auf den Zwillingspartner ausrichtet. Wenn wir eine Frage an einen Zwilling gerichtet haben, sollten wir uns auch nicht mit der Antwort des anderen zufriedengeben. Wenn wir bemerken, daß ein Kind für die sprachliche Auseinandersetzung mit uns und anderen zuständig ist, und das andere für andere Aktivitäten, können wir dem Zwilling, der dem anderen das Sprechen überläßt, vermehrt eigene Situationen, die Anlaß zum Sprechen sind, ermöglichen. Dies könnte der Besuch bei Verwandten oder Freunden sein, das Verbringen eines Nachmittags, Abends oder Wochenendes mit anderen Kindern oder einem Elternteil.

Wir können nach ausreichend vielen Möglichkeiten suchen, in denen jeder Zwilling mit anderen Personen zusammen ist. Er wird sich sehr viel mehr Mühe geben, ›gut‹ zu sprechen, als mit dem Zwillingspartner. Nur bei ihm kann er sich darauf verlassen, daß er trotz wechselnder Aussprache und Zusammensetzung der Worte verstanden wird. Nur dort kann er auf die wissens- und gefühlsmäßige ›gleiche Wellenlänge‹ bauen. Außerhalb erfährt er die Notwendigkeit des Bemühens, mit der allgemeinen Sprache verstanden zu werden, und die Vielfalt der allgemeinen Sprache, ihre Differenziertheit in Worten und Struktur.

Wir sollten uns getrost von dem Anspruch verabschieden, beiden Zwillingskindern in derselben Situation immer gerecht zu werden, das heißt, mit beiden gleichzeitig zu sprechen. Der Anteil der Dreiergespräche ist ohnehin insgesamt nicht sehr groß. Er betrug bei den von Savic beobachteten Zwillingen in den ersten Lebensjahren nur 6,5 %. Bei kleinen Zwillingen, die zu sprechen begonnen haben, ist fast das gesamte Sprechen an die gerade ablaufende gemeinsame Beschäftigung untereinander oder mit den Eltern gebunden. Daraus ergibt sich meines Erachtens, daß sich um so weniger die Herausbildung der ›Geheimsprache‹ ergibt, je mehr die Zwillinge uns an sich heranlassen und wir ihnen als Gesprächspartner zur Verfügung stehen, und ihnen damit die Möglichkeit geben, Situationen ohne den Zwillingspartner zu erfahren und sich mitzuteilen. Im Gegensatz zu gemeinsam erlebten Situationen, in denen eine relativ ärmere Sprache ausreichen kann, wird ihre Motivation, neue Sprachregeln kennenzulernen, durch Gespräche und Tun mit anderen stärker gefördert. Wir können also darauf achten, daß unsere Unterhaltungen mit Zwillingen nicht nur das Ziel haben, Alltagssituationen zu ›managen‹ und darauf, daß jeder einzelne Zwilling individuelle Zuwendung von uns erhält. Unsere Selbstbeobachtung könnte sich darauf richten, daß wir genauso differenziert, das heißt nicht mit weniger Worten oder kürzer mit ihnen sprechen. Dazu sollten wir uns immer wieder bewußt machen, daß der Zwilling, mit dem wir gerade nicht sprechen, nicht selbstverständlich im selben Moment auch von allem profitiert. Er lernt besser, wenn er auch persönlich gemeint ist, auch wenn Zwillinge sich natürlich gegenseitig Neues beibringen. Es lohnt sich zu schauen, wieweit sich unser Stil in Anweisungen erschöpft, weil wir das Gefühl haben, daß uns keine Zeit für lange Erklärungen bleibt.

Was tun?

Wenn wir merken, daß unsere Zwillinge mit relativ wenigen und ›primitiven‹ Worten auskommen, können wir versuchen, noch näher an sie heranzurücken. Mit uns sind sie stark gefordert, unsere Sprache zu imitieren, und sie lernen, trotz der Verwendung ihrer eigenen Sprachregeln, besser zu verstehen. Wenn wir jeden Zwilling kontinuierlich auf die Merkmale der normalen Sprache hinweisen, vom Paar geschaffene Wortschöpfungen aufgreifen und ihnen die Worte der ›normalen‹ Sprache gegenüberstellen, lernen beide, mit welchen Worten sie sich auch außerhalb des Paares verständigen können. Die von uns eingebrachten Worte mit einer festen Bedeutung sollten sie darüber hinaus auch mit anderen Menschen ausprobieren und festigen können. So werden sie im Kontakt zu anderen Menschen Stück für Stück ihre Ängstlichkeit und Schüchternheit verlieren und spontaner und sicherer auf andere reagieren. Vielleicht müssen wir anfangs ein wenig ›Brücke‹ zwischen einem Zwilling und anderen Personen sein und Hilfen zu ›erfolgreichem‹ Sprechen und Spielen geben.

Da Zwillinge sich gegenseitig ohnehin sehr bald gefühlsmäßig akzeptieren, wird im Kontakt mit anderen die Erfahrung der Akzeptanz durch andere gefördert. Diese hilft jedem Zwilling zunehmend ohne uns als Verbindungsglied und ohne den Zwillingspartner als Halt, neue und schwierige Situationen zu bewältigen. Damit werden neue Verhaltensweisen zusätzlich zur Sprache gefördert, die die Kontaktfähigkeit zu anderen verbessern. Hierzu gehört die Fähigkeit, jemanden auf sich aufmerksam zu machen, zu erreichen, daß zugehört wird und der andere beeinflußt werden kann.

Eine größere Beziehungsvielfalt, etwa durch das In-die-Ferien- Gehen ohne den Zwillingspartner, die Übernachtung bei Freunden und der Besuch einer Kindergruppe leitet die notwendigen Schritte in die Selbständigkeit der Erfahrung mit anderen Menschen ein. Hier entsteht ein Gegengewicht zu einer Beziehungserfahrung des Paares, die durch ein aufeinander Angewiesensein geprägt sein und sich unter anderem in der Entwicklung der ›Geheimsprache‹ ausdrücken kann.

Das Auftreten einer unverständlichen Plauderei zwischen Zwillingen ist also in jedem Fall bedeutungsvoll. Wir können nicht davon ausgehen, daß sie schon bald von selbst verschwinden wird. Wenn das Familienleben so gestaltet werden kann, daß jeder Zwilling auch einen Erwachsenen, ein älteres Geschwisterkind oder andere Familienmitglieder und Freunde ganz für sich haben kann, dann muß uns die Beobachtung der ›Geheimsprache‹ nicht sofort erschrecken. Sie ist der unbewußte Ausdruck ihrer Stimmungen, Gedanken, Gefühle und Phantasien und muß nicht sofort ›wegsozialisiert‹ werden. Solange sich jeder Zwilling mit uns gemeinsam vertrauensvoll weiterentwickelt, und wir aktiv bleiben in dem Bemühen, jeden Zwilling zu verstehen, wird ihr Sprachspiel nicht interessanter als das Sprechen mit uns.

Zwillinge werden in der Regel nur aus dem Gefühl heraus, daß sich zu wenige anstrengen, sie im Sprechen zu erkennen, oder aus dem Gefühl mangelnder Anerkennung oder Zuwendung heraus, auf das Erlernen der fertigen Sprachstrukturen ›verzichten‹. Dies würde eine bewußte Aufrechterhaltung der Geheimsprache bedeuten und die Eigenliebe des Paares unterstreichen. Auch dann dürfen wir nicht nachlassen, uns als Modell für die Wirksamkeit der normalen Sprache, und insbesondere unsere Beziehung anzubieten. Es gibt nur den Weg des Bemühens, die Grenzen des Dialogs der Zwillinge ständig durch Angebote von Situationen mit anderen Menschen zu erweitern. Findet der Zwilling Interessantes in seiner Umwelt, an dem er teilhaben will, verbessert er auch die Wirksamkeit seines Sprechens.

Wellenlängen mit anderen

Von Anfang an ist wichtig, daß jeder Zwilling bei seinen ganz persönlichen Beschäftigungen, seinem Spiel und in seiner Sprache, auch von anderen als dem Zwillingspartner, begleitet wird. Sonst könnte er die Erfahrung machen, daß es zwar schwer ist, die Aufmerksamkeit des Zwillingspartners auf sich zu lenken, jedoch immer noch leichter, als die anderer Personen. Da die ›Geheimsprache‹ situations- und gefühlsabhängig ist und nur geringe kommunikative Auswirkung im Zusammensein auf andere hat, kann sie durch Menschen, die den Zwillingen »die Welt auf ihre Weise erklären« und eine echte Beziehung zu ihnen aufnehmen, auch aufgelöst werden. In ›bedeutsamen‹ Beziehungen mit anderen erfährt der Zwilling, daß seine Eigenarten und persönlichen Interessen für andere interessant sein können. Gleichzeitig kann er die Solidarität und gefühlsmäßige Beziehung zum Zwillingspartner weiter genießen. Voneinander losgelöste Erfahrungen machen möglich, daß die Betonung der Gleichheit oder der Konkurrenz nicht mehr so wichtig ist.

Es mag manchmal schwer sein, nicht der Faszination von Zwillingen zu unterliegen. Insbesondere dann, wenn sie das Bild eines Pärchens abgeben, welches wunderbar miteinander spielt und einen großen Erfindungsreichtum in Spiel und Sprache zeigt. Trotz einer gewissen Faszination können andere Kinder jedoch Schwierigkeiten haben, auf die Zwillinge zuzugehen, wenn die Verständigung nicht klappt oder sie nicht mitspielen dürfen.

Daher sollten wir jeden Wunsch eines Zwillings aufgreifen, der ein eigenes Interesse ausdrückt und jede Neugier, etwas ohne den Zwillingspartner zu machen. Jeder Ansatz eines eigenen Stils oder Umsetzungsstrategie, eigener Wünsche sollte gefördert werden. Dazu ist wichtig, daß Eltern ihren Zwillingen eine unabhängige Entwicklung wirklich zutrauen und sich davon verabschieden, daß Zwillinge ›ein Abwasch‹ sind, daß sie Abstand nehmen von der bequemen Überzeugung, daß ja beide zuhören, wenn man zu einem spricht, daß am besten beide in denselben Kindergarten gehen, beide dieselben Freunde und Hobbys haben.

›Zwei-fel‹ statt ›Ein-heit‹

Wenn wir es als notwendig erachten, sollte es gelingen, dem Zwilling zu ermöglichen, vom Zwillingspartner ›ungestört‹ und ›unbeeinflußt‹ eigene Initiativen zu entwickeln. Dabei sollte er, wenn er es braucht, bei Schwierigkeiten von einem Älteren gezielte Hilfe bekommen können. Wichtig scheint dazu die verläßliche Verfügbarkeit und das Vertrauen in andere Menschen jedes Zwillings zu sein. Dadurch erhält der Zwilling einen Ansporn, motiviert nach sprachlichen Ausdrucksmöglichkeiten seiner eigenen Bedürfnisse zu suchen. Nicht das Auseinanderreißen eines Paares sollte unser Ziel sein, sondern diesen Raum zu schaffen, in dem eigenverantwortlich Handeln und Sprechen gelernt werden kann.

Damit erhält der Zwilling den Schlüssel zu seiner eigenen Welt und der Welt der anderen. Die ›Geheimsprache‹ nimmt in dem Maß ab, wie die Bevorzugung des Zwillingspartners vor anderen Personen abnimmt. Die Bedeutung der ›Geheimsprache‹ liegt in einem großen Maß an Einfühlungsvermögen und Nähe auf Grund gemeinsamen Erlebens. Wir brauchen uns nur für die Zwillinge ›wichtig‹ zu machen, indem wir uns anbieten und verhindern damit, daß sie ängstlich auf die Teilnahme an Aktivitäten mit anderen verzichten. Mit unserer ›Einmischung‹ geben wir ihnen Sicherheit. Indem wir ihnen die Erfahrung mit anderen Menschen ermöglichen, reduzieren wir ihre vereinfachende Sprache. Wo immer wir sie anhalten, auch ohne den Rückhalt durch den Zwillingspartner Erfahrungen zu machen, helfen wir ihnen, ein breites Spektrum an sozialen Fertigkeiten herauszubilden. Durch die Aufgabe unseres heimlichen Traumes von der Einheit der Zwillinge, geben wir ihnen Raum, ihre individuellen Träume und Pläne zu verwirklichen. Wir, die erwachsenen Nicht-Zwillinge, haben es in der Hand, den Spielraum zum Ausleben und zum Ausformulieren der individuellen Wünsche und Vorlieben der Zwillinge zu bestimmen, ohne ihnen dabei den Genuß der angenehmen Seiten des Zwillingsdasein zu nehmen.

Zusammengefaßt heißt dies, daß die ›Geheimsprache‹ ein Code ist, in den die Erkenntnisse und Erfahrungen der Zwillinge übertragen werden. Sie entsteht unbewußt und spontan und kann aus verschiedenen Gründen aufrecht erhalten werden. Sei es, weil das Zwillingspaar nicht sprechen will, obwohl es die allgemeine Sprache bereits gelernt hat, sei es, weil es nicht genügend Anregungen erhalten hat und seine ›Geheimsprache‹ der allgemeinen Sprache nur ›entlehnt‹ und so gut spricht, wie es ihm möglich ist.

Die ›Geheimsprache‹ spiegelt die Gefühle und die Wirksamkeit der Erfahrungen eines Paares wider. Sie kann entstehen, wenn das Tun und die Sprache anderer den Zwillingen relativ fremd bleibt und sie sich jeder ohne den Schutz des Zwillingspartners allein und fremd fühlen. Die Sprachentwicklungsverzögerung, die sich in der ›Geheimsprache‹ ausdrückt, entsteht durch die im Vergleich zu anderen Kindern geringeren Gesprächsangebote. Dies führt dazu, daß sich die Wahrnehmungsfähigkeit der Zwillinge überwiegend auf ein Gegenüber richtet, welches geringe Sprachfähigkeiten besitzt. Das Zwillingspaar wird dann geprägt von den ihnen ganz persönlichen Deutungen und Benennungen ihrer gemeinsamen Aktivitäten. In der Regel geben die Paare ihre Geheimsprache mit dem Eintritt in die Schule auf, nur, wenn sie sich sehr isolieren, behalten sie ›ihre‹ Sprache weiter innerhalb des Paares bei.

Irene Matthies

Wenn ein Zwilling behindert ist –
Gespräche mit Betroffenen

Einleitung

Wenn der behandelnde Arzt eine Zwillingsschwangerschaft feststellt, dann wird er dieser Schwangerschaft besondere Aufmerksamkeit schenken. Zwillingsschwangerschaften stellten schon immer ein erhöhtes Risiko dar. Zwar sind die Ärzte mit Hilfe der
Ultraschalluntersuchungen häufig schon recht frühzeitig in der Lage, eine Zwillingsschwangerschaft zu diagnostizieren, jedoch können die mit einer solchen Schwangerschaft einhergehenden möglichen Risiken trotz der bestehenden medizinischen und technischen
Möglichkeiten nicht gänzlich ausgeschlossen werden. So besteht
zum Beispiel bei Zwillingsschwangerschaften die erhöhte Gefahr
einer Frühgeburt und insbesondere das zweitgeborene Kind kann
Belastungen während der Geburt ausgesetzt sein – wie etwa Sauerstoffmangel –, die den Säugling schädigen und sich später in einer
leichteren bis schwereren Behinderung manifestieren können.
Es gibt eine Vielzahl von Ursachen für die mögliche Entstehung
leichter hirnorganischer Schädigungen bis hin zu schweren Behinderungen. Ausschlaggebend können Umwelteinflüsse, genetische
Faktoren, Einflüsse während der Schwangerschaft, bei der Geburt
und nach der Geburt sein. Detailliert informiert hier die relevante
Fachliteratur aus dem Bereich der Kindesentwicklung.[1]
Festzustellen bleibt, daß bei einer allgemeinen Zunahme von Mehrlingsgeburten sich auch der Anteil von Zwillingen mit leichteren
bis schwereren Behinderungen erhöht.
Diese These kann bislang nicht durch statistisches Material belegt
werden. Ich hatte in meiner bisherigen Praxis als Sonderschulleh-

rerin in der Arbeit mit behinderten Kindern mehrmals auch je einen Zwilling zu betreuen.

Ein behinderter Zwilling ist eine nicht ganz alltägliche Situation und dennoch eine Realität, mit der sich zumindest die betroffenen Zwillinge selbst, ihre Familien, Freunde und Angehörigen auseinandersetzen müssen.

Es sei hier angemerkt, daß eine objektive Definition des Begriffes ›Behinderung‹ kaum vorgenommen werden kann. Auch in der relevanten Fachliteratur wird immer wieder auf die Probleme der Begriffsbestimmung hingewiesen.[2] Es sollen deshalb unter behinderten Kindern und Jugendlichen pragmatisch diejenigen Menschen verstanden werden, die nach dem Bundessozialhilfegesetz (BSHG) als behindert anerkannt sind. Aus dieser Definition fallen die vielen Kinder mit minimalen Entwicklungsverzögerungen heraus und solche mit leichten Teilleistungsstörungen, etwa im kognitiven, emotionalen, sprachlichen oder motorischen Bereich, wie sie aufgrund vielfältiger Risiken gerade bei Mehrlingsgeburten häufiger auftreten.

In unserer stark leistungsorientierten und äußere Werte betonenden Gesellschaft wird von jedem behinderten Menschen ein besonderes Maß an Kraftanstrengung verlangt, um ein eigenständiges Selbstbewußtsein aufbauen zu können und sein Leben als glücklich und erfüllt zu empfinden. Nicht zuletzt ist die nähere Umwelt des behinderten Kindes mit daran beteiligt, wie es mit seinen Schwierigkeiten und Problemen umgeht und sie verarbeiten kann. In einer Zwillingsgemeinschaft ist das behinderte Kind täglich mit dem gesunden Partner konfrontiert und anders herum. Ich denke, es ist wichtig zu sehen, daß sowohl die Behinderung als auch die Zwillingssituation sowie die Wechselwirkung der beiden Faktoren eine wesentliche Rolle im Leben eines Zwillings spielen. Dies gilt auch für den gesunden Zwillingspartner.

Ein Einblick in die spezielle Problematik ist am ehesten möglich durch Gespräche mit den Betroffenen selbst – den Eltern und auch den Zwillingen.

Es war meine Absicht, folgende Schwerpunkte mit den Eltern und den Zwillingen im Gespräch zu erarbeiten:

Wie ergeht es den Eltern, die ein so ungleiches Zwillingspaar haben?

Wie sehr vergleichen sie ihre Kinder miteinander?

Ist oder war es den Eltern möglich, gleichwertige Beziehungen zu beiden Kindern trotz verschiedener Fähigkeiten zu entwickeln?

Nahm oder nimmt das behinderte Zwillingskind bedingt durch seine spezielle Problematik innerhalb der Familienkonstellation eine besondere Rolle ein?

Konnten sich die Eltern ihre Aufgaben teilen, oder fühlte sich ein Elternteil jeweils für einen Zwillingspartner besonders zuständig?

Gab es Hilfen oder emotionale Unterstützung durch Außenstehende (Freunde, Verwandte, Institutionen)?

Wie sehen die Eltern die Entwicklung ihrer Zwillinge?

Konnten individuelle Entwicklungsverläufe der Kinder akzeptiert und gefördert werden?

Wie stehen die Zwillinge selbst zueinander?

Wodurch ist ihre Beziehung geprägt? (Abhängigkeit, Dominanz, Umsorgen, Beschützerrolle, Konkurrenz, Gleichwertigkeit)

Wie beurteilen die Zwillinge selbst ihre gemeinsame, ihre individuelle Entwicklung und ihre Beziehungen zu Gleichaltrigen?

Wann und wie wurden Unterschiede voneinander bewußt wahrgenommen?

Mit welchen Gefühlen war das verbunden?

Hat die Behinderung des einen Zwillingskindes die Beziehung der beiden Kinder sowohl zueinander als auch nach außen hin entscheidend mitgeprägt?

Ich führte Gespräche mit zwei ›Zwillingsfamilien‹. Beide Familien kannte ich vorher kaum, einzelne Familienmitglieder nur recht flüchtig. Beide Familien erklärten sich recht spontan zu einem Informationsaustausch bereit, als ich ihnen mein Anliegen unterbreitete. Dieses meine ich ist um so beachtlicher, als im Gespräch Aspekte angesprochen werden sollten, die zumindest recht schmerzhafte Erinnerungen auslösen, und es mag nicht leicht sein, mit einer ›Fremden‹ darüber zu sprechen. Für die Offenheit, um die sich meine Gesprächspartner bemüht haben, möchte ich mich an dieser Stelle recht herzlich bedanken. In der ersten Familie führte ich ein recht ausführliches Gespräch mit der Mutter. In der zweiten Familie wurden zunächst die Eltern und anschließend die erwachsenen Zwillingskinder interviewt.

Die Schilderungen der Betroffenen lassen noch keine verallgemeinernden Aussagen zu. Zum einen handelt es sich um eine sehr begrenzte Auswahl von Personen, zum anderen zeigen die Schilderungen ein Zusammenspiel von Faktoren, die die jeweilige Situation der Zwillinge bestimmen, wie zum Beispiel die Familiensituation, weitere Geschwister, aber auch Art und Schweregrad der Behinderung des einen Zwillings. Die Fallbeispiele können als Versuch eines ersten Einstiegs in die Thematik gewertet werden: das Problem der Behinderung innerhalb der Zwillingskonstellation und seine Auswirkungen.

Die Geschichte von Lara und Anja

Lara und Anja sind zweieiige Zwillinge. Heute sind sie sieben Jahre alt. Anja besucht die erste Klasse, Lara den Kindergarten. Sie haben noch einen zwei Jahre älteren Bruder Sven. Frau H. erzählt, daß schon bei der zweiten Vorsorgeuntersuchung festgestellt wurde, daß sie Zwillinge erwartet. Frau H. war darauf vorbereitet, sich zu schonen, denn während ihrer ersten Schwangerschaft mit Sven hatte sie vorzeitige Wehen und mußte lange liegen. Wider Erwarten jedoch verlief die Schwangerschaft mit den Zwillingen recht unproblematisch. Der Mutter ging es gut, vorzeitige Wehen wurden nicht festgestellt. Drei Wochen vor dem errechneten Geburtstermin wurden Lara und Anja geboren. Lara und Anja kamen auf natürlichem Wege mit zwölfminütigem Abstand zur Welt. Frau H.: »Es war eine leichte Entbindung. Es war eigentlich bis dahin alles ganz wunderbar und toll.«

Bei der Geburt wogen Lara und Anja beide 2450 Gramm. Die Familie, die Freunde – alle freuten sich. Erst sechs Tage später stellten die Ärzte einen sehr komplizierten Herzfehler bei Lara fest. Lara mußte nun die ersten fünf Monate ihres Lebens im Krankenhaus verbringen. Es ging ihr teilweise so schlecht, daß die Eltern nur wenig Hoffnung hatten. In diesen ersten fünf Monaten wurde Lara zweimal am Herzen operiert. In dieser Zeit gab es bedingt durch den Herzfehler Zustände von Sauerstoffmangel (Lara mußte zweimal wiederbelebt werden), die vermutlich dazu geführt haben, daß Lara auch heute noch in ihrer gesamten Entwicklung merkliche Rückstände aufweist. Wenn Lara auf der Intensivstation lag, waren beide Elternteile einmal täglich für eine Stunde zu verschiedenen Zeiten bei ihr. Ging es ihr besser, so gab es ein Krankenzimmer für Mutter und Kind und auch die Zwillingsschwester Anja durfte dabei sein. Eine Tagesmutter kümmerte sich um Sven.

Nach fünf Monaten endlich konnten die Eltern Lara mit nach Hause nehmen. In der ersten Zeit nach dem Krankenhausaufenthalt kam der Kinderarzt regelmäßig ins Haus, um nach Lara zu sehen. Auch eine Kinderkrankengymnastin die die kleine Lara betreute, kam ins Haus. Für Frau H. bedeutete dies eine große Entlastung, denn sie hatte in diesen Stunden Zeit für Sven und Anja. Auch die Groß-mutter sprang ein, wenn Hilfe gebraucht wurde. Lara und Anja hatten ein gemeinsames Zimmer. Als sie älter wurden, besuchten sie gemeinsam den Kindergarten. Anja ist vor einem Jahr einge-schult worden. Wegen der allgemeinen Entwicklungsrückstände und wegen einer weiteren bevorstehenden Herzoperation, wurde beschlossen, daß Lara noch ein weiteres Jahr den Kindergarten besucht. Mittlerweile hat Lara die Operation überstanden. Sie soll nun zum kommenden Schuljahr die Integrationsklasse einer Grund-schule besuchen. Auch Frau H. möchte wieder in ihren alten Beruf zurückkehren.

Lara und Anja wachsen heran

Als Lara nach fünf Monaten aus dem Krankenhaus kam, war der Unterschied zwischen ihr und Anja schon deutlich sichtbar. Anja war Lara in ihrer Entwicklung eigentlich immer voraus. Zum Bei-spiel konnte Anja schon sitzen und mit Spielsachen spielen, wäh-rend Lara gerade auf dem Bauch liegen und den Kopf heben konnte.

Später läuft Anja, und Lara macht mit viel Unterstützung die ersten Gehversuche an der Hand. Die Kinder wachsen gemeinsam heran, die Unterschiede werden deutlich und sie werden miteinander verglichen.

»… man vergleicht und eigentlich vergleicht man immer mit dieser Sorge um Lara. Man kann es nicht einschätzen. Ist Laras Rückstand aufzuholen? Jeder macht sich darum Gedanken, die Verwandtschaft, die Ärzte.« So schildert Frau H. die Situation.

Besonders in den ersten Lebensmonaten galt Anjas Entwicklung als der Maßstab, an dem Laras Defizite gemessen wurden.

Als die beiden älter werden, spielt Anja mit den Kindern der Nachbarschaft. Sie spielen gerne mit Anja, wogegen sie zu Lara nicht den rechten Bezug finden. Das liegt auch mit an Lara. Sie hat zwar gerne Kinder um sich herum, spielt aber noch sehr auf sich selbst bezogen. Erst heute zeigt sie stärkeres Interesse an Kontakten zu anderen Kindern.

Wenn Anja früher als Kleinkind in die Nachbarschaft zum Spielen ging, dann war es eigentlich selbstverständlich, daß Lara mitging, oder etwas später dazukam. Auch für die Eltern der Spielkameraden schien das selbstverständlich zu sein. Nicht selten ergab es sich so, daß Lara die Aufmerksamkeit der Erwachsenen insbesondere natürlich der Mütter in Anspruch nahm, während Anja mit den Kindern spielte.

Es hat den Anschein, daß Außenstehende es als selbstverständlich hinnehmen, daß Zwillinge gemeinsam auf der Bildfläche erscheinen.

Man hinterfragt seltener, ob den anderen Kindern die Anwesenheit beider Zwillingskinder recht ist, geschweige denn, daß man die Zwillinge selbst fragt. Noch schwieriger wird es, wenn es sich um ein behindertes Kind handelt, das man auf keinen Fall zurückweisen möchte, was natürlich auch für die Eltern spricht. Für die Zwillinge selbst wird es deshalb nicht unbedingt leichter.

Heute betont Anja stärker ihre Eigenständigkeit und setzt sich durch. Lara und Anja haben getrennte Zimmer und Anja möchte Lara mitunter nicht dabei haben, wenn ihre Schulfreunde zu Besuch sind. Das mag im ersten Moment hart sein, hilft Lara aber auch auf den Weg, ihre Kontakte selbständig zu knüpfen, wenn sie ein Bedürfnis danach entwickelt. Frau H. meint, je älter die Kinder geworden sind, desto mehr sei bei ihr der Eindruck entstanden, drei Geschwisterkinder zu haben und zwar in der Reihenfolge Sven-Anja-Lara. »Seit Anja die Schule besucht, ist es ganz klar, daß wir aufgehört haben, die beiden zu vergleichen«, sagt sie.

Die Familiensituation

Die Kinder Sven, Anja und Lara nehmen innerhalb der Familie ganz bestimmte Rollen ein. Sven als der älteste, achtet sehr darauf, daß er von beiden Elternteilen die nötige Zuwendung erhält. Seine Schwester Anja betrachtet er als gleichwertige Partnerin, manchmal auch als seine Konkurrentin. Eine gewisse Sonderstellung hat Lara. Bei Lara drückt man ein Auge zu, man gibt ihr eher nach, wenn sie etwas will. Das wissen auch Anja und Sven und sie akzeptieren es so. Auch in ihren Augen ist Lara die ›Kleine‹. Lara wiederum hat schon früh gelernt zu fordern, und sie hat die Erfahrung gemacht, daß man ihre Wünsche erfüllt. Dieses Muster hat sie gelernt, in den Zeiten, als sie sehr geschwächt war und viel Hilfe von anderen benötigte.

Während Sven auf seine Art und Lara auf ihre Weise ihre Bedürfnisse gut durchsetzen können, ist Anja nach Meinung von Frau H. die ›typische Mittlere‹. Anja ist unsicherer, sie braucht viel Bestätigung. Konflikte hält sie nur schwer aus. Das Gefühl, man sei ihr böse, auch wenn kein Anlaß dazu besteht, kann sie kaum ertragen. Möglicherweise hat Anja schon früh die Vorstellung bekommen, keine Unannehmlichkeiten bereiten zu dürfen. Sie meint, die an sie gestellten Erwartungen erfüllen zu müssen, denn es genügt schon, daß die Schwester von Anfang an für Aufregung gesorgt hat. Frau H.: »Lara darf alles verkehrt und kaputt und Theater machen und Anja muß immer gut funktionieren. Das ist wahrscheinlich die Idee, die sie hat. Und wenn sie ein gutes Kind ist, muß sie auch gut funktionieren.«

Hierfür ein Beispiel:

Als Sven in die Schule kam, reagierte Anja darauf ein wenig neidisch und eifersüchtig. Sie wäre gerne auch schon in die Schule gegangen. Der große Bruder war sehr stolz, auch darüber, daß er Dinge gelernt hatte, die Anja natürlich noch nicht wissen konnte. Er fühlte sich ihr überlegen und präsentierte ihr nur zu gern sein neu erworbenes Wissen. Gleichzeitig machte er sich etwas über die ›Unwissenheit‹ seiner kleineren Schwester lustig.

Anja war gekränkt und die Eltern versuchten sie zu trösten. Sie versprachen ihr, daß sie genauso lesen, schreiben und rechnen könnte wie Sven, wenn sie in die Schule käme. Hiermit wollten die Eltern Anja zu verstehen geben, daß sie an die Fähigkeiten ihrer Tochter glaubten. Der lieb gemeinte Vertrauensbeweis wurde von Anja vermutlich ganz anders verstanden. Für Anja hatten die Eltern eine Erwartung an sie gestellt, die sie nun möglichst zuverlässig erfüllen mußte.

Als sie schließlich in die Schule kam, und sich herausstellte, daß sie nicht die ›Senkrechtstarterin‹ war, die sie glaubte sein zu müssen, reagierte sie mit Versagensängsten. Sie wirkte blaß, krank und zeigte psychosomatische Störungen.

Anja hat sich offensichtlich in einer Situation befunden, in der sie den Eindruck hatte, daß sie den Anforderungen, die an sie gestellt werden, nicht mehr gerecht werden könnte. Dieses Gefühl muß sie zutiefst verunsichert und belastet haben.

Im Laufe der Jahre kommt es immer wieder vor, daß Frau H. mit Lara für einige Zeit ins Krankenhaus muß. Sven und Anja werden in dieser Zeit vom Vater und der Großmutter versorgt. Für Sven sind diese Phasen recht belastend. Er vermißt die Mutter und die Schwester sehr, wirkt niedergeschlagen und verabredet sich nicht mit seinen Freunden, mit denen er sonst so gerne spielt. Um so mehr freut er sich, wenn die Familie wieder vollständig ist. Er sucht danach für einige Tage besonders die Nähe zur Mutter. Ganz anders reagiert Anja auf die Trennungen von Mutter und Schwester. Der Eindruck von Frau H. ist, daß Anja es zu genießen scheint, auch einmal ohne die Zwillingsschwester sein zu können und mehr Aufmerksamkeit für sich beanspruchen zu dürfen.

Vermutlich aus der großen Sorge um das Leben seiner Tochter

heraus hat der Vater eine besonders starke Beziehung zu Lara entwickelt, die von ihr erwidert wird.

Sie beansprucht ihn am liebsten für sich allein. In der gemeinsamen Freizeit macht sie Unternehmungen mit ihm. Ist Lara mit dem Vater zusammen, dann unternimmt Anja etwas mit der Mutter, zu der sie durch die Nähe von Anfang an eine sehr enge Bindung hat. Anja fühlt sich wohl manchmal vom Vater zurückgesetzt, aber anstatt mehr Aufmerksamkeit zu fordern, entzieht sie sich. Umgekehrt fällt es auch dem Vater schwer, eine gleichwertige Beziehung zu Anja zu entwickeln. Die Familie sieht dieses Problem, nur hat sie noch keinen Weg gefunden, den Kreis zu durchbrechen.

Resümee

Die Schilderungen von Frau H. zeigen sehr deutlich, daß die Zwillinge Lara und Anja besonders in den ersten Lebensjahren miteinander verglichen wurden. Es war die Zeit, in der der schwere Herzfehler zwar bekannt und die Sorge um Laras Leben im Vordergrund standen, aber noch große Unsicherheiten hinsichtlich ihrer allgemeinen körperlichen und geistigen Entwicklung bestanden. Heute sind die Unterschiede klar. Lara befindet sich auf einer anderen Entwicklungsstufe als Anja. Lara wird als eigenständige Person betrachtet, sie wird nicht mehr an Anja gemessen. Die Familie freut sich über alle Fortschritte, die Lara macht. Es sind Fortschritte, die im Hinblick auf Laras eigenständige Persönlichkeit und Entwicklung ihre Beachtung und Wertschätzung finden. Nicht zuletzt der Entschluß der Familie, die Zwillinge zu unterschiedlichen Zeitpunkten einzuschulen, hat mit dazu geführt, daß es Anja möglich ist, unbelasteter ihre eigenständigen Beziehungen aufzubauen. Noch können keine Aussagen darüber gemacht werden, welche Auswirkungen sich durch Anjas größere Eigenständigkeit und Unabhängigkeit für Laras Anbahnung von sozialen Beziehungen ergeben. Ebensowenig lassen sich Vermutungen darüber anstellen, wie Lara ihre Situation im Vergleich zur Schwester empfinden mag. Dafür sind die Entwicklungsunterschiede zu groß.

Jedoch hat Lara die Chance in einer Familie mit Geschwistern Geborgenheit und unterschiedliche Beziehungen zu erleben. Andererseits muß sie sich verstärkt darum bemühen, selbständig auf andere Kinder zuzugehen. Diese Ausgangssituation sollte zunächst als positiv betrachtet werden.

Es entsteht der Eindruck, daß Anjas Persönlichkeitsentwicklung und ihre Vorstellung von ihrer Rolle innerhalb der Familie entscheidend durch die besondere Situation der Zwillingsschwester mitgeprägt wurde. Es hat den Anschein, daß sie unbewußt in der Vorstellung lebt, den Eltern keine Probleme machen zu dürfen und einen gewissen Ausgleich zu ihrer Zwillingsschwester schaffen zu müssen. Die anfänglichen Schwierigkeiten nach der Einschulung deuten darauf hin.

Ein weiterer Hinweis ergibt sich aus den Schilderungen von Frau H. Sie berichtet von den sehr schweren ersten Monaten nach der Geburt der Zwillinge. Damals war Laras Schicksal noch ganz ungewiß. In den schwersten Stunden, wenn Lara auf der Intensivstation lag und Frau H. als Mutter nicht helfen konnte, dann war die gesunde Anja ein großer Trost für die Mutter. In ihrer Hilflosigkeit konnte Frau H. sich um Anja kümmern. Wenigstens Anja konnte sie in die Arme nehmen und an sich drücken. Es mag sein, daß Anja schon früh gespürt hat, daß sie eine Ausgleichsfunktion einnehmen kann. Ihre Anwesenheit ist ein Trost für die Mutter.

Ich gehe davon aus, daß eine Frau, die Zwillinge erwartet, sich bereits während der Schwangerschaft intensiv mit dieser Realität auseinandersetzt. Sie entwickelt Beziehungen zu den zwei Menschen, die dort heranwachsen mit all den damit verbundenen Gefühlen. Um so schmerzhafter muß es sein, wenn nach der Geburt eins der Kinder so schwer erkrankt, daß es zunächst nicht in der natürlichen Umgebung der Familie heranwachsen kann. Fünf Monate sind eine sehr lange Zeit. All die Gefühle und Zuneigungen, die man den Zwillingen geben möchte, konzentrieren sich nun anfänglich auf ein Kind, da bei der kleinen Lara die medizinische Versorgung im Vordergrund steht. Dies erklärt die engere Bindung von Anja zur Mutter. Der Vater weiß Anja in jeder Beziehung gut versorgt, konzentriert sich besonders auf Lara und es entwickelt sich eine intensive Bindung. Somit wurde schon frühzeitig eine Beziehungskonstellation der Eltern zu den Zwillingen und umgekehrt geprägt, die sich heute dahingehend auswirkt, daß Anja eher zur Mutter und Lara eher zum Vater tendiert.

Eine Familie, in der die Sorgen um das Leben eines Kindes im Vordergrund stehen, ist besonders schweren Belastungen ausgesetzt. Lara wird später noch einmal am Herzen operiert werden müssen. Sie hat trotz der vielen Eingriffe kein gesundes Herz.

Die Schilderungen machen deutlich, daß sich diese Belastungen auf alle Familienmitglieder auswirken und von diesen getragen werden müssen. Nicht so sehr die Zwillingssituation an sich kennzeichnet das Bild der Familie, sondern eher die schwere Erkrankung und Behinderung von Lara. Das Schicksal von Lara hat jedoch mit Sicherheit die Entwicklung der Zwillingsschwester Anja mitgeprägt.

Die Geschichte von Thomas und Michael

Thomas und Michael sind zweieiige Zwillinge und mittlerweile 22 Jahre alt. Die beiden Jungen wurden vier Wochen vor dem errechneten Geburtstermin geboren. Erst kam Michael zur Welt, dann Thomas. Die Schwangerschaft verlief normal. Auch über Komplikationen bei der Geburt ist der Mutter, Frau M. nichts bekannt geworden. Schon früh zeigte sich Frau M. über die Entwicklung von Thomas beunruhigt. Sie wandte sich an den Kinderarzt, doch der wies ihre Bedenken zunächst zurück. Als Thomas ungefähr ein halbes Jahr alt war, wurde er von einem Orthopäden untersucht, der ihm eine Spreizhose verordnen sollte. Der Orthopäde äußerte die Vermutung, daß bei Thomas eine Behinderung vorliegen könne. Die Eltern meldeten das Baby zur Untersuchung in einem Frühförderungszentrum für Kinder an und hier diagnostizierten die Ärzte bei Thomas eine Bewegungsstörung, die sich unter dem Begriff ›spastische Diplegie‹ einordnen läßt. Abweichungen im Bewegungsmuster wurden vor allem an den Beinen festgestellt. Die Ärzte empfahlen den Eltern für Thomas eine krankengymnastische Therapie nach Bobath. Mit Hilfe dieser Therapie soll dem Kind ein Maximum an motorischen Möglichkeiten garantiert werden. Bewegungsabläufe werden gezielt eingeübt, weil sie von Kindern mit Bewegungsstörungen nicht mit jener Selbstverständlichkeit erlernt werden wie von gesunden Kindern.

Vor 22 Jahren war das Therapienetz für Kinder noch längst nicht so ausgebaut wie es heute ist. Therapeuten mit einer Bobath- Ausbildung gab es nur wenige. Das hatte zur Folge, daß die Familie einmal wöchentlich in die nächst größere Stadt fahren mußte. Dort im Frühförderungszentrum erhielt Thomas seine Therapie. Diese wöchentlichen Fahrten – die Familie übernachtete dann meist bei den Großeltern – waren eine Belastung für alle. Da abzusehen war, daß Thomas die nächsten Jahre krankengymnastisch betreut werden müßte, zog die Familie schließlich nach drei Jahren in jene Stadt.

Mit zwei Jahren lernte Thomas laufen. Mit vier Jahren besuchten Michael und Thomas gemeinsam den Kindergarten. Im Alter von sechs Jahren kommen sie zusammen in die erste Klasse einer Grundschule. Nach sechs gemeinsamen Schuljahren besuchte Michael später ein Gymnasium und Thomas eine Realschule. Thomas arbeitet heute als Industriekaufmann in einer großen Firma. Michael befindet sich in der Ausbildung zum Versicherungskaufmann. Beide Söhne leben heute noch bei den Eltern in einem großen Einfamilienhaus. Die Eltern bewohnen den Parterrebereich, die Jungen den ersten Stock. So ermöglichen sich die Familienmitglieder eine relativ unabhängige Lebensweise.

Thomas und Michael wachsen heran

Die Eltern erzählen, daß Thomas und Michael sich schon als kleine Kinder gut verstanden haben. Meistens spielten sie sehr harmonisch miteinander. Da sie so gut miteinander auskamen, unternahmen sie auch keine großen Anstrengungen, aktiv den intensiveren Kontakt zu anderen Kindern zu suchen. Ergaben sich Spiele mit anderen Kindern, dann war es gut so. Ergaben sich keine Spiele mit anderen Kindern, dann schien es auch gut zu sein, denn Thomas und Michael waren ja immer noch zu zweit.

Um die Gefahr einer Isolation zu vermeiden, meldeten die Eltern die beiden Jungen im Kindergarten an, den sie dann im Alter von vier Jahren besuchten. Ein gemeinsamer Kindergartenbesuch war für damalige Verhältnisse selbstverständlich. Überlegungen, die Kinder in getrennte Spielgruppen zu geben, wurden nicht gemacht.

Bedingt durch seine Behinderung konnte Thomas besonders in den motorischen Bereichen nicht mit der Entwicklung seines Bruders mithalten. Automatisch haben die Eltern die Zwillinge miteinander verglichen. Sie haben aber auch sehr darauf geachtet, Thomas nicht zu benachteiligen und ihm dieselben Erfahrungsmöglichkeiten zu bieten wie Michael. Das ergab sich schon daraus, daß die geistig-intellektuelle Entwicklung bei beiden Kindern in etwa parallel verlief. Wenn Michael auf den Hochstuhl kletterte, dann wurde Thomas hochgehoben. Wenn die Familie Schlittschuh lief, dann bekam Thomas Gleitschuhe und machte mit. Es war Thomas nicht anzumerken, daß er darunter leiden könnte, daß er Fertigkeiten wie zum Beispiel Fahrrad fahren und Rollschuh laufen nicht mit der Leichtigkeit und dem Tempo erlernte wie sein Bruder. Jedoch war seine Freude besonders groß, wenn er endlich das gelernt hatte, was für den Bruder schon selbstverständlich war. Die Zwillinge selbst können sich an solche Situationen nicht erinnern. Diese Erlebnisse liegen zu weit zurück in der frühen Kindheit.

Thomas und Michael meinen sich zu erinnern, daß sie die ersten Unterschiede bewußt in der Vorschulzeit wahrgenommen haben. Thomas weiß noch, daß er nicht so gut laufen konnte, wie sein Bruder. Später sind ihm die Unterschiede zu anderen besonders im Sportunterricht deutlich geworden. Michael erinnert sich vor allem an die vielen Arzt- und Therapiebesuche, die sein Bruder machen mußte. Für Michael ist die Behinderung des Bruders offensichtlich so selbstverständlich gewesen, daß er von ihr selbst kaum bewußt Notiz genommen hat. Michael hat weniger die Defizite seines Bruders an sich in Erinnerung, sondern eher besondere Situationen wie zum Beispiel Arzt- und Therapiebesuche, die ja auch sein Leben mit beeinflußten. Es wird hier deutlich, wie sehr sich die kindliche Sichtweise noch von der Sichtweise von uns Erwachsenen unterscheidet. Die Kinder nehmen ihre Mitmenschen erst einmal so an, wie sie sind und bewerten nicht im Hinblick auf ihre ›Qualität‹.

Wir Erwachsenen hingegen sind schnell geneigt, unser Gegenüber nach der ›Leistung‹ zu beurteilen, die er oder sie vollbringt oder nicht vollbringt.

In den ersten Lebensjahren ist Thomas recht klein und zart. Als die Einschulungsuntersuchung ansteht, wird Michael für schulreif befunden, Thomas jedoch nicht. »Der Kinderarzt hat dann gesagt, daß das gar nicht in Frage kommt. Das sind Zwillinge, die werden auch zusammen eingeschult«, erzählt Frau M. Es wird noch ein weiterer Facharzt aufgesucht, der auch der Meinung ist, daß Thomas schulreif sei.

Nach Einschätzung der Eltern haben auch die Zwillinge die leichte Aufregung und die Gespräche um die Einschulung miterlebt. Dadurch haben auch die Kinder ihre Unterschiedlichkeit bewußter wahrgenommen.

Michael und Thomas werden also schließlich zusammen eingeschult. Sie verbringen nach wie vor den größten Teil ihrer Zeit gemeinsam. In der Schule sitzen sie nicht nebeneinander, aber sie vergleichen ihre Leistungen. Michael ist immer der etwas Bessere. Auch scheint die Schule Thomas sehr anzustrengen. Wenn er von der Schule nach Hause kommt, braucht er eine Ruhepause. An den Wochenenden verbringen Thomas und Michael die Freizeit mit den Eltern. Sie gehen gemeinsamen Interessen nach. Sie haben auch gemeinsame Freunde und empfinden die Beziehungen zu ihnen als gleichwertig.

Michael: »Eigentlich sind wir ja immer gleichzeitig dagewesen, deshalb konnte es ja kaum vorkommen, daß jemand die Anführerrolle übernommen hat.«

Nach sechs gemeinsamen Schuljahren beschließt Michael aufs Gymnasium zu gehen. Thomas, der eher ein sogenanntes ›Grenzfallkind‹ ist, entscheidet sich für die Realschule. Diese Entscheidung ist für beide Jungen ganz klar. Beide wechseln mit früheren Schulkameraden in die neue Schulform über. Als besonderer Einschnitt wird die schulische Trennung von den Zwillingen nicht empfunden. Sie meinen, sie waren lange genug innerlich darauf vorbereitet. Es kann auch sein, daß die Zeit so reif war für eine Trennung, daß sich weitere Überlegungen erübrigten. Auf längere Sicht führt die schulische Trennung jedoch zu Veränderungen im Leben von Thomas und Michael.

Das Gesprächsthema Schule als gemeinsamer Erfahrungsbereich entfällt mehr und mehr. Zunächst kommen noch die gemeinsamen Freunde ins Haus, aber nach und nach baut sich Michael einen eigenen Freundeskreis auf. Thomas bleibt mehr der Einzelgänger. Er konzentriert sich sehr auf die Schule und verbessert enorm seine Leistungen. Michael läßt eher in den Leistungen nach und zeigt weniger Interesse an schulischen Dingen.

Rückblickend überlegen die Eltern, ob sie es versäumt haben, Thomas dabei behilflich zu sein, eigenständige Kontakte aufzubauen. Das Problem wurde jedoch zum gegebenen Zeitpunkt, an dem man hätte eingreifen können, noch nicht als solches erkannt, sondern erst später. Wenn die Freunde von Michael ins Haus kamen, dann war Thomas eben mit dabei. So ist es auch heute noch. Nur sind es eben keine gemeinsamen Freunde mehr und auch Thomas grenzt sich mehr ab. Er nimmt zwar noch teil an den Geselligkeiten, die sein Bruder so sehr mag, wenn sie zu Hause stattfinden, aber sie entsprechen nicht unbedingt seinem Temperament und seiner Einstellung.

Heute gehen Thomas und Michael vorwiegend getrennte Wege. Thomas arbeitet, Michael ist in der Ausbildung. Michael interessiert sich für Sport, Musik, Geselligkeit, Thomas für Film und Literatur. Ihr Verhältnis zueinander beschreiben sie als kameradschaftlich. Auch wenn sie wenig gemeinsam machen, so ziehen sie sich gegenseitig noch ins Vertrauen, wenn sie größere Probleme haben. Hin und wieder unternehmen sie gemeinsam eine Reise. Das sind dann seltene Situationen, wo sich die Interessen noch decken. Beide meinen, daß sie recht verschiedene Charaktere haben.

Die Familiensituation

Das Zusammenleben der Familie M. heute könnte man wie das einer Wohngemeinschaft beschreiben. Jeder geht seinen Weg, aber man tauscht sich aus. Jeder übernimmt Verantwortung für die alltäglichen Pflichten. Die Eltern üben Toleranz und versuchen, sich möglichst wenig mit ihren eigenen Wertvorstellungen in das Leben ihrer Söhne einzumischen. Gegenseitige Rücksichtnahme als Voraussetzung für das Zusammenleben wird von allen erwartet. Hin und wieder trifft sich die Familie zu einem gemeinsamen schönen Essen oder dergleichen. Dies sind keine ritualisierten Pflichtübungen, sondern alle haben Spaß an diesen Gemeinsamkeiten, wahrscheinlich, weil man sich sonst viel Freiraum und Eigenständigkeit zugesteht.

Die Eltern blicken schon mit einigem Abstand auf die Kindheit ihrer Söhne zurück.

Das Problem der Behinderung von Thomas wurde von der Familie gemeinsam getragen. Beide Eltern beteiligten sich an den Arzt- und Therapiebesuchen, zumindest in den ersten Lebensjahren. Da die Familie sonst wenig Unterstützung durch Verwandte erhielt, wurde Michael meistens zu den Therapiebesuchen mitgenommen. Manchmal blieb er bei guten Freunden, so daß er sich nicht als benachteiligt gegenüber seinem Bruder empfunden hat. Auch die Intensität der Beziehungen und die Verteilung der Sympathien innerhalb der Familie ist nicht so unterschiedlich. Jedoch bemerken sowohl Michael als auch sein Vater unabhängig voneinander, daß sie eine etwas engere Beziehung zueinander haben durch Unternehmungen, wie Ski fahren und Wanderungen. An diesen Unternehmungen konnte Thomas nicht teilnehmen, weil sie ihn kräftemäßig überfordert hätten. In solchen Situationen hat die Mutter etwas mit Thomas unternommen. Thomas meint, daß von daher seine Beziehung zur Mutter vielleicht etwas intensiver ist.

Es wäre zu überlegen, ob die Beziehungskonstellationen innerhalb der Familie latent durch die Behinderung von Thomas mitgeprägt ist. Insgesamt scheint die Behinderung jedoch nicht so sehr im Vordergrund des Geschehens zu stehen. Auch Thomas selbst äußert sich dazu wenig. Das mag natürlich auch mit daran liegen, daß bei einem ersten Gespräch noch die nötige Vertrautheit fehlt. Außerdem mußte Thomas wegen seiner Behinderung keine spezielle Sonderschule besuchen und auch beruflich sind ihm keine Nachteile entstanden. Das ist nicht unbedingt selbstverständlich. Sicherlich war Thomas durch seinen gesunden Zwillingsbruder auch stärker angeregt, sich den gesellschaftlichen Anforderungen zu stellen. Einen größeren Schonraum für sich hat er nicht beansprucht. Ob er sich manchmal überfordert hat oder ob er aus der unbewußten Konkurrenzsituation zum Bruder besonderen Ehrgeiz entwickelt hat, müssen wir als Frage offen lassen.

Resümee

Thomas und Michael haben ihre Kindheit überwiegend ›zwillings-orientiert‹ verbracht. Die gemeinsamen Erlebnisse und Erfahrungen in der Familie, der Schule und mit Freunden stehen im Vordergrund. Trotz individueller Unterschiede im Entwicklungsverlauf der Zwillinge wird die gleichwertige Behandlung besonders betont. Dies wird vor allem deutlich am Beispiel der Einschulung. Wäre Thomas ein Einzelkind gewesen, so hätte man ihn vermutlich noch für ein Jahr vom Schulbesuch zurückgestellt. Die Entscheidung für die Einschulung orientiert sich am Entwicklungsstand des Zwillingsbruders und nicht so sehr an der individuellen Entwicklung von Thomas selbst. Dabei mag bei den am Entscheidungsprozeß Beteiligten die Sorge im Vordergrund gestanden haben, daß der ohnehin durch seine Behinderung benachteiligte Thomas sich nicht als ›zurückgesetzt‹ empfinden sollte.

Da Thomas intellektuell mit Michael vergleichbar war, wurden diese Fähigkeiten betont, und die vermutlichen Verzögerungen in der emotionalen, sozialen und körperlichen Entwicklung weniger beachtet. Weil die Zwillinge ihre Freizeit überwiegend gemeinsam verbrachten, wurde nicht deutlich, daß Michael in bezug auf soziale Aktivitäten eine führende Rolle einnahm. Die Schwierigkeiten von Thomas diesbezüglich wurden erst sichtbar, nachdem die Brüder verschiedene Schulen besuchten. Vermutlich hat Thomas seine Defizite im sozialen Bereich durch besondere Anstrengungen im Leistungsbereich kompensiert. Als behinderter Mensch – wenn auch mit einer leichteren Behinderung – hätte Thomas es ohnehin schwerer gehabt, Kontakte zu Gleichaltrigen herzustellen. Sicherlich war er deshalb leicht geneigt, sich dem gesunden kontaktfreudigen Bruder anzuschließen, wodurch er sehr viel intensiver am alltäglichen Leben teilnehmen konnte. Ein behindertes Kind ohne Geschwister lebt auch heute noch isolierter als andere Kinder. So gesehen ist der gesunde Zwillingsbruder in dieser Konstellation von Vorteil. Die Gefahr jedoch, daß ein Zwillingspartner die führende Rolle nach außen hin übernimmt und der andere sich eher unterordnet, ist in der Zwillingskonstellation Behindert/Nicht-Behindert um so größer.

Wir wissen um das Problem, daß in vielen Zwillingsbeziehungen ein Zwillingspartner eine dominante Rolle einnimmt. Jedoch haben die eher ›passiven‹ Zwillingspartner häufig als junge Erwachsene die Möglichkeit sich zu ›emanzipieren‹, wenn die Wege der Zwillinge sich trennen. Der Prozeß der Emanzipation wird auch in Zukunft für Thomas noch dadurch erschwert, daß er als behinderter Mensch nicht immer die mitmenschliche Aufgeschlossenheit erlebt, wie andere Menschen sie erfahren.

Rita Haberkorn

Daniel und Rebekka
und andere Pärchenzwillinge

Gedanken zu ihrer geschlechtsspezifischen Prägung

Karin von Schlieben-Troschke zitiert in ihrer Veröffentlichung eine Untersuchung, die Auskunft gibt über geschlechtsspezifische Ausprägungen bei Pärchenzwillingen:

- In zwei Drittel der Fälle von Pärchenzwillingen dominieren die Mädchen. Die Struktur der Pärchenzwillinge scheint in manchen Punkten das landläufige Bild von ›Männlichkeit‹ und ›Weiblichkeit‹ über den Haufen zu werfen.

- In der Gesamtheit der Pärchenzwillinge waren nur 37,9 % der Mädchen schüchtern, aber 53,4 % der Jungen, was eine Umkehrung der ›normalen‹ Verhältnisse bedeutet.

- Ebenfalls auf die Gesamtheit bezogen sind die Jungen von Pärchenzwillingen die Schüchternsten unter den Jungen der verschiedenen Zwillingsgruppen.

- Die Mädchen der Pärchenzwillinge sind die Mädchen, die von allen Gruppen am wenigsten schüchtern sind.[1]

Beobachtungen und Erinnerungen

Angepaßter …

Sie ist im Umgang mit anderen immer darauf bedacht, alles richtig zu machen und richtig »Guten Tag« zu sagen. Sie hat jetzt auch ganz genau rausgekriegt, was bei Erwachsenen ankommt. Sie weiß, wie ein Knicks geht, das zeigt ihr meine Mutter. Wenn sie dann ein Kleid anhat und einen Knicks macht – sie hat kapiert, wie das geht. Er ist eher ein Rumpelstilzchen, anstrengend, aber ich kann mit seiner offenen Art besser umgehen. (Mutter von 6jährigen Zwillingen)

Besser als …

Ich war immer fromm, sauber, hilfsbereit, in der gemeinsamen Grundschulzeit die bessere Schülerin. Mein Bild von mir war in der Kindheit vor allem orientiert an dem Vergleich mit dem Zwillingsbruder. Und da schnitt ich einfach gut ab. Ich konnte alles besser, erst viel später habe ich lernen müssen, wie sich meine Selbsteinschätzung relativiert, wenn der Zwillingsbruder nicht mehr die einzige Orientierung bleibt. (41jährige Frau, Pärchenzwillinge)

Das kleine Weib …

Benjamin zeigt sein Bedürfnis nach Zärtlichkeit offen und deutlich. Wir können uns dann ebenso klar dazu verhalten. In der Regel können wir ihm geben, was er braucht. Susanne macht das ganz anders. Manchmal schleicht sie wie eine Katze heran, und ohne daß man es richtig merkt, sitzt sie schon auf dem Schoß und holt sich, was sie braucht. Sie fordert nicht so lautstark wie ihr Bruder, sondern sucht nach einer passenden Gelegenheit, sie ist einfach raffinierter. Manchmal aber auch setzt sie diese Zärtlichkeiten ein. Das ist dann der unangenehmere Teil. Sie rutscht auf den Schoß, schmiegt sich an, und in ihrer Art zu reden wird deutlich, daß sie irgend etwas erreichen will. (Eltern von heute 7jährigen Zwillingen)

In dem Gespräch wurden deutliche Sympathien der Eltern für das Kind des jeweils anderen Geschlechts erkennbar, dessen Verhalten sie eher zu verstehen versuchten. Der Vater sagte es deutlich: »Susanne ist eben ein richtiges kleines Weib, da fühle ich mich auch in meiner Männlichkeit angesprochen.«

Die Ersatzmutter …

Meine Tochter hat in irgendeiner Form verinnerlicht, die Verantwortung für ihren Zwillingsbruder immer dann zu übernehmen, wenn wir nicht dabei sein können. Und Benjamin hat es akzeptiert, daß Susanne auf ihn aufpaßt und ihn ein wenig bemuttert. Mit ihr versucht er dann aber auch die gleichen Auseinandersetzungen wie mit uns. Susanne ist da in eine richtige Ersatzelternrolle gerutscht und ist sicher damit oft überfordert. Der Streit unter den Zwillingen ist oft dadurch verursacht, daß Benjamin sich immer wieder gegen seinen Status als jüngerer Bruder wehrt, den er faktisch wegen seiner Entwicklungsverzögerung ohnehin hat. Aber Susanne übt einfach zuviel Macht über ihn aus. (Vater der oben erwähnten 7jährige Zwillinge)

Benjamin und Susanne können ihre Geschwisterbeziehung kaum unbelastet leben, da das ohnehin vorhandene Ungleichgewicht durch Benjamins leichte Retardierung noch zusätzlich durch die elterlichen Vollmachten für Susanne verstärkt wird. Solange beide so eng aufeinander bezogen leben, hat Benjamin wenig Chancen, endlich selbständig zu werden und Susanne hat kaum die Möglichkeiten, sich alleine auf ihre eigenen Stärken zu beziehen, ohne elterliche Autoritätsvollmachten das eigene Kräftespiel auszuprobieren. Glücklicherweise sind die beiden jetzt in der Schule in verschiedenen Klassen, haben zu Hause eigene Kinderzimmer, und auch die Eltern erkennen zunehmend, daß sie ihre Hierarchiezuschreibungen so weit es geht aus der Geschwisterbeziehung heraushalten müssen.

Immer gekämpft …

Weil die Entwicklung der Mädchen grundsätzlich in den ersten 6 – 8 Jahren einen Vorsprung gegenüber den Jungen aufweist, war ich in dieser Phase immer hinten an, fast wie ein jüngerer Bruder. Das hat mich natürlich auch geprägt. Ich bin heute ein Kämpfer und habe im Grund doch alles erreicht, was ich mir vorgenommen habe. Meine Zwillingsschwester hat alles schneller gekonnt, und meine Mutter hat dann immer gesagt: »Das mußt du doch auch können, streng dich doch an!« (30jähriger Mann, Pärchenzwillinge)

Typisch …

Hannah und Jonathan nutzten früh ihre Chance, sich durch geschlechtstypische Verhaltensmuster voneinander abzugrenzen. Gezielt und/oder unbewußt wurden sie darin von ihrer Umwelt unterstützt. Auch die Strategien der beiden, um zu einem gewünschten Ziel zu gelangen, waren aus unserer Sicht schon sehr früh typisch ›männlich‹ und typisch ›weiblich‹.

Jonathan versuchte schon als kleines Kind seine Interessen offen durchzusetzen und nahm dabei den Konflikt in Kauf. Bei Hannah konnten wir oft den Weg zum Ziel ihrer Wünsche kaum nachvollziehen, wir haben selbst nicht gemerkt, wie leise und ›raffiniert‹ sie ihre Interessen verfolgte, ohne dabei den Konflikt riskieren zu müssen. Eine ganze Weile sahen wir die Gefahr bei Hannah, die die Erwartungen der Erwachsenen sehr sensibel erspürt, daß sie in ihrem Wunsch nach Anerkennung als ›liebes, vernünftiges Mädchen‹ ihren eigenen Interessen zu wenig nachgeht oder sich durch besondere Anpassungsleistung überfordert. Wir wollten, daß sie, die eher bedacht war, die Erwartungen anderer zu erfüllen, als den eigenen Interessen nachzugehen, daß sie erlebt, auch dann geliebt und akzeptiert zu sein, wenn ihre Interessen und Bedürfnisse nicht unseren aktuellen Intentionen entsprechen. Sie sollte ebenso wie der Bruder lernen, den Aushandlungsprozeß mit anderen Kindern oder den Erwachsenen klar, offen und konsequent zu führen. (Mutter von 8jährigen Zwillingen)

Näher als der Ehemann ...

Meine Schwester ist verheiratet. Aber ich weiß genau, wenn ich zu ihr komme, dann bin ich sicher, daß ich die größeren Rechte habe. Ich habe da gar keine Schwierigkeiten. Ich weiß es einfach. Das ist eine gefühlsmäßige Ebene, die wir nicht in Frage stellen. (30jähriger Mann, Pärchenzwillinge)

Diese Beispiele zeigen eine Fülle verschiedener Aspekte auf, die hier im Zusammenhang mit Pärchenzwillingen vielleicht als typisch genannt werden, die vermutlich auch in vielen besonders nahen ›normalen‹ Schwester-Bruder-Beziehungen auftauchen. Weil meine Kinder selbst Pärchenzwillinge sind, habe ich mich auf den Weg gemacht, für viele Beobachtungen und Fragen nach Antworten zu suchen. Manchmal sind es Fragen geblieben, über die ich weiter forschen will.

Fragen ...

In Gesprächen mit heute erwachsenen Zwillingen und Eltern (Müttern) von Pärchenzwillingen interessierte mich neben dem, was sie selbst als bedeutsam beschrieben, vor allem:

Der entwicklungspsychologische Aspekt:
Wie veränderten sich Dominanzen im Verlauf der Kindheit und
Jugend? Entwickelten sich daraus Abhängigkeiten, Minderwertig-
keiten, Fürsorgehaltung?

Familiendynamik, Fremd- und Selbstwahrnehmung, Einstellung:
Wie haben sich die Zwillinge wahrgenommen? Welche Attribute
gehörten dazu? Welche Eigenschaften wurden ihnen von außen
zugesprochen? Genießen die Jungen wirklich mehr ›Narrenfrei-
heit‹? Mit welchen unterschiedlichen Erwartungshaltungen wurden
sie konfrontiert? Wer übernahm welche Aufgaben und Pflichten
innerhalb der Zwillingsgemeinschaft, in der Familie? Wie hat der
Junge/das Mädchen eigene Interessen durchgesetzt? Wie ist/war die
Einstellung der Eltern zu Junge/Mädchen? Gibt es Phasen innerhalb
dieser Zwillingskonstellation, in der neben einer besonderen Nähe
und dem Sich-aufeinander-verlassen-Können auch erotische Gefühle in der Beziehung mitschwingen? Wie erlebt die Zwillingsschwester in der Rückschau ihre Rolle als das vernünftige, ordentliche Mädchen, das früh für den Bruder Mitverantwortung übernehmen sollte? Wie erlebt es der Zwillingsbruder in der Rückschau,
gleich von zwei Frauen (Mutter und Schwester) er- und gezogen
zu werden? Was bedeutet es, wenn der andere Zwilling eine Beziehung eingeht, sich ein ›Rivale‹ in die Zweisamkeit drängt? Wie
stellt sich die Prägung im Pärchenzwillingsverbund aus der heutigen Perspektive des Erwachsenen dar? Was ist geblieben (Probleme, Stärken)?

Entwicklungsunterschiede und Dominanz

Aussagen:

Ich weiß aus Erzählungen meiner Mutter, daß ich schon immer etwas
vorgemacht habe, was mein Bruder mir dann nachmachte. Zum Beispiel
bin ich als erste im Kinderwagen aufgestanden, habe mich an dieser
Tasche festgehalten und hab dran gerüttelt. Mein Bruder sah es und
machte es mir nach. Und so war es mit vielen Dingen. Ich war immer die
ältere Schwester.

Ich wünschte mir nichts sehnlicher, als in die Schule zu gehen, aber mein Bruder war noch nicht schulreif, und deshalb wurde ich auch noch nicht eingeschult. Irgendwie war er als Zwilling doch ein Klotz am Bein für mich. Diese Art der Gleichschaltung ging damals klar auf meine Kosten. Obwohl Daniel kräftiger, schwerer und größer ist, dominiert Rebekka in der Beziehung der beiden miteinander. Sie kann leichter auf andere zugehen, findet schneller neue Kontakte, sie hat es insgesamt wesentlich leichter.

Wir haben noch einen 18 Monate jüngeren Bruder. Mein Zwillingsbruder hat sich zunehmend ihm angeschlossen, und ich hatte für beide die Vorreiterposition. Ich war im Alltag eher die ältere Schwester von beiden Brüdern.

Karin von Schlieben-Troschke zitiert eine Untersuchung, wonach die Überlegenheit der Mädchen sich vom Kleinkindalter an etabliert und noch bis zum Alter von acht Jahren ausgebaut wird. Bis zum Alter von 14 – 15 Jahren hält sie sich auf gleichem Niveau. Von diesem Zeitpunkt ab scheint die Dominanz der Mädchen wieder zurückzugehen.[2] Aber der Pubertät können die Jungen einen Teil des Hierarchiegefälles wettmachen, weil der Faktor des schulischen Erfolges zur hauptsächlichen Grundlage der Etablierung von Dominanz wird. Es gelingt ihnen aber auch im Alter von 16 – 20 Jahren nicht, trotz schulischer und körperlicher Überlegenheit, diese Stärken zum absoluten Abbau der Dominanz der Schwester zu nutzen. In vier Pärchenbeziehungen dominiert dreimal das Mädchen.[3]

In den von mir geführten Interviews mit Eltern von Pärchenzwillingen und heute erwachsenen Zwillingen war auffallend, daß immer da, wo ein Zwilling als Folge der Geburt mit einem Handicap belastet war, der Junge der benachteiligte war. Ungleiches Geburtsgewicht zugunsten des Jungen dagegen wurde von den Schwestern rasch aufgeholt oder früh kompensiert, so daß die traditionelle Dominanz der Schwester davon kaum beeinflußt wurde. Schon in der vorgeburtlichen Phase scheinen die Jungen bei Mehrlingen die eher gefährdeten zu sein. Die Zahlen des Statistischen Bundesamtes zeigen bei totgeborenen Mehrlingen 1950 535 Knaben und 450 Mädchen. 1986 waren es noch 81 totgeborene Knaben und 71 Mädchen. Mit rückläufiger Säuglingssterblichkeit verringerte sich auch der Abstand der totgeborenen Jungen zu den Mädchen. Die bessere Vorsorge und medizinische Betreuung während der Geburt hat sichtlich die Chancen der vermutlich gefährdeteren Knaben verbessert.

Bedeutsamer aber ist, daß Mädchen insgesamt schneller reifen als Jungen[4] bis dahin, daß sie im Durchschnitt etwa ein Jahr eher mit der Pubertät beginnen[5], so daß die Mädchen schon aus der Perspektive des Reifeprozesses den Knaben in vielen Bereichen eine Nasenlänge voraus sind.

Der Einfluß von Größe und Gewicht ist vermutlich von zweitrangiger Bedeutung bei der Erklärung der Dominanzverhältnisse bei Pärchenzwillingen. Neben der möglichen frühzeitigen körperlichen Reife auf seiten der Mädchen formuliert Karin von Schlieben-Troschke folgende Hypothesen für die hauptsächlichen Faktoren der überwiegenden Dominanz bei Pärchenzwillingen:

– Das häufige Auftreten von Bettnässen bei den Jungen, was zu einer möglichen Demütigung dieser führen kann.

– Das Auftreten eines mütterlichen Verhaltens bei den Mädchen, mit der Tendenz, den männlichen Partner wie ein Baby zu beschützen.

– Die besseren schulischen Erfolge bis zum Eintritt in die Pubertät.[6]

Rücksicht auf den Zwillingsbruder nehmen müssen, unter Mißachtung der eigenen Fähigkeiten, ihn wie einen Klotz am Bein empfinden, sich wie die ältere Schwester erleben, in der Beziehung dominieren – diese Stichworte aus den anfangs beschriebenen Aussagen machen deutlich, welche Konsequenzen die Bedingungen und Voraussetzungen diese besondere Zwillingskonstellation in sich birgt. Diese Dominanzen finden ihre zusätzliche Verstärkung durch die je spezifische Erziehung und Prägung in Familie und Umwelt, gewinnen dadurch erst an Bedeutung und wirken sich darauf aus, wie Jungen und Mädchen ihre Individualität und geschlechtsspezifische Identität entwickeln.

Geschlechtsspezifische Überlegungen
zu Geschwisterpaaren verschiedenen Alters

Wegen der bei Pärchenzwillingen latenten Dominanz der Mädchen will ich einige Gedanken und Untersuchungsergebnisse zusammentragen, die sich mit der Rolle einer älteren Schwester und des jüngeren Bruders befassen. Denn für die Art unserer Kommunikation mit anderen Menschen ist es von Bedeutung, ob wir mit einem älteren und/oder jüngeren Geschwister gemeinsam aufgewachsen sind und ob diese(s) das gleiche oder andere Geschlecht hat(haben) als wir. Menschen mit gegengeschlechtlichen Geschwistern sind zum Beispiel geübter im Umgang mit dem anderen Geschlecht. Unsere Geschlechtsrollenfindung wird stark davon beeinflußt, ob wir mit einem Bruder oder einer Schwester oder auch mit beiden aufgewachsen sind.

Werden Jungen, die eine ältere Schwester haben, mit Jungen, die einen älteren Bruder haben, verglichen, so zeigen erstere zunächst mehr feminine Präferenzen[7]. Eine andere Untersuchung[8] ergab, daß Jungen mit einer älteren Schwester emotionaler und ängstlicher sind. Sie zeigen eher weibliches Verhalten gegenüber Angst, sind weniger dominant und geben weniger typisch männliche Antworten als die jüngeren Brüder von Brüdern. Das läßt sich damit erklären, daß jüngere Kinder ihre älteren Geschwister zunächst imitieren. Im Verlauf der Entwicklung grenzt sich dieser jüngere Bruder aber in der Regel durch deutlich ›männliche‹ Verhaltensweisen von der Schwester ab. Der jüngere Bruder einer autoritären Schwester mag einerseits deren Stärke und Dominanz bewundern, andererseits fühlt er sich ihr gegenüber jedoch auch hilflos und klein und versucht, sich gegen ihre Dominanz zu wehren. Er hat gelernt, mit ihr auszukommen, begegnet wahrscheinlich aber auch anderen autoritären Frauen mit gewisser Ehrfurcht, vielleicht auch mit Ärger und Groll, weil er sich nicht so mächtig fühlt wie sie. Er hat also sehr ambivalente Gefühle, die, sollte er eine Beziehung zu einer solchen Frau eingehen, wieder aktuell werden und einen Konflikt vorzeichnen, in dem er seiner Partnerin einerseits vermittelt, daß er autoritäre Frauen bewundert, andererseits aber gegen ihre Macht und Autorität ankämpft. Das kann für die Partnerin zu einer ausweglosen Situation werden. Wie schon beschrieben, fühlen sich jüngere Brüder einer Schwester eher weiblich, lernen jedoch im Verlauf ihrer Entwicklung, daß typisch männliche Eigenschaften von ihnen gefordert werden und grenzen sich deshalb gegenüber ihren eigenen weiblichen Anteilen betont männlich ab[9].

Die Geschwisterkonstellation ›älterer Junge und jüngere Schwester‹ ist vermutlich zunächst konfliktträchtig, weil der Junge sich weniger leicht elterlichen Erwartungen im Sinne einer Fürsorge für die jüngere Schwester beugt, längerfristig aber scheint diese Geschwisterreihenfolge die Rivalität unter ihnen zu entschärfen. Einer Untersuchung[10] zufolge begegnet zwar der Bruder seiner Schwester mit männlich mächtigem Imponiergehabe, seine Angriffslust schlägt aber häufig in Ritterlichkeit um. Ist das Mädchen die Ältere, will sie dem Bruder eine umsorgende, aber auch bestimmende ›Schwester- Mutter‹ sein. Der Junge aber bevorzugt in der Regel die Mutter und enttäuscht damit die Schwester. Einerseits kann sich dieses Mädchen künftig in Männer einfühlen, andererseits wird sie vermutlich auch einen Groll gegen sie hegen, wenn dem Jungen in der Kindheit mehr Freiheit zugestanden wurde, das Mädchen dagegen in seiner allseits positiv sanktionierten Helferrolle weniger andere Bedürfnisse wahrnehmen und ausleben konnte.[11]

Haben Junge und Mädchen noch andere Geschwister, bietet sich ihnen eine vielfältigere Chance, Vorbilder für ihre geschlechtsspezifische Identifikation anzunehmen. Fixierungen auf den einen Bruder oder die eine Schwester mit all den daraus abzuleitenden Prägungen werden damit relativiert. Leben in einer Familie beispielsweise drei Kinder in der Reihenfolge Junge – Mädchen – Junge, dann kann sich etwa das Mädchen in der Beziehung zum großen Bruder erleben und ist doch gleichzeitig die ältere Schwester des Jüngsten. Dieser mag gleichzeitig diese Situation des Umsorgtseins erleben, hat aber in jedem Fall den großen Bruder neben dem Vater als männliches Orientierungsvorbild. Innerhalb der Geschwisterbeziehungen können sich sowohl homogene als auch heterogene Koalitionen bilden. Dies sind Erfahrungen, die das eigene Spektrum an Reaktionsvarianten erheblich flexibler und vielfältiger gestalten.

Und wie ist das bei Pärchenzwillingen?

Im Gegensatz zu Geschwistern verschiedenen Alters, bei denen zumindest das ältere Kind zunächst geschwisterunabhängig seine Geschlechtsidentität gestalten kann, sind Zwillinge gleichzeitig vor die Aufgabe gestellt, trotz besonderer Nähe zueinander diese Identitätssuche auf verschiedene Weise aufzunehmen. Für sie ist die Unterscheidung vom anderen verbunden mit sehr unterschiedlichen Reaktionen durch Eltern und andere, aber auch durch den anderen Zwilling.

Die ältesten Kinder stehen mehr als die anderen unter dem Einfluß der Eltern, daher wird ihre Männlichkeit oder Weiblichkeit auch mehr von diesen als von den übrigen Geschwistern beeinflußt. Dabei fließt neben dem Vorbild Mann/Frau auch in die geschlechtsspezifische Prägung mit ein, ob das Kind als Junge oder Mädchen gewollt war, welche Ambivalenzen in der Beziehung von Mutter und/oder Vater zu Junge und/oder Mädchen mitschwingen. So wird es einer eher dominanten Mutter, die sich nur Mädchen wünschte, schwerfallen, die männlichen Akzente in dem Jungen zu unterstützen. Dies vor allem dann, wenn der Vater in dieser Familie als einziger Repräsentant der Männlichkeit eine eher schwache Rolle spielt.

Da Zwillinge zunehmend ohne Geschwister aufwachsen (vgl. Rita Haberkorn, *Zum Beispiel: Mario und Pedro, Silke und Stefanie*, S. 162), fehlt ihnen die Orientierung an gleichgeschlechtlichen Geschwistern, die Eltern sind außerhalb der paarinternen Dynamik die einzigen, die innerhalb der Kleinfamilie zur geschlechtsspezifischen Prägung beitragen können. Dabei fällt dem Mädchen innerhalb der Paarbeziehung noch immer traditionsgemäß die Rolle des eher angepaßten Kindes zu, das sich vernünftig, einsichtig und gehorsam verhält. Nicht, daß sie es von Natur aus wären, die an sie gerichtete Erwartungshaltung wird noch immer mehr oder weniger stark von ihnen akzeptiert und entsprechend reproduziert. Erfahren sie doch durch die Einhaltung dieser Stereotypisierung nicht nur einen Vorsprung dem Zwillingsbruder gegenüber, sondern auch die so sehr umkämpfte Anerkennung vor allem der Mutter. Bei den

146

Mädchen erwartet man also früh ein eher erwachsenes Benehmen, während dem Jungen das ›Lausbubenverhalten‹ genehmigt wird. Aber der Junge wächst in dieser Paarbeziehung nicht nur nach dem traditionellen Bild von Männlichkeit auf. Er erlebt sich eben auch in Beziehung zu seiner in der Regel dominanten Zwillingsschwester, die meist vernünftig, reifer, umgänglich ist, ihn einerseits fürsorglich betreut, andererseits selbstbewußt und auch mächtig ihm gegenüber auftreten kann. Dies kann den Jungen schüchtern werden lassen. Dennoch scheinen beide durch ihre Aufgabenverteilung innerhalb der Paarbeziehung auch aufeinander angewiesen zu sein, eine enge psychische Beziehung aufzubauen, die man auf den ersten Blick von Pärchenzwillingen so nicht erwartet.[12]

Daß Mädchen und Jungen der gegengeschlechtlichen Zwillingsgemeinschaft die positiven Anteile des anderen Geschlechts auf Grund der besonderen Nähe in ihr Persönlichkeitsbild im Sinne einer hilfreichen Ergänzung integrieren können, ist ihre Chance. Aber eine zu starke Fixierung auf die Beziehung im Paar hält sie gefangen in den von Kindheit an eingespielten Rollen und Funktionsteilungen und macht es ihnen schwer, ein vom Zwillingspartner unabhängigeres Konzept von individueller Weiblichkeit oder Männlichkeit zu entwickeln.

Wie männlich sich der Junge innerhalb der Zwillingsgemeinschaft entwickeln kann, hängt nicht zuletzt von Koalitionsmöglichkeiten mit einem Bruder als Korrektiv ab und davon, inwieweit die Eltern den Jungen in seiner Identifikationssuche vorbildhaft unterstützen können und wollen. Zu welchen Problemen eine eher symbiotische Beziehung des Pärchens im Erwachsenenalter führen kann, will ich an einem Beispiel später illustrieren. Für das Mädchen mit einem Zwillingsbruder scheint es schwerer als für das einzel geborene Mädchen zu sein, sich aus den vorgegebenen Mustern zu lösen. Dies vor allem dann, wenn sich die Erwartungen der Eltern mit den eingeübten Erwartungen des Zwillingsbruders decken.

Frauen haben ihre Rolle verändert. Zu dem Bild der Mütterlichkeit ist vielfach das der auch außerhalb der Familie leistungs- und durchsetzungsfähigen Frau hinzugetreten, die auch eigenen Interessen nachgeht. Diese erweiterte Definition von Weiblichkeit wollen zunehmend die Mütter ihren Töchtern überliefern. Deren geschlechtsspezifische Prägung wird aber nur zu einem Teil durch das Vorbild der Mutter geprägt. In der Regel leben innerhalb der Familie noch mehr Mitglieder, die ihre je spezifischen Erwartungshaltung an die Tochter richten, wie an jedes andere Mitglied der Familie auch. Daneben sind in hohem Maße die Medien (über das Fernsehen in Werbung und Filmen sowie durch Bücher), aber auch die Menschen aus dem Umfeld prägend.

Kleinere Mädchen können heute mehr als die Jungen aus ihrem Typisch-Mädchen-Sein heraustreten und auch lausbubenhafte Züge annehmen. Gemeint sind damit in der Regel vorwiegend positive Eigenschaften wie zum Beispiel Mut, Entdeckerfreude und das Ausschöpfen aller Freiräume. Umgekehrt sind die Jungen eher diskriminiert, verhalten sie sich wie ein Mädchen, wobei hier eher negative Verhaltensweisen gemeint sind, wie weinerlich, verschüchtert, eher angepaßt, anstatt ehrliche und offene Suche nach Konfliktlösungen. Und so scheint es noch immer so zu sein, daß im Alter von 3 – 4 Jahren mehr Mädchen lieber ein Junge wären als umgekehrt.[13]

Mag sein, daß es gegengeschlechtliche Zwillingspaare gibt, in denen beide fast ausschließlich von der Präsenz des anderen Geschlechts profitieren. Ich will hier vor allem Beispiele beschreiben, in denen die Zwillingsbeziehung deutlich zur Einengung eines eher umfassenden Bildes von Weiblichkeit oder Männlichkeit beigetragen hat.

Zum Beispiel Maria

Maria ist heute 38 Jahre, in Norddeutschland aufgewachsen, gelernte Krankenschwester, hat zwei Söhne (10 und 14 Jahre) und hat beim Kinderschutzbund ein neues Tätigkeitsfeld gefunden, das sie mit den familiären Anforderungen gut vereinbaren kann. Ihr Mann arbeitet im gehobenen Beamtendienst.

Maria war in der Entwicklung ihrem Bruder von Beginn an einen Schritt voraus. Obwohl sie bei der Geburt leichter und kleiner war, hatte sie in beidem den Bruder rasch überholt. In der Kleinkindentwicklung war sie sein Vorbild, das er nachahmte. Bald war sie sowohl für den Zwillingsbruder als auch für den wenig jüngeren Bruder die ältere Schwester. »In der gesamten Schulzeit war ich immer einen Hauch besser, immer ein Schrittchen voraus.« Maria erinnert sich, daß zu Hause oft kleine Wettspiele gemacht wurden. »Zum Beispiel stand ein Glas Marmelade auf dem Tisch und die Mutter sagte: ›Jetzt könnt ihr ja schon lesen, was hier draufsteht.‹ Wir haben also beide angefangen zu buchstabieren, und ich habe es als erste rausgekriegt. Ich denke, das hat ihm manchmal ganz schön zu schaffen gemacht.«

Maria hatte typisch weibliche Eigenschaften verinnerlicht, sie war das saubere, ordentliche und pünktliche Mädchen, auf das die Eltern sich immer verlassen konnten. Wenn sie nicht zu Hause waren, übernahm Maria deren Rolle, war immer vernünftig und beteiligte sich nie an den Streichen oder Unarten der Brüder.

Obwohl Maria auch in den Augen der anderen wie die Älteste in der Geschwisterreihe behandelt wurde, hatte sie doch eine besonders enge Beziehung zu ihrem Zwillingsbruder. Dem Jüngeren nahm sie es schon immer sehr übel, daß er ihr den Zwillingsbruder weggenommen hatte; so empfand sie deren Koalition. Diesem jüngeren Bruder drückte sie ihre Bemutterung oftmals wütend auf. Er wehrte sich dann auch weitaus mehr dagegen als der Zwillingsbruder.

Maria litt also darunter, daß sie ihn nicht für sich hatte, seine Zuneigung und Aufmerksamkeit nicht ungeteilt ihr gehörten, versuchte sie doch mit ihrem Ersatzmuttergebaren ihm ähnlich das zu geben, was sie bei der Mutter erlebte. Der Zwillingsbruder hingegen schien den Versorgungsteil von der Schwester zu dulden, suchte aber in der Rolle des älteren Bruders gegenüber dem jüngeren, wenigstens in dieser Geschwisterkonstellation sich im Vorteil zu erleben.

Maria sieht im Nachhinein deutlich in ihrer Rolle auch den Aspekt der Macht. Ihr wurde Verantwortung und damit auch Macht über die Brüder übertragen. Gleichzeitig war sie sich damit der Zuneigung der Erwachsenen sicher.

Während die beiden in der Grundschulzeit eine gemeinsame Klasse besuchten, trennten sich ihre Wege im Gymnasium und auch zu Hause in der Pubertät vor allem durch den getrennten Freundeskreis. In der Grundschulzeit litt Maria darunter, wenn Markus unartig war oder half ihm rasch, vergessene Hausaufgaben nachzuholen. Im Grunde konnte ihm wenig passieren, solange Maria in seiner Nähe war und für ihn sorgte. Sinnigerweise suchte sich Markus, der sich erst spät von der Mutter löste, den Beruf des Kapitäns. Somit ist er lange Phasen auf See, ›flieht‹ in einen Sicherheitsabstand zu Mutter und Schwester, eine längerfristige Beziehung zu einer Frau hat er bislang nicht aufgebaut.

In der Kindheit war Marias größter Wunsch, eine Schwester zu haben. Mit Freundinnen spielte sie typische Mädchenspiele. Zu Hause litt sie darunter, mehr als die Brüder zu häuslichen Pflichten herangezogen zu werden. Der Hinweis auf den Zwillingsbruder, der schließlich gleichalt war, half ihr bei der Mutter nicht weiter.

Maria löste sich als erste vom Elternhaus: »Ich habe immer gleich gewußt, was ich wollte. Ich war froh, daß ich von zu Hause weg war und mich selbst bestimmen konnte.« Eigentlich wollte sie Lehrerin werden, aber sie verließ trotz guter Schulleistungen nach der 10. Klasse das Gymnasium, um in Distanz zur Familie ihre Ausbildung zu absolvieren und Freiheiten ein Stück weit nachzuholen.

Obwohl Maria nach eigener Einschätzung immer gleich wußte, was sie wollte, blieb sie doch in einer Rolle gefangen, in der sie mehr Unfreiheiten zugunsten elterlicher Zuneigung und Macht über die Brüder in Kauf nahm und sich selbst damit in der Realisierung eigener umfassender Bedürfnisse beschnitt. Ihre Einschätzung heute: »Ich werde die Rolle der immer Vernünftigen und Zuverlässigen nie mehr los. In der Kindheit habe ich diese Erwartungen erfüllt, im Beruf fortgesetzt, und im Grund lebe ich sie in der Familie weiter.« Wie ernsthaft sie als Kind die Rolle der Ersatzmutter spielte, ist vielleicht auch daran abzulesen, daß sie sich den eigenen Söhnen gegenüber manchmal ähnlich verhält wie damals den Brüdern gegenüber. »Es passiert mir auch, daß ich meine Kinder mit den Namen meiner Brüder anspreche.«

Für ungelebte eigene Bedürfnisse durch die Festlegung auf die Rolle der ewig vernünftigen und eher angepaßt-unkomplizierten Tochter, die ihre Konflikte zurückhält, erlebt die Zwillingsschwester ihre Wiedergutmachung, indem sie in dieser Rolle sich der Abhängigkeit des Bruders und der Anerkennung der Eltern gewiß ist.

Es bleibt unter anderem zu fragen:

Mit welchen Spannungen leben andere Pärchenzwillinge ihre Nähe zueinander, ihre Funktionsteilungen und die Folgen ihrer Emanzipationsbestrebungen?

Können sie Haß, Wut, Minderwertigkeit, Bewunderung und auch sexuelle Empfindungen dem anderen gegenüber später erinnern, und wie verarbeiten sie dies?

Was bedeutet es gar für das erwachsene Rollenverhalten, wenn sich die Funktionen eher umkehren?

Kann es dem erwachsenen männlichen Zwilling gelingen, sich aus der mütterlichen und »ersatzmütterlichen« Dominanz zu befreien und daraus erholend eine befriedigende Beziehung zu einer Frau aufbauen?

Wie lebt diese Zwillingserfahrung im Leben der Pärchenzwillinge in erwachsenen Partnerbeziehungen weiter?

Vielleicht kann die Zwillingsschwester ihre umsorgende Rolle an die Partnerin des Bruders, die ›Rivalin‹, abtreten, wenn der Bruder in dieser Abhängigkeit verharrt. Vielleicht versucht sie, in der Beziehung zum eigenen Partner ihre von Kindheit an erprobten Verhaltensmuster zu reproduzieren, hat ihn vielleicht danach unbewußt ausgewählt und schafft sich somit eine Wiederholungssituation, verbunden mit all den Unfreiheiten und Frustrationen, die sie schon einmal gelebt hat.

Eine bewußte Verarbeitung ihrer gelebten Rolle als Zwillingsschwester wird ihr helfen, künftig neue Freiräume für sich zu entdecken und gleichzeitig aus der erfahrenen Nähe zum anderen Geschlecht für künftige Beziehungen zu profitieren.

Der Junge – auf der Suche nach Männlichkeit

Daniel und Rebekka haben noch eine wenig ältere Schwester. Die beiden sind jetzt sieben Jahre alt. Rebekka hat sich bislang zu einem stillen, aber launischen Mädchen entwickelt, das immer wieder die Nähe zu den Erwachsenen sucht. Gleichzeitig hat sie schon im Kleinkindalter begonnen, für den Bruder mitzusorgen, ihn zu bemuttern. Die Eltern sind über ihre typisch mädchenhaften Charakterzüge sehr erstaunt, können sie selbst doch nach eigenen Aussagen wenig damit anfangen. Daniel scheint dagegen besonders seine ›Männlichkeit‹ zu erproben. Da gibt es immer wieder Phasen zu Hause und gab es auch im Kindergarten, in denen er sehr anstrengend war und ist. Er will in diesen Phasen mit jedem kämpfen, ist jähzornig wie ein Rumpelstilzchen und schreit seine ganze Wut heraus. Schon als kleines Kind kletterte er besonders waghalsig herum – ein richtiger Junge! Alle notwendigen Fertigkeiten eines Kleinkindes hatte er mit Üben und Energie unter der Aufmerksamkeit der Eltern gelernt. Dagegen stand Rebekka einfach leise auf und konnte laufen, fast unbemerkt, so, als hätte das Üben des Bruders ihr eigenes Bemühen ersetzt.

Die Eltern dieser drei Kinder sind selbstkritisch gegenüber allen Rollenzuschreibungen als Produkte eigener erzieherischer Interventionen. Daniels zum Teil auffälliges Verhalten verstehen sie auch als Versuch, sich aus der bemutternden Dominanz der Zwillingsschwester zu lösen, die ja noch einmal verstärkt wird durch die ältere Schwester. Mit zunehmendem Alter scheint er sein notwendiges Selbstbewußtsein in kognitiven Leistungen zu finden, was ihn insgesamt ruhiger werden läßt.

Daniels und Rebekkas Verhalten allein aus der Zwillingsbeziehung abzuleiten, wäre sicher zu kurz gegriffen. Es ist ein ganz entscheidendes und prägendes Subsystem, das aber natürlich von der gesamten Familiendynamik beeinflußt wird. So versteht die Mutter etwa Rebekkas ruhiges, manchmal besonders langsames Verhalten als Kontrapunkt zu der in vielem sicher hektischen Familie. Rebekka zwingt sie damit manchmal zu einer Pause oder dazu, einfach auf sie zu warten. Dies ist nur ein weiterer Gedanke zum Verstehen der gewählten und zugewiesenen Rollen innerhalb des Familiensystems.

Eines ist bei Daniel absehbar: er wird im Verhältnis zur Zwillingsschwester sein notwendiges Selbstbewußtsein über die zunehmend bedeutsamer werdenden schulischen Leistungen entwickeln. Inwieweit Rebekka da mithält oder einen ganz anderen Weg einschlagen wird, bleibt abzuwarten. Ihre Position ist ja noch einmal zusätzlich dadurch geprägt, daß sie neben dem Zwillingsbruder noch mit einer älteren Schwester lebt, die ihr wiederum immer eine Nasenlänge voraus ist. Klar ist, daß Rebekka und Daniel in verschiedenen Gruppen viele unterschiedliche, voneinander unabhängige Erfahrungen machen. Ihre Eltern unterstützen ihre Individualisierungsbestrebungen. Sie unterstützen Daniel auch in seinem Bemühen auf der Suche nach eher männlichen Attributen. Hier ist natürlich seine Beziehung zum Vater besonders bedeutsam. Aber die Eltern beobachten auch, daß er trotz seines oft wilden und eher aggressiven Verhaltens an eher mädchenbezogenen Spielen zum Beispiel mit Puppen teilnimmt. Hier profitiert er von den ruhigen Spielen seiner Zwillingsschwester. Es war zunächst der Wunsch nach Nähe zur Schwester, die ihn zum Mitspielen motivierte. Zunehmend wurde dann auch der Inhalt für ihn interessant, der ihm durch die Schwester nahegebracht wurde.

Fritz und Monika wurden vor 30 Jahren in einer Kleinstadt geboren. Fritz, mit dem ich ein sehr offenes, ausführliches Gespräch führen konnte, ist der Zweitgeborene. »Für meine Schwester war es immer sehr wichtig zu sagen: ›Ich bin die Älteste und bleibe es auch.‹ Die Hierarchie mußte für sie stimmen.« Die beiden haben keine weiteren Geschwister und lebten während der gesamten Kindheit und Jugend in einer sehr engen Beziehung zueinander. Bis zum Abitur waren sie stets zusammen.

Auf den ersten Blick schien diese Beziehung ausgeglichen und für beide zufriedenstellend. Zwar war Monika in ihrer Entwicklung weiter, lernte alles schneller als der Bruder, aber Fritz kämpfte und erreichte alles, was er sich vornahm. In der Schule waren sie ein Team. Zwar saßen sie nicht zusammen, konnten sich aber dennoch darauf verlassen, daß der andere dort half, wo er stärker war. Monika war in Mathematik besser, dafür lagen Fritz die Sprachen. »Eigentlich erwartet man es umgekehrt«, resümiert Fritz. Er glaubt heute, daß er schon immer mehr auf die Nähe der Schwester angewiesen war als umgekehrt, und daß sie sich sicher auch gegen die ihr zugedachte Rolle wehrte.

Als Beispiel dazu eine Szene der damals sechsjährigen Zwillinge.

»Weil ich einen Bruch hatte, wurden wir beide ins Krankenhaus gesteckt. Meiner Schwester sollte ein kleines Blutschwämmchen entfernt werden. Eigentliches Ziel war es aber, daß wir halt zusammensein können. Mir hat das sehr gutgetan, aber meine Schwester hat es sehr negativ erlebt. Sie hat geschrien und hatte Ängste. Ich muß sagen, an mir ist das wirklich vorbeigegangen. Meine Schwester war bei mir, das war mir genug. Ich habe niemanden vermißt. Sie aber hat geschrien und gekämpft.«

Sicher spürte Monika, daß der medizinische Grund ihres Krankenhausaufenthalts der Vorwand dafür war, daß sie Fritz begleiten sollte. Und sie rebellierte dagegen.

Ausgeglichen waren die Vereinbarungen bei den täglichen gemeinsamen Spielen. Monika nahm am Auto- und Legospielen teil, und dafür machte Fritz ebenso lange bei ihrem Puppenspiel mit. Sie achteten gemeinsam dabei sehr auf Gerechtigkeit.

Weniger ausgewogen waren die Chancen, sich als Junge und Mädchen zu entfalten. »Meine Mutter, die uns hauptsächlich erzog, hat sich nur Mädchen gewünscht. Sie hat mir öfters mal im Affekt vorgeworfen, daß ich ein Junge bin. Sie selbst hat mit Brüdern nur schlechte Erfahrungen gemacht.« Zu dieser deutlichen Vernachlässigung von Fritz kam hinzu, daß in der Siedlung ausschließlich Mädchen wohnten, ihm also gleichgeschlechtliche Spielpartner fehlten. Eigentlich wollte er da nicht mitspielen. Ließ er sich einbeziehen, spielte er eine Rolle mit Status, den Lehrer zum Beispiel. Außer diesen Mädchen gab es für beide keine anderen Spielpartner.

Monika und Fritz zeigten im Sinne des typischen Verhaltens eines Mädchen oder eines Jungen deutlich andere Akzente als vielleicht erwartet. Während sich Monika auch mal traute, sich daneben zu benehmen, eher Widerspruch provozierte, traf auf Fritz all das zu, was man als einen lieben Jungen bezeichnet. Konnte sich Monika der Anerkennung und mütterlichen Liebe sicher sein und deshalb auch mal aus dem Rahmen fallen? Während Fritz vielleicht durch braves Verhalten zeigen wollte, daß auch ein Junge ein angenehmes Kind sein kann?

Neben dem Versuch, durch angepaßtes Verhalten die mütterliche Zuneigung auch als Junge zu finden, schien Monika ihre eigene Situation und den Zwillingsbruder im Griff zu haben. Er erinnert in diesem Zusammenhang folgende Begebenheit: »Ich weiß, ich hatte mal eine Entzündung an der Phimose, und meine Schwester hat darauf geachtet, daß meine Mutter das richtig versorgt. Die hat das vollkommen im Griff gehabt. Ich habe mich dann auch verwöhnen lassen. Sie hat mich auch in der Kleidung korrigiert. Obwohl ich mich da nicht so sonderlich wohl bei fühlte, es war einfach so.«

»Guck mal, der Kleine, der hat schon eine Freundin«, so provozierten die beiden bereits mit neun Jahren ältere Jungen und machten sich einen Spaß daraus. Sexuelle Spiele aber gab es nicht, die wurden verdrängt. »Die waren nie da, oder wir haben sie nicht zugelassen. Das war tabu.« Fritz berichtet in diesem Zusammenhang, wie er einmal von einem Freund angesprochen wurde: »Mensch, du brauchst dich nicht anzustrengen, du hast ja eine Frau bei dir.« Fritz dazu: »Ich habe ihn angeguckt und gedacht, wie kann der so etwas sagen? Es hat mich auf der einen Seite entsetzt und wahrscheinlich auch irgendwie getroffen. Ich denke schon, da war was da.« An vielen Beispielen beschreibt Fritz die besondere Nähe zu seiner Schwester, aber auch den Anspruch, selbst im Erwachsenenalter die bevorzugte Beziehung zu behalten. Zwar ist diese besondere Nähe heute teilweise zurückgenommen, aber es bleiben bevorzugte Rechte, die Fritz für sich in Anspruch nimmt und die Monika zu akzeptieren scheint. Sie sprechen nicht darüber. »Ich weiß genau, wenn ich zu meiner Schwester komme und sie besuche, dann bin ich sicher, daß ich die größeren Rechte bei ihr habe als mein Schwager. Das weiß ich einfach. Das ist eine klare Sache bei uns. Da ist eine gefühlsmäßige Ebene, die ist nicht in Frage gestellt.«

Ohne sich darüber zu verständigen, erleben Fritz und Monika immer noch, wie selbstverständlich sie füreinander da sind. Dennoch glaubt Fritz, daß er wie schon in der Kindheit, so auch heute sich vermutlich enger an seine Schwester gebunden fühlt als umgekehrt.

Auf seine Identität als Mann angesprochen, meint Fritz: »Also, ich würde mich selbst als sehr femininen Mann bezeichnen. Meine Schwester ist spassigerweise bei der Bundeswehr und setzt sich da kräftig durch. Vor der hat auch der General Respekt. Also, ich denke, bei ihr sind die maskulinen Anteile stärker ausgeprägt. Ich dagegen bin am Suchen, wo meine männlichen Anteile sind. Gut, die femininen kenne ich jetzt bei mir sehr gut. Ich neide anderen Männern einfach ihr Mannbewußtsein. Ich versuche es langsam zu entwickeln, bin ihm aber jahrelang aus dem Weg gegangen.«

Fritz ist Psychologe. Seine Erfahrungen mit Frauen schildert er so: »Wenn ich mich spontan verliebe, ist die Frau meiner Schwester ähnlich.« Trotz allem hat er die Kindheit mit seiner Schwester als sehr angenehm in Erinnerung, und der Wunsch, dies zu wiederholen, ist für ihn der unbewußte Grund, weshalb er sich in Frauen verliebt, die ihr ähnlich sind. Er weiß aber auch, daß auf der sexuellen Ebene mit diesen Frauen »nichts läuft«. »Wenn ich mich einmal für eine Frau entscheiden werde, darf sie meiner Schwester nicht ähnlich sein, es müßte etwas wirklich absolut Neues sein.« Diese Perspektive sieht er für sich am Ende seines derzeitigen, mühsamen Prozesses auf der Suche nach den männlichen Anteilen seiner erwachsenen Identität.

Das Beispiel von Fritz und Monika, das Dank der ehrlichen Gesprächssituation an anderer Stelle ausführlicher auszuwerten sich lohnt, macht deutlich, welche Probleme der geschlechtsspezifischen Selbstfindung aus der Sicht von Fritz sich aufbauen können auf einer äußerlich scheinbar ausgeglichenen und gleichberechtigten Zwillingsbeziehung. Elterliche Ambivalenzen gegenüber dem Jungen, mangelnde gleichgeschlechtliche Spielpartner und die schwesterliche Dominanz, die verwöhnte, aber trotzdem nicht immer angenehm war – dies sind einige Stolpersteine, die für Fritz auf seinem Weg lagen und deren bewußte Bearbeitung in einem langwierigen Prozeß ihm letztendlich ein Bewußtsein als Mann mit all seinen femininen und maskulinen Anteilen möglich werden lassen. Eine Beziehung zu einer ganz anderen Frau, die ihn nicht wieder in seine Zwillingsrolle zurückwirft, gibt dem Weg der Befreiung eine gute Perspektive.

Rita Haberkorn

Zum Beispiel: Mario und Pedro, Silke und Stefanie

Schlaglichter aus Familie, Kindergarten und Schule

Warum haben Mario und Pedro erst begonnen zu streiten, als sie im Kindergarten waren? Warum sind Silke und Stefanie so stark auf Harmonie aus, stellen ihre Situation nicht in Frage, bis die Eltern ihnen den Weg zu mehr Eigenständigkeit öffnen?

Wir haben gesagt, daß der die Zwillinge umgebende Mythos mehr oder weniger unhinterfragt von der öffentlichen Meinung in unserer Gesellschaft, vor allem über das Medium Fernsehen den Kindern und Erwachsenen vermittelt wird (vgl. Rita Haberkorn, *Von Mythen und Medien beeinflußt*, S. 45). Von allen Zwillingskonstellationen sind die eineiigen Zwillinge davon am stärksten beeinflußt, weil sie durch die äußerliche Ähnlichkeit mehr Gleichheit vermuten lassen. Aber inwieweit es den Erwachsenen und den Zwillingen selbst gelingt, Autonomie und damit auch Unverwechselbarkeit in Beziehungen zu erleben, hängt auch ab von den Erwachsenen und Kindern der unterschiedlichen sozialen Systeme (zum Beispiel Kindergarten, Schule, Gruppen), in denen sie leben und die sich gegenseitig beeinflussen.

Wir haben auch gesagt, daß bereits die vorgeburtliche gemeinsame Zeit mit ihren unterschiedlichen Chancen für die Ungeborenen vermutlich Einfluß hat auf spätere Persönlichkeitsentwicklung, Verhaltensweisen und Eigenschaften (vgl. Karin von Schlieben-Troschke, *Gedanken zu ungeborenen Zwillingen*).

In der Vielfalt unterschiedlicher Familienkonstellationen ist jene mit Zwillingen eine, die in ihren vielfältigen konkreten Lebensformen aufzuspüren sich lohnt. Die weite Palette unterschiedlicher individueller und paarbezogener Persönlichkeitsstrukturen beider

Zwillinge zeigt uns, daß diese in ihrem Entwicklungsprozeß von sehr vielfältigen Faktoren geprägt und beeinflußt werden. Das Kernsystem Familie markiert je spezifische Freiräume und Grenzen, die in den zwischenmenschlichen Beziehungen der Familienmitglieder entdeckt und genutzt werden. Sie ist der Ausgangspunkt der Entwicklung individueller Lebensgeschichten. Gesellschaftlich vermittelte Werte und Erziehungsvorstellungen beeinflussen die Schicksale der Zwillinge, das konkrete Umfeld, der jeweilige Kindergarten und die Schule. Die dort gewonnenen Erfahrungen sind weitere Facetten, die natürlich ihre Rückwirkungen auf die Beziehungen in der Familie haben.

Wenn wir in der konkreten Situation die unterschiedlichen, bedeutsamen Einflußfaktoren erkennen und verstehen, wird es uns auch gelingen, den Zwillingen den größtmöglichen Spielraum für Individualität in der Paarbeziehung zu gewähren. Ich will an Beispielen jeweils einen der vielen Faktoren herausgreifen, die die Entwicklung der beiden Kinder beeinflußten. Dies immer in dem Wunsch, damit zum Verstehen anderer Entwicklungsverläufe beizutragen.

Von der Großfamilie über die Kleinfamilie zur Restfamilie – Ein intaktes soziales Netz gibt Eltern und Kindern (Zwillingen) mehr Bewegungsraum

Nur noch selten leben außer Vater und/oder Mutter andere Verwandte im Haushalt. Die hohe Mobilität, die die heutige Arbeitswelt fordert, hat zur Folge, daß nur noch selten Mitglieder der Herkunftsfamilien (Geschwister der Eltern oder die Großeltern) am gleichen Ort wohnen. Das bedeutet: das ehemals von der Verwandtschaft getragene soziale Netz muß neu geknüpft werden, Freundschaften sollen die Solidarität ersetzen und Unterstützung in Notsituationen darstellen. Während früher die Sorge um die Gesundheit der Zwillinge mehr als heute im Vordergrund stand, ist heute die Alltagsbewältigung, die vor allem von der Mutter (meist unterstützt durch den Partner) zu leisten ist, die zentrale Anforderung, vor die sich die Familie – als Kleinfamilie isoliert – bei Mehrlingsgeburten gestellt sieht.

Da, wo heute noch relativ intakte Beziehungen und räumliche Nähe zur Herkunftsfamilie bestehen oder wo es gelungen ist, ein soziales Netz über Freundschaftsbeziehungen neu zu knüpfen, schafft deren Unterstützung nicht nur Erholung und Freiraum für die Eltern. Die Zwillinge selbst finden mehr Raum und Beachtung mit ihren individuellen Wünschen und Bestrebungen, sofern die günstigeren Rahmenbedingungen von einer am einzelnen Kind orientierten Erziehungshaltung begleitet werden.

Geraten aber die Eltern unter physischen oder psychischen Druck, werden sie ihn in irgendeiner Weise auch an die Zwillinge weitergeben. Eine Folge davon ist, sie möglichst einheitlich zu behandeln. Denn Individualität setzt nicht nur voraus, daß die Eltern sie wollen, sondern daß sie auch die Kraft haben, sie bei den Kindern zuzulassen und zu unterstützen.

In Phasen besonderer Anstrengung waren wir im Kleinkindalter unserer Zwillinge immer wieder versucht, sie eher wie *ein* Kind zu behandeln, das heißt, das Bedürfnis eines Zwillings als Orientierung und zum Maßstab für beide zu nehmen. Hilfreiche Unterstützung durch andere und gute Gespräche, Zeit zum Nachdenken, ohne gleich wieder neu in der Arbeit zu versinken, dies waren günstige Rahmenbedingungen, die wir nutzen konnten, um individuelleren Bedürfnissen beider nachzugehen, sie also wirklich wie *zwei* Kinder zu behandeln.

Gleichzeitig mit der besonderen Belastung erfahren Eltern dann die Belohnung für geleistete Anstrengungen, wenn sie auch nach außen deutlich machen, daß sie Zwillinge haben, sie also auch möglichst gleich anziehen. So hatten wir unser Urlaubserlebnis während einer Führung für die Kinder in einem Heimatmuseum. In der wartenden etwa zwanzigköpfigen Schar zwei Mädchen, etwa dreijährig, wirklich ›goldig‹. Die Museumspädagogin sieht die beiden, und ein Schwall von Begeisterung regnet auf sie und die stolzen Eltern herab. Wir hielten unsere schon etwas müde gewordenen Zwillinge, die nicht gleich gekleidet waren, auf dem Arm. Während diese beiden Mädchen so im Mittelpunkt standen, dachte ich: verdammt noch mal, wir haben auch Zwillinge. Und in diesem Augenblick sagte es mein Mann, für alle hörbar: »Wir haben auch Zwillinge.«

So bekamen auch wir einen Teil der Zwillingsbegeisterung ab und waren zufrieden. Gleichzeitig ließ uns der Gedanke nicht los: Zwillinge stehen bei äußerer Gleichheit immer sofort im Mittelpunkt. Wie muß es *einem* Zwilling zumute sein, wenn er allein unauffällig in der Gruppe oder im Alltag ›untergeht‹? Wie wird er es schaffen, Selbstbewußtsein durch Individualisierung zu erreichen und nicht auf das Wir-Bewußtsein angewiesen zu sein? Wir wollten unseren Kindern möglichst früh die Erfahrung vermitteln, daß sie als Einzelpersonen wichtig sind. Wenngleich die Demonstration des Mythos Faszination auslöst und bei Eltern narzißtische Gefühle befriedigt, so hilft doch andererseits die unterschiedliche Kleidung den Kindern, ihre Individualität herauszustreichen, und der Umwelt, Eigenständigkeit zu sehen, zu fördern und zu akzeptieren.[1] Je nachdem, auf welche Reaktion die Zwillinge selbst in ihrer Kinderumwelt, bei ErzieherInnen und LehrerInnen treffen und wie stark sie noch selbst eigene Unsicherheit hinter der Paardemonstration verbergen müssen, verstärken sie diese elterliche Haltung, fühlen sie sich belastet in ihrer Funktionalisierung elterlicher Bedürfnisse, wehren sich beide oder ein Zwilling dagegen.

Zwillinge wie *ein* Kind zu behandeln, wird spätestens bei der Einschulung erneut zum Thema, wenn von gutgemeinten Ratschlägen der Nachbarn bis zu denen vieler Fachleute die notwendigen Rahmenbedingungen zur Entfaltung kindlicher Bedürfnisse und Interessen nicht erkannt und total verschüttet werden, auf Kosten einer vermeintlichen Entlastung der Mutter. Denn: gleicher Stundenplan, gleiche Hausaufgaben, wechselseitige schulische Unterstützung, wenn ein Zwilling krank ist, keine doppelten Hausaufgaben – dies sind zwar bestechende Argumente, darüber wird aber oft vergessen, daß die gemeinsame Betreuung in einer Klasse es den Zwillingen besonders schwer macht, mehr Eigenständigkeit innerhalb der Paarbeziehung zu entwickeln. Spätestens im Erwachsenenalter, oft aber schon in der Pubertät wird dies von den Betroffenen erkannt und führt zu heftigen Konflikten.

Das bedeutet: Die Familie als Kernsystem aller sozialen Beziehungen prägt grundlegende Fähigkeiten und Fertigkeiten der Kinder. Nehmen die Eltern den Wunsch nach Autonomie in der eigenen Beziehung ernst, wird es auch den Zwillingen eher gelingen, ihre Unverwechselbarkeit zu entwickeln. Das Umfeld, also Freunde, Bekannte und Verwandte, aber auch die Betreuungsinstitutionen können den Eltern und den Zwillingen diesen Weg erschweren, wenn sie unreflektiert das Bild der Einheit im Paar der Individualität der Zwillinge vorziehen und damit Eltern ständig neu auffordern, sich zu rechtfertigen. Viele Eltern berichten davon, daß sie selbst bei Pädagogen häufig um die Anerkennung ihrer Haltung kämpfen müssen. Andererseits haben gerade Kindergarten und Schule, aber auch Freunde die Aufgabe und Chance, die Zwillinge auf ihrem Weg zu zwei eigenständigen Persönlichkeiten zu unterstützen und den Eltern wichtige und hilfreiche Gesprächspartner zu sein.

Von dem Leben mit Geschwistern und Freunden im Wohnumfeld zur ›Inszenierung der Kindheit‹ durch die Eltern und verstärkter Gefahr der Isolation der Zwillinge

Trend zur Ein-Kind-Familie

Wurden in der Bundesrepublik 1964 noch 1 Million Geburten registriert, ging diese Zahl bis 1985 auf rund 600 000 zurück. Wichtig an dieser Entwicklung ist, daß die Ursache für die rückläufigen Geburtenzahlen nicht, wie man voreilig glauben könnte, auf den generellen Verzicht, Kinder in die Welt zu setzen, zurückzuführen ist, sondern in der Tendenz zur Ein-Kind- Familie liegt. Verringerte sich die Zahl der Erstgeborenen von 1960 bis 1980 ›nur‹ um 26 %, lauten die rückläufigen Prozentsätze bei den Dritt-, Viert- und Fünftgeborenen dagegen 68 %, 74 % und 78 %.[2]

Geschwister

Die 1985 erhobenen Zahlen des Statistischen Bundesamtes zeigen folgende Situation: Nur noch etwa 50 % aller Familien haben Kinder. Davon sind bereits 50 % Einzelkinder, etwa 35 % leben mit einem Geschwister. Es ist deshalb zu vermuten, daß bei Familien mit Zwillingen immer seltener ein drittes Kind geboren wird. Ob sich die Eltern im Grunde ein Kind oder grundsätzlich zwei

Kinder gewünscht haben – sie sehen ihren Kinderwunsch mit einer Schwangerschaft erfüllt. Dies ist übrigens eine Tatsache, die ihnen von anderen oftmals geneidet wird. Die Statistik zeigt, daß immer weniger Eltern sich ein drittes Kind wünschen und das Risiko einer weiteren Zwillingsgeburt nicht eingehen wollen. Deshalb ist das Geschwister dort, wo es als drittes Kind in der Familie lebt, meist älter als die Zwillinge.

In der ARA-Mehrlingsstudie[3] hatten zwei Drittel der befragten Familien außer den Zwillingen weitere Kinder, meist ein drittes. Nur in fünf Fällen waren sie jünger, aber in 12 Familien älter, hier waren also die Zwillinge die Letztgeborenen.

Die Situation der Geschwisterkinder von Zwillingen wäre ein eigenes Thema. Unter dem Aspekt Isolation ist hier wichtig: immer häufiger sind die Zwillinge die einzigen Kinder und damit in ihren innerfamiliären Beziehungen auf sich bezogen. Ein Phänomen, das die Paarbezogenheit dort unterstützt, wo die gesamte Familie wenig Außenbezüge pflegt und Kindergruppenkontakte erst mit dem Kindergartenalter aufgenommen werden. Geschwisterkinder treten immer wieder mit der Aufforderung an die Zwillinge heran, ihr eigenes Beziehungssystem zu öffnen. Es können sich wechselweise Vorlieben und Koalitionen bilden.[4]

Freunde

Der Geburtenrückgang hat auch zur Folge, daß es in der unmittelbaren Nachbarschaft immer seltener Spielpartner oder größere Kindergruppen unterschiedlichen Alters gibt, die ein vom Kind selbst organisiertes Spiel fern der Kontrolle durch Erwachsene ermöglichen. Das Spiel ist in die Kinderzimmer verlagert worden und damit unter die Obhut der Eltern. In den nachbarschaftlichen Spielgruppen haben sich ja nicht nur freundschaftliche Bindungen entwickeln können, die Kinder fanden dort ihre eigenen Wertmaßstäbe und Gesetze. In diesem Freiraum hatten auch Zwillinge die Chance, ohne elterliche Reglementierung und vermutlich erheblich offener bei den Straßenspielen vielfältige und vielleicht auch unterschiedliche Beziehungen zu knüpfen.

So spielten die zweieiigen Zwillinge Gabi und Regina als jüngere

Kinder meist gemeinsam, besuchten auch die gleiche Kindergartengruppe und wurden in die gleiche Klasse eingeschult. Bei schönem Wetter aber waren draußen so viele Nachbarskinder, daß sie nicht darauf angewiesen waren, nur miteinander zu spielen. Gabi resümiert dazu: Ja, wenn unsere Eltern sich mehr um uns hätten kümmern können, wären wir vielleicht viel mehr Zwillinge geworden. Wir hatten ein offenes Elternhaus. Es waren immer viele Leute da. Uns haben viele Leute geprägt.[5]

Bei Steffi und Susi, einem sehr paarbezogenen eineiigen Schwesternpaar[6], war es anders. Bei ihnen haben offenbar weder Geschwister noch vielfältige Möglichkeiten von Außenkontakten im Wohnumfeld zur stärkeren Lockerung ihrer Fixierung auf die Zwillingsschwester beigetragen. Sie waren und blieben sich die besten Freundinnen. Das Leben in einer gemeinsamen Clique brachte sicher vielfältige Anregungen und holte sie zumindest gemeinsam aus einer sonst drohenden Isolierung, aber es blieben lockere Beziehungen, keine engeren Freundschaften. Würden Steffi und Susi ihre Kindheit heute verbringen, würde ihnen vermutlich dieser Teil ihrer Straßenkindheit mit ihren Gruppenerfahrungen und lockeren Beziehungen fehlen. Das Wohnumfeld lädt die Kinder zu Außenspielen nicht mehr ein. Und die Eltern von Steffi und Susi müßten Initiative ergreifen, um Außenkontakte zu fördern. Die Situation aber läßt keinen Aufforderungscharakter aufkommen, sind sich die beiden doch die besten Freundinnen, die nach ihrer eigenen Erinnerung ab dem Kleinkindalter nie stritten. Warum also diese Harmonie stören?

Heute müssen selbst diese lockeren Beziehungen von den Eltern organisiert werden, denn Kinder sind von der Straße verschwunden, und die Verkehrssituation läßt es vielerorts nicht mehr zu, daß Vorschulkinder auf ihrer Suche nach Kontakten sich alleine oder zu zweit auf den Weg machen. Das bedeutet, die Eltern – meist die Mutter – organisiert die Spielkontakte der Kinder, ›inszeniert deren Kindheit‹, wie E. Beck-Gernsheim[7] es nennt. Damit erfährt das Kind nicht nur die geballte Zuwendung und allgegenwärtige Kontrolle der Erwachsenen, sondern es ist in seiner Wahl und Häufigkeit der Außenkontakte von dem Engagement und der Initiative der Eltern/der Mutter abhängig. Wenn die Familie dann zusätzlich in einer relativ belasteten Situation lebt, die Mutter selbst für ihre eigene Situation neue Kontakte scheut – ist es da verwunderlich, daß sie die Zwillinge in ihrem Zweierspiel beläßt? Dies zumindest auch dann, wenn die beiden auf Grund der intensiven gemeinsamen Erfahrung zu solchen internen Absprachen gefunden haben, die ihnen ein zufriedenes Spiel möglich machen. Druck erfährt die Mutter vor allem dann, wenn Konflikte überhandnehmen.

Aber jene eher kontaktscheue Mutter, die mit ihrer Familie eine enge Mietwohnung bewohnt, war glücklich über die relativ friedliche Kindheit ihrer Zwillinge bis zum Kindergartenalter: »Also irgendwie hat Maurizio wahrscheinlich den Sergio als über sich stehend anerkannt und hat das dann auch als bequem empfunden. Er ließ sich von Sergio ein Auto aus Lego bauen oder etwas malen. Das war schwer für mich, dagegen anzugehen«.[8]

Das bedeutet: Wie alle anderen Kinder auch wachsen Zwillinge heute in relativer Isolation auf. Ihre Außenkontakte sind abhängig von dem Engagement und der Kontaktfreudigkeit der Eltern. Anders als beim Einzelkind fehlt bei Zwillingen oftmals dieser Aufforderungscharakter an die Mutter, für zusätzliche Kontakte zu sorgen. Zwillinge sind zu zweit und können sehr friedlich auf der Basis sich entwickelnder Arbeitsteilung miteinander spielen. Abhängigkeiten und mangelnde umfassende Entwicklungschancen werden erst dann wahrgenommen, wenn es zu konflikthaften Verhaltensweisen oder zu deutlichen Defiziten bei einem oder beiden Zwillingen kommt. Sie sollten aber wie andere Kinder auch bereits sehr früh im Kleinkindalter über Spielkreise, Mutter-Kind-Gruppen oder andere Spielgruppen ihren Erfahrungshorizont erweitern können. Auch, wenn dies die scheinbare Harmonie im Paar stören mag.

Der Kindergarten kann ›Unruhe‹ in die Beziehungen der Zwillinge bringen – die Kinder und ihre Familie dort abholen, wo sie stehen

Für die meisten Kinder ist der Kindergarten der erste Schritt heraus aus der Familie in eine größere Kindergruppe mit einer zunächst fremden Bezugsperson – ein Übergang, den Eltern und ErzieherInnen bemüht sind, so zu gestalten, daß das Kind die damit gestellten Anforderungen konstruktiv bewältigt. Die Ablösung von den Eltern/der Mutter steht hier im Vordergrund. Für sie heißt es, das Kind loszulassen, es einer anderen Person (in der Regel wieder einer Frau) anzuvertrauen, ihr die Betreuung des Kindes zuzutrauen und darauf zu hoffen, daß die bereits erworbenen Fähigkeiten und Fertigkeiten dem Kind eine positive Entwicklung im Kindergarten ermöglichen. Das ist ein Schritt, der zum Älterwerden für das Kind dazugehört. Und ein positiv bewältigter Übergang verstärkt natürlich die Selbstsicherheit und das Selbstbewußtsein des Kindes und prägt die Einstellung, die dann auch den nächsten Übergang (in die Schule) mitbeeinflußt.

Für Zwillinge kann der Eintritt in den Kindergarten bedeuten:

– zum ersten Mal Erfahrungen im Umgang mit anderen Kindern zu sammeln;

– einer Gruppe gegenüberzustehen, die zu dem einzelnen Kind Kontakt aufnehmen will und nicht zu dem geschlossenen Paar, die damit dem bislang aufrechterhaltenen Frieden in der Paarbeziehung ein jähes Ende setzen kann, weil Individualität in der bisherigen Paardynamik nicht möglich war;

– neben der Ablösung von der Mutter kann eine zweite dann erfolgen, wenn die Zwillinge in getrennten Gruppen betreut werden sollen;

– daß sie um ihren Zwillingsstatus von anderen Kindern beneidet werden, viele Kinder sich plötzlich einen Zwilling wünschen, es zum Thema in Rollenspielen wird und die beiden in eine Sonderrolle rutschen, die ihnen wenig dabei hilft, sich allmählich aus der wechselseitigen Umklammerung zu lösen;

– es kann auch sein, daß sie als Zwilling unerkannt ihre ganz eigenen Erfahrungen in zwei verschiedenen Gruppen sammeln, die aber gleichzeitig so flexibel und offen für gruppenübergreifende Kontakte und Spielorganisationen sind, daß die Zwillinge sowohl alleine als auch gemeinsam den Alltag im Kindergarten verbringen können.

Die Fixierung der Zwillinge aufeinander und der Gruppe auf die

166

beiden ist eine Gefahr, die Überforderung bei zu unvorbereiteter Trennung ist ein anderer Aspekt – Erzieherinnen werden dies beachten müssen und gleichzeitig über die eigenen Emotionen, Gedanken und pädagogischen Vorstellungen nachdenken, wenn Zwillinge in den Kindergarten kommen.

Dabei bringen die Zwillinge mit ihren Familien beim Eintritt in den Kindergarten sehr unterschiedliche Ausgangsbedingungen mit.

Da sind Eltern,

— die ihre Zwillinge noch nie getrennt haben und sie selbstverständlich in eine Gruppe schicken möchten;
— die unsicher sind und selbst nach Orientierung suchen;
— die von vornherein die Kinder in verschiedenen Gruppen sehen wollen.

Da sind Kinder,

— die bislang immer als Paar auftraten und selbstverständlich im Kindergarten zusammenbleiben wollen;
— wovon ein Kind ganz selbstverständlich in die Gruppe strebt, während der andere Zwilling aber auf dessen Schutz, seine Anwesenheit angewiesen ist;
— die von Beginn an getrennt Gruppenerfahrungen machen können.

Da sind Erzieherinnen,

— die Geschwister (und damit auch Zwillinge) grundsätzlich trennen;
— die dem Wunsch der Eltern entsprechen wollen, auch wenn sie selbst eine andere Lösung sinnvoller fänden, ihre Überzeugung erst allmählich in den gemeinsamen Prozeß einbringen wollen;
— die selbst unsicher sind;
— die Zwillinge grundsätzlich in eine Gruppe geben, weil sie ja zusammengehören.

Die unterschiedlichen Lebensgeschichten der Familie mit den Zwillingen, die lebensgeschichtlichen und beruflichen Erfahrungen der Erzieherin und die spezifische Dynamik der Kindergartengruppe beeinflussen gemeinsam die weitere Entwicklung der Zwillinge im Kindergarten, prägen auf sehr unterschiedliche Weise die Rückwirkungen der neuen Erfahrungen auf die Paarbeziehung, bringen Entspannung oder anfängliche Unruhe mit sich.

Als Mario und Pedro, zweieiige, ständig gleich gekleidete Knaben mit großer Ähnlichkeit, in den Kindergarten kamen, waren sie ein eingespieltes ›Team‹. Sie ergänzten sich in ihren Stärken und Fähigkeiten. Sie hatten ihre Aufgaben innerhalb der Paarbeziehung so aufgeteilt, daß sie gemeinsam vielfältigeren Anforderungen genügten, als jeder für sich allein. So bestimmte der kontaktfreudigere Mario die Beziehungen nach außen; Pedro, noch nicht so sicher im Auftreten und so selbständig wie der Bruder, war zuständig für die Erfüllung eher kognitiver Anforderungen. Er puzzelte, half hier seinem Bruder, schaute gern Bilderbücher an oder malte. Aber sie störten sich auch, wollte oder sollte einer für sich alleine etwas tun. Pedro und Mario stritten kaum miteinander, solange sie sich aufeinander bezogen.

Auch im Kindergarten traten sie als geschlossenes Paar auf, obwohl der Erzieherin und den Kindern sehr schnell deutlich war, daß diese beiden Zwillinge sehr verschiedene Personen sind. Sie blockierten wechselseitig Alleingänge oder Profilierungsversuche. Während die beiden im Kindergarten die Erzieherin vor die fast unlösbare Aufgabe stellten, diese Paarbeziehung zu lockern, die zaghaften Bestrebungen zu Alleingängen mal von Pedro und mal von Mario zu unterstützen, erlebte die Mutter einen ›Sturm von Aggressionen‹ zu Hause. Während Mario Unmut und Ärger gleich im Kindergarten auslebte, schluckte Pedro ihn dort hinunter und ließ ihn zu Hause an Mario und der Mutter aus. Er schlug zu, zog an den Haaren und trat. »Vorher waren sie recht rücksichtsvoll miteinander. Vielleicht hatte ich Auseinandersetzungen auch ein bißchen unterbunden«, so die Mutter. Mit zunehmender Öffnung des Zwillingspaares ebbten die Aggressionen ab, aber sie setzten sich weiterhin heftig auseinander. Sehr viel gelöster wurde die Beziehung, als einer der beiden ein Jahr später in eine andere Gruppe wechselte. Trotz anfänglicher Trauer und Umorientierung bis hin zur Integration hatten sie von Beginn der Veränderung an zu Hause eine gelöstere Beziehung. Sie hatten sich etwas zu erzählen, freuten sich auf gemeinsame Spiele, ließen mehr Eigenständigkeit beim anderen zu. Dieser Prozeß konnte von der Mutter wohlwollend unterstützt werden, weil sie nach immer neuen Denkanstößen aus Gespräche mit einer anderen Zwillingsmutter und der Erzieherin den Mut zu mehr Öffnung und Offenheit gefunden hatte. Mutter und Zwillinge hatten sich parallel in diesen Prozeß der Öffnung eingelassen. Ich erlebte die Mutter zunehmend bereiter, über sich, ihre Unsicherheiten, Auffassungen und Probleme zu sprechen. Sie mußte den Ehemann von ihrer neuen Haltung überzeugen und gegen die tradierten Erziehungsvorstellungen der Großeltern ankämpfen.[9]

Wurde in Marios und Pedros plötzlichen Aggressionsausbrüchen nur der Frust der ersten Kindergartenzeit ausgetragen, weil sie ihre zu Hause gelebte Sicherheit plötzlich verloren hatten? Ahnten sie, um wieviel reichhaltiger ihre Erfahrungen wären ohne die ständige Rücksicht auf den Bruder um der Stabilität im Paar willen, wenn sie auf die versuchten Spielangebote einzelner Kinder aus der Gruppe an einen der beiden konstruktiv eingehen würden? Spürten sie in ihrer scheinbaren Harmonie die Blockade, die sie wütend werden ließ? Mario und Pedro haben die verbleibende Zeit im Kindergarten genutzt, konnten Nähe und Distanz besser ertragen. Sowohl die Eltern formulierten dies, und auch sie selbst erlebten sie als zwei sehr verschiedene Knaben, die ein Stück Unabhängigkeit gelernt und gelebt haben, die Distanz brauchen, um dann auch wieder die Nähe zu leben und zu genießen.

Andere Zwillingspaare zeigen vor dem Kindergarteneintritt durch auffällig häufiges Streiten, daß es an der Zeit ist, wenigstens für zwei bis drei Stunden am Vormittag getrennte Wege zu gehen. Dies führt dann in der Regel zu entspannterer Atmosphäre am Nachmittag zu Hause, wenn auch von der Familie die erfahrenen Eigenständigkeiten akzeptiert und unterstützt werden.

Die Erfahrungen im Kindergarten schwappen so über in das Zusammenleben der Familie zu Hause, und andererseits ist das Auftreten der Zwillinge im Kindergarten nur vor dem Hintergrund ihrer bisherigen Lebensgeschichte in der Familie zu verstehen.

Das bedeutet: Wie auch immer die für jedes Zwillingspaar neu zu klärende Lösung der Betreuung im Kindergarten aussehen mag, die Erzieherinnen sollten keine strikten Grundsätze als Vorgabe einbringen, die wenig Platz für Verständnis und Bereitschaft aufbringen, sondern – orientiert an dem Anspruch des Kindergartens, individuelle Entwicklungschancen zu nutzen – mit den Eltern gemeinsam den Kindern zu mehr selbstbewußten und selbstsicheren Persönlichkeiten innerhalb der Zwillingsgemeinschaft verhelfen. Offenheit wird da nicht nur von den Eltern und den Zwillingen gefordert, auch die Erzieherinnen müssen über die Offenheit ihres Konzepts und der Gestaltung des Alltags (zum Beispiel offene Gruppen) nachdenken. So gesehen sind Zwillinge wie jede aus dem Alltag heraustretende Anforderung auch eine Chance für die Erzieherinnen, die eigene Haltung und pädagogische Praxis mit ihrem Grad an Flexibilität zu überprüfen.

Zwillingsschwestern werden seltener getrennt als Brüder oder Paarzwillinge – was hat das mit dem Harmoniestreben der Frauen zu tun?

»Aus der Untersuchung von Koch geht hervor, daß Pärchenzwillinge häufiger in verschiedene Klassen geschickt werden als gleichgeschlechtliche Zwillinge. Kochs Beobachtungen zufolge werden Zwillinge mit enger Beziehung zueinander und einem hohen Grad an Konformität, also eineiige Zwillinge, eher zusammengelassen. Koch hat festgestellt, daß im Alter von sechs Jahren 50 % der Bubenzwillinge getrennte Klassen besuchen, hingegen nur 25 % der Mädchenzwillinge. Einer neuen englischen Zwillingsstudie zufolge besuchen mit sieben Jahren 13 % aller Zwillinge verschiedene Klassen, jedoch nur 2 % mit fünf Jahren.«[10]

Silke und Stefanie lebten bis zu ihrem 12. Lebensjahr in Harmonie, Eintracht und wenig konflikthaft. Die Eltern haben in unserem Gespräch vor mehr als einem Jahr diese Einigkeit als sehr angenehm beschrieben, und sie vermuten, Mädchen seien eben grundsätzlich verträglicher. Orientieren sich Mädchen nicht – zumindest bis zur Pubertät – stärker als Jungen an dem, was die Erwachsenen von ihnen erwarten? Bei Stefanie und Silke gab es zu Hause keine Probleme, zumindest keine offenen Konflikte. Sie waren immer zusammen, taten alles gemeinsam, und die Eltern fanden das in

Ordnung. Hatten sie doch auf diese Weise die Sicherheit, daß keine von beiden je allein sein müsse. Ist es noch immer die Besonderheit von Frauen, eher Harmonie und Selbstverzicht zu leisten als auf Abgrenzung und Eigenständigkeit bedacht zu sein?

Da sind Sandra und Kathrin, die scheinbar unkompliziert ihre Kleinkinderzeit miteinander verbrachten und wegen dieser problemlosen Entwicklung auch im Kindergarten zusammenbleiben sollten. Es würde ihnen nach Auffassung der Eltern die Situation erleichtern. Einmal dafür entschieden, wurde auch im Verlauf der Kindergartenzeit diese Entscheidung nicht mehr hinterfragt, bewegten sie sich doch scheinbar unabhängig voneinander in der gemeinsamen Gruppe. Typisch Mädchen, könnte man sagen, wählte eine von beiden stillen Protest und begann zu stottern. Gibt es auch dort, wo nach außen Einheit und Harmonie gelebt werden, innerhalb der Paarbeziehung so etwas wie Macht und Kontrolle? Bei Sandra und Kathrin gibt es zwar unterschiedliche Stärken und in diesen Bereichen auch Dominanzen, aber grundsätzlich hat sich Kathrin als die stärkere Zwillingsschwester herausgebildet. »Wenn du als Starke mit deiner Schwester eine Einheit bildest, hast du die Kontrolle. Wenn du die Schwache bist, bist du unter Kontrolle. Es widerstrebt Schwestern, sich damit auseinanderzusetzen.«[11] Es besteht bei Frauen offenbar im allgemeinen die Angst, daß man bei einer Konfrontation vollständig zerstört wird. So kann es sein, daß zwei Schwestern eigene Stärken leugnen und sie der Schwester zuschreiben, um damit Spannungen und Konkurrenzen zu entgehen.

Wo Schwestern sich in der Opposition zueinander definieren, erhält die Frage nach Macht und Schwäche eine entscheidende Bedeutung. Es scheint, als ob eine Schwester schwach sein müßte, wenn die andere stark ist, so als ob die stärkere ihre Kraft aus ihrer Schwester bezöge … Es scheint so, als ob die ›Größe‹ der einen Schwester von dem ›Kleinsein‹ der anderen abhängig, die Dominanz der einen durch die Unterwürfigkeit der anderen gewährt, der Erfolg der einen eine Funktion des Versagens der anderen wäre.[12]

Mädchen als eineiige Zwillinge sind vermutlich am empfänglichsten dafür, dem elterlichen Bedürfnis nach Befriedigung eigener narzißtischer Gefühle nachzugeben und damit die paarbezogene Eintracht zu leben unter Vernachlässigung eigener Bedürfnisse nach Abgrenzung und Eigenständigkeit. Sie würden nämlich sonst einen offenen oder verdeckten Konflikt riskieren, einmal mit der Zwillingsschwester und zum anderen mit den Eltern, die ihre eigenen narzißtischen Interessen verschlüsselt und ›zum Wohle der Kinder‹ formuliert an diese als Erwartungshaltung weitergeben.

McConville beschreibt Schwesternerfahrungen und stellt fest, daß eben auch Nichtzwillingsschwestern manchmal sogar eine eigene Sprache erfinden, die andere ausschließen und das Gefühl von Nähe und Solidarität vermitteln soll.[13]

»Manchmal fühlen sich Schwestern hin- und hergerissen zwischen dem Wunsch, einander gleich zu sein und der Angst, sich gegenseitig auf die Füße zu treten«.[14]

Das bedeutet: Mädchen als eineiige und zweieiige Zwillinge haben es vermutlich schwerer als Jungen, offen ihre Abgrenzung und Individualität zu leben. McConville beschreibt die Nähe von Schwestern, die ihre Kindheit sehr eng verbunden verbrachten. Um wieviel schwieriger ist der Prozeß für Mädchen, die als Zwillinge, gar als eineiige leben und im Mythos zu versinken drohen. Denn um nicht miteinander konkurrieren zu müssen, definieren sie sich einfach als gleich, wie es Susi und Steffi während ihrer Kindheit und Jugend erfolgreich gelang. Oder aber sie besetzen Gegenpositionen, versuchen sich möglichst deutlich voneinander zu unterscheiden, um nicht verglichen zu werden.

Die Gefahr der Selbstverleugnung zugunsten einer konfliktarmen Paarbeziehung mit der Zwillingsschwester und eher stilles Konfliktverhalten muß Eltern, ErzieherInnen und LehrerInnen sensibel machen, hier jedem Kind die ihm notwendigen Entwicklungschancen zu ebnen, auch wenn diese in scheinbarem Frieden miteinander leben.

Stefanie und Silke haben, obwohl es für beide Kinder und ihre Paarbeziehung bislang wenig Probleme gab, dankbar die Idee der getrennten Klassen in der weiterführenden Schule aufgegriffen und erstaunlich schnell Freunde in den Klassen gefunden. Sie üben von sich aus, alleine Bus zu fahren, indem sie oft in zwei verschiedene

172

Busabteile einsteigen. Auch wenn sie zu Hause noch viel Zeit miteinander verbringen, treten doch zunehmend andere Kinder in ihr Beziehungssystem, das sich zunehmend öffnet. Dieser Prozeß, der so schnell und positiv Veränderungen bei beiden Mädchen gebracht hat, schien eigentlich nur auf den Anlaß gewartet zu haben. Ohne den grundlegenden Wandel in der Haltung der Eltern wäre dieser Prozeß zu diesem Zeitpunkt nicht möglich gewesen. Silke und Stefanie haben diese Veränderung rasch und konstruktiv für sich nutzen können, aber sie haben ihn weder durch auffälliges, konflikthaftes Verhalten, noch verbal gefordert, sondern sich der elterlichen Erwartungshaltung angepaßt.

Gemeinsam in einer Klasse – Erfahrungen und Reaktionen der Zwillinge selbst, der Familien, LehrerInnen und MitschülerInnen

Einige Schlaglichter

Kompetenzen

Eine Mutter hat Bedenken, ihre beiden Jungen in eine Klasse einzuschulen, weil der etwas langsamere aus ihrer Sicht zu wenig Chancen hätte. Zudem gäbe es schon jetzt immer wieder Streit um die Freunde. Der Schulpsychologe: »Es sind vermutlich Ihre eigenen Ängste, die Sie jetzt unsicher werden lassen. Was soll es denn den Zwillingen schaden, wenn sie gemeinsam betreut werden?« Die wenig kompetente Beratung hat die Zweifel der Mutter natürlich nicht klären können. Die Kompetenz des Schulpsychologen ist eben nicht allumfassend, und an dieser Stelle konnte ein Gespräch mit einer Zwillingsmutter, deren Kinder bereits die Schule besuchten, ihr mehr Mut machen, ihre eigenen Beobachtungen ernst zu nehmen und ihre logischen Schlußfolgerungen daraus umzusetzen. Ihre Haltung gab ihr recht. Schon nach wenigen Tagen Schulalltag entspannte sich zur Entlastung aller die Beziehung der Zwillinge zueinander, sie fanden rasch Kontakte. Interessant ist die Beobachtung der Mutter, wie sehr der etwas schüchterne Junge aufblühte, während der sonst so mutige viel stärker nach seinem Bruder verlangte. Brauchte er zu seiner Stärke die Nähe des ihm unterlegenen Bruders?

Schulpsychologen, aber auch Sprachtherapeuten und andere Fachleute sind wichtige Ratgeber und können Eltern und Kinder bei Problemlösungen kompetent begleiten. In unsinnige Zweifel werden Eltern da gezogen, wo die allgemeine Berufskompetenz der Fachleute nicht gepaart ist mit Erkenntnissen über die Psychologie der Zwillingsdynamik oder wenigstens der notwendigen Offenheit und Sensibilität, den Sachverstand der Zwillingseltern als ernstzunehmenden Beitrag bei der Suche nach Problemlösungen einzubeziehen. Die Folge sind dann der Situation wenig angemessene Ratschläge, die diese Eltern nicht umsetzen würden, könnten sie ihre eigene Kompetenz, gewachsen aus den Erfahrungen und Gesprächen, ernster nehmen.

MitschülerInnen

Der neunjährige Florian erzählt immer wieder von den zweieiigen, aber zum Verwechseln ähnlichen Zwillingen seiner Klasse, die immer zu zweit auftreten und dadurch in Konflikten selten unterliegen, begehrte Spielpartner sind und im Mittelpunkt der Klasse stehen. Nur zu gerne würde Florian auch einmal so im Mittelpunkt stehen. Da nützen ihm auch seine besonderen schulischen Leistungen nichts. Solange die pfiffigen, flinken und beliebten Zwillinge in der Klasse sind, wird kein anderes Kind im ›Einzelkampf‹ ihnen die begehrteste Position in der Klasse streitig machen können.

Anders ist es in Julias Klasse. In einem fünften Schuljahr sind Zwillingsmädchen, die ängstlich, still und wenig ansprechend ihre Zweisamkeit leben. Sie sind in der Klasse isoliert, heißen nur ›die Zwillinge‹, und nach anfänglichen Bemühungen der KameradInnen, dieses Paar zu ›knacken‹, um mit einer der beiden in Kontakt zu treten, werden sie wenig beachtet.

Im Paar auftretende Zwillinge sind immer in Gefahr, eine Sonderstellung in Gruppen einzunehmen, die in jedem Fall dem einzelnen Zwilling unangemessen wäre. Mehr Offenheit in der Paarbeziehung, in der ihre Unterschiede ebenso deutlich gelebt werden können wir die Gemeinsamkeiten, erleichtert ihnen selbst und der Klasse oder Gruppe, wechselseitige Integrationsbemühungen erfolgreich umzusetzen.

Zeitpunkt ›verpaßt‹

Die von Florian um ihren Sonderstatus beneideten Zwillinge sind mittlerweile 14 Jahre alt, und in ihren pubertären Konflikten halten sie die Nähe zueinander kaum noch aus. Noch weniger ertragen sie die Verwechslungen seitens einiger Lehrer. Ist ihr derzeitiges Bestreben doch von Abgrenzung und der Suche nach dem eigenständigen Weg zum Erwachsenwerden geprägt? Die Mutter sagt heute: »Wir haben einen früheren Zeitpunkt leider verpaßt, die beiden entweder im Kindergarten, der Grundschule oder wenigstens zu Beginn des Gymnasiums zu trennen. Jetzt sind die Konflikte so massiv, andererseits der Klassenverband gefestigt, so daß ein Wechsel eines der beiden in die Parallelklasse schwierig wird.« Sie appelliert an andere Eltern, die Chance eines früheren Wechsels zu nutzen, auch wenn die Konflikte noch kein deutliches Indiz für die Notwendigkeit sind, den Zwillingen getrennt Erfahrungen in verschiedenen Klassen zu ermöglichen und damit Distanz zueinander zu gewinnen.

Probleme für die Lehrer

Einige Lehrer und Lehrerinnen befürchten, daß aufgrund der noch immer relativ großen Klassen und der oft bestehenden Unsicherheit, die Entwicklung der Zwillinge nicht angemessen unterstützt, den wechselseitigen Behinderungen innerhalb der Paarbeziehung zu wenig Aufmerksamkeit und Sensibilität entgegengebracht wird und die Eltern dieser Kinder nicht angemessen beraten werden. Andere sehen, daß sie oftmals selbst, vom Mythos geblendet, gleiche oder annähernd gleiche Leistungen vor allem von eineiigen Zwillingen erwarten. Und sie wissen, daß ihre Erwartungshaltung nicht ohne Einfluß bleibt auf die tatsächlichen Leistungen der beiden. Dies um so mehr, wenn auch die Eltern selbst stereotypisierend gleiche Merkmale unterstützen und die Zwillinge sich noch nicht aus dieser

Umklammerung gelöst haben. Das kann sich dann in Zeugnissen wie bei Silke und Stefanie äußern, die sich nur in den Fehltagen und der Schriftnote unterscheiden. Offenbar gab es keine anderen Differenzierungsmöglichkeiten. Die Grundschullehrerin beschreibt die beiden als eine »homogene Masse ohne Ecken und Kanten«, die Eltern sehen zwar deren individuelle Besonderheiten, Stärken und Fähigkeiten, bieten Silke und Stefanie aber bis zum Ende der Grundschulzeit wenig Gelegenheit, sich zu Lasten der Paareinheit zu profilieren. So geben sich Eltern und Lehrerin in ihren jeweiligen sozialen Systemen die Staffel der Vereinheitlichung weiter, und ehe nicht Schule oder Elternhaus das Signal zum Mut zur Eigenständigkeit geben, sind Silke und Stefanie, die beiden anpassungsbereiten Mädchen, in ihrer wechselseitigen Fixierung gefangen.[15]

Auswirkungen auf die Familie
Konkurrenzen zwischen den Zwillingen werden durch ständige Vergleiche verstärkt. Eine Lehrerin, selbst Zwillingsmutter, meint: »Wenn wir das Verschiedene statt das Gemeinsame betonen, bestehen auch für eineiige Zwillinge in einer Klasse reelle Chancen zur Selbstfindung«.[16] Dies eher auch dann, wenn im Rahmen der inneren Differenzierung in der Schule und der Nachmittagsgestaltung zu Hause auch unterschiedliche Erfahrungen gemacht werden können.

David und Sarah besuchen Parallelklassen. Ihre Lehrerinnen organisieren den Unterricht sehr verschieden, sie arbeiten mit verschiedenen Arbeitsblättern, sind in den Büchern niemals auf der gleichen Seite, legen unterschiedlichen Wert auf Ordnung, Heftführung usw. Dies erleichtert auch den Eltern die differenzierte Sicht der individuellen Leistungen. David konnte sich auch erfolgreich gegen die Versuche von Erwachsenen wehren, die nun doch sehen wollten, ob beide gleiche Leistungen bringen: »Wir sind noch nicht so weit im Lesebuch«, so konnte er die bessere Lesefertigkeit der Schwester diesen Erwachsenen gegenüber rechtfertigen. Eigentlich aber wußten beide, daß sie über unterschiedliche Stärken verfügten. So konnte er seiner Schwester mal rasch bei den Matheaufgaben helfen, während sie ihm geduldig beim Leseüben zuhörte. Leistungsvergleiche waren selten Thema, hätten die Eltern aber immer wieder eingeholt, wären Sarah und David in einer Klasse. Die Hervorhebung des Andersseins erschwert Vergleiche und geht deshalb weniger zu Lasten des vermeintlich Schwächeren.

Werden die Bestrebungen von Zwillingen, miteinander zu konkurrieren, durch das gemeinsame Lernen in einer Klasse noch verstärkt, kann die Mutter am Nachmittag die Konflikte bei den Hausaufgaben potenziert erleben:

»Unsere Buben haben ›um die Wette‹ Hausaufgaben gemacht, und es ging ihnen nicht darum, die Aufgaben am besten zu machen, sondern am schnellsten fertig zu sein. Und immer wieder war der bei der Geburt und auch heute noch kleinere Zwilling der letzte. Heute, gerade im Augenblick, leidet er auch wieder darunter und sagt: ›Ich bin ja immer nur der schlechtere‹«.[17]

Mag sein, daß Jungen ihre Konkurrenzen offener und lautstärker austragen als Mädchen, mag auch sein, daß Mädchen grundsätzlich eher kooperieren und die eigenen Stärken zugunsten der Harmonie verleugnen – beides sind für alle Beteiligten belastende Konflikte, die eher zu lösen sind, wenn die Zwillinge verschiedene Schulerfahrungen machen können und damit auch die Eltern dazu zwingen, bei jedem extra hinzuhören und hinzusehen, weil nichts davon der andere Zwilling schon einmal gesagt haben kann.

Das bedeutet: In der Rückschau stellt oftmals der vermeintlich schwächere Zwilling fest, daß seine schulischen Leistungen von dem Zeitpunkt an besser wurden, als er alleine eine Klasse besuchte, die Überlegenheit des anderen Zwilling wenigstens im schulischen Alltag nicht mehr so prägnant war. Und erstaunlich auch die Erfahrungen vieler vermeintlich stärkerer Zwillinge, die oftmals nach der Trennung zunächst in den Leistungen nachließen, um sich dann wieder auf die eigenen Fähigkeiten zu besinnen.

Solange Stärke und Schwäche immer orientiert am anderen Zwilling definiert werden, gibt es Über- und Unterlegene. Das Dilemma ist nur zu umgehen, wenn das ›Besser-als-Denken‹ abgelöst wird von der Sicht, daß jeder Zwilling anders ist. Verglichen werden sie dennoch oft genug.

Marion von Gratkowski

Anforderungen im Alltag mit Zwillingen und Hilfe durch Selbsthilfe

Vorbemerkung

Im Folgenden ist viel die Rede von Problemen, doppelten Anforderungen, Überforderung. Die vielen unbestrittenen Freuden des Zwillingselterndaseins bleiben hier unerwähnt. Aus gutem Grund: Dieser Beitrag soll deutlich machen, warum sich Zwillingseltern in Selbsthilfegruppen zusammenschließen.

Zwillinge – das nichtalltägliche ›Vergnügen‹

Die Überraschung ist perfekt

Immer mehr Zwillinge werden in der Bundesrepublik Deutschland geboren. Waren es laut Auskunft des Statistischen Bundesamtes 1985 noch 6.181 Zwillingspaare, so kamen 1987 bereits 7.194 Zwillinge auf die Welt. Mithin wurden mehr als 7.000 Elternpaare von doppeltem Nachwuchs ›überrascht‹.
Überrascht deshalb, weil Zwillingsgeburten auch im Zeitalter bewußter Familien- und Lebensplanung in der Regel nicht ›geplant‹ werden können. Die werdenden Eltern haben sich vielleicht zu einem ersten Kind oder zu zusätzlichem Nachwuchs entschlossen und werden dann plötzlich mit zwei neuen Familienmitgliedern konfrontiert. Das wirft jede Planung zwangsläufig ›über den Haufen‹.

Die Mehrlingsstudie, die die Allgemeine Rentenanstalt Lebens- und Rentenversicherungs-AG, Stuttgart, anläßlich eines Jubiläums bei Professor Dr. Alfred Lorenzer, Fachbereich Gesellschaftswissenschaften der Johann-Wolfgang-Goethe- Universität, Frankfurt, in Auftrag gab, drückt diese Tatsache noch drastischer aus:

… Und wie die Familienplanung qua Nachwuchsplanung in den Gesamtrahmen der ökonomischen Familienplanung eingebettet ist, so ist es unausbleiblich, daß ein schwerwiegender Verstoß gegen die Familienplanung schwerwiegende Konsequenzen hat. In diesem Sinne bedeutet eine Zwillings- (und natürlich auch in noch größerem Ausmaß eine Mehrlings-)Geburt buchstäblich den sprichwörtlichen ›Schlag ins Kontor‹.[1]

Gründe für die Zunahme der Mehrlingsgeburten sind vor allem: Mit dem Alter der Frau steigt die Zahl der Geburten zweieiiger Zwillinge, der Häufigkeitsgipfel liegt bei europäischen Frauen zwischen 35 und 39 Jahren[2], und gerade in dieser Altersphase entscheiden sich immer häufiger Frauen zum ersten mal oder erneut für ein Kind.
Hormonbehandlungen spielen beim Zustandekommen von Mehrlingsschwangerschaften eine wesentliche Rolle.
Die verbesserte medizinische Versorgung während der Schwangerschaft machen es ebenso möglich, daß immer mehr Zwillinge geboren werden, und nicht zuletzt ist auch die Säuglingssterblichkeit glücklicherweise rückläufig, von 19,7 (1976) auf 8,6 pro 1000 Geburten (1986).
Zum Glück kommt es heute jedoch eher selten vor, daß Zwillinge erst bei der Geburt entdeckt werden. Die eigentliche Überraschung findet dank moderner Ultraschall-Untersuchungstechniken meist in den ersten drei bis vier Schwangerschaftsmonaten statt. Den werdenden Zwillingseltern bleibt genügend Zeit, sich an die veränderte, nicht geplante Situation zu gewöhnen und für die beiden Neuankömmlinge Vorsorge zu tragen.
Dennoch ist die Entdeckung von Zwillingen oft mit einem regelrechten Schock verbunden. Die ARA-Studie dazu: »Mehr als zwei Drittel (20 Fälle) bezeichneten die Überraschung klar als Schock.«[3]
Das geben auch Zwillingsmütter zu, die an einer Umfrage teilge-

nommen haben, deren Ergebnisse Basis für ein Ratgeberbuch[4] bildeten: »Meine Gefühle waren sehr gemischt. Erst einmal heulte ich wie ein Schloßhund ...«[5] Und »... ich war geschockt, wir waren gerade am Bauen, und wir hatten schon eine Tochter. Und ich mußte doch weiterarbeiten (halbtags). Ich konnte gar nicht gleich nach Hause gehen, ich mußte mich erst beruhigen.«[6]

Dieser Schock ist jedoch im Normalfall bald überwunden. Er läßt auch keinerlei Rückschluß auf die ›Qualität‹ der späteren elterlichen Gefühle für die Zwillinge zu.

Glücklicherweise scheinen sich die wenigsten werdenden Zwillingseltern vor der Doppelbelastung (in finanzieller oder auch psychisch und physischer Hinsicht) ernsthaft zu fürchten. Die meisten gehen die Zukunft mit großer Zuversicht an. Im wesentlichen hängt die Reaktion auf die Zwillingsschwangerschaft auch ab von

– der materiellen Situation der Familie;

– davon, ob die Zukunftsplanung ausschließlich auf ein (zusätzliches) Kind ausgerichtet war;

– von der gesundheitlichen Verfassung der Eltern, das heißt, vor allem der Mutter;

– von der psychischen Konstitution der Eltern und ihrer grundsätzlichen Haltung dazu, sich auf etwas Neues einzulassen;

– von der Stabilität der Partnerbeziehung;

– davon, ob die Familie in ein enges Netz sozialer Beziehungen eingebunden ist, so daß eine hilfreiche Unterstützung zumindest in den ersten Jahren möglich ist;

– davon, ob positive oder negative Vorerfahrungen mit Zwillingen aus dem Bekanntenkreis oder der Verwandtschaft vorliegen.[7]

Größere Sorgen während der Schwangerschaft bereitet auch die Gefahr einer Frühgeburt und damit verbunden mögliche gesundheitliche Probleme für die Mutter, mehr noch als für die Kinder.

Was jedoch tatsächlich auf die Zwillingsfamilie, die Eltern, ältere Geschwister und die Zwillinge selbst zukommt, läßt sich erst ermessen, wenn der Alltag mit seinen vielfältigen Anforderungen und Problemen (abgesehen von den vielen kleinen Freuden, den der doppelte Nachwuchs gleichwohl mit sich bringt) beginnt.

Sind die Zwillinge erst einmal gesund geboren und kehren sie in den Schoß der Familie heim, werden ihre Eltern nicht selten mit Problemen konfrontiert, an die sie vorher nicht einmal ansatzweise gedacht hatten.

Da ist zunächst einmal die doppelte Versorgungsanforderung (tagsüber meist ausschließlich) an die Mutter. Zwei Säuglinge müssen gefüttert, gesäubert, gewickelt, getröstet und schließlich auch einmal einfach nur gestreichelt oder unterhalten werden.

Damit verbunden sind nicht nur körperliche Erschöpfungszustände der Mutter oder des Vaters, sondern auch das Gefühl seelischer Überforderung, Partnerschaftskrisen und nicht zu vergessen oft massive Eifersuchtsprobleme älterer Geschwister.

Zwillinge, das lernen vor allem die Mütter schon bald, schränken darüber hinaus den Bewegungsspielraum der Familie stark ein. Abgesehen von der nervlichen Belastung, größere Ausflüge zu planen und durchzustehen, sind auch die alltäglichen Spaziergänge oder das Einkaufen ein rechter Hindernislauf mit dem breiten Zwillingswagen. Zwillingsmütter geraten nicht selten in eine ungewollte und ungeliebte Isolation.

Neben diesen subjektiv oft sehr unterschiedlich empfundenen Problemen, werden Zwillingsfamilien, wenn sie nicht gerade gut situiert sind, auch mit handfesten finanziellen Schwierigkeiten konfrontiert. Abgesehen von der Doppelbelastung durch doppelte Ausgaben für die Kinder wird nicht selten eine größere Wohnung gebraucht. Will die Familie mobil bleiben, muß oft auch ein größeres Auto angeschafft werden. Belastend fürs Familienbudget ist aber auch die Tatsache, daß die wenigsten Zwillingsmütter ihren Beruf, und sei es nur halbtags oder stundenweise, weiter ausüben können.

Hilfe oft nur durch Selbsthilfe

Zwillinge, das lernen ihre Eltern auch schon bald, rufen vor allem Neugier bei den Mitmenschen hervor. Wildfremde Menschen wollen vom Geburtserlebnis bis zum Stillproblem alles wissen, finden die Kleinen »süß, aber anstrengend?!« oder fassen gar in den Kinderwagen.

Oder sie regen sich drüber auf, daß im Zeitalter der Pille »sowas noch passieren kann«, oder daß Zwillingswagen manchmal die ganze Breite des Fußweges brauchen. Dieselben Mitmenschen lassen einen vor dem (immer voll besetzten) Fahrstuhl stehen oder halten einem die Tür nicht auf, die mit dem breiten Wagen ohne Hilfe nicht passiert werden kann.

Daß dies keinesfalls Einzelfälle sind, stellte auch die ARA- Mehrlingsstudie fest, die 35 Mütter und Eltern, befragt hatte.

... In den letzten drei Zitaten wird ein Thema angeschlagen, das Zwillingsmütter stark beschäftigt: die Unfreundlichkeit, Unhöflichkeit, mangelnde Hilfsbereitschaft der Mitbürger. Viele Mütter ergehen sich in immer neuen Varianten über den Widerspruch, daß auf der einen Seite Zwillinge in der Öffentlichkeit stets als Attraktion wahrgenommen werden, ein Objekt interessierter, zuweilen aufdringlicher Neugierde darstellen, ihre Mütter andererseits so gut wie nie eine sei's auch noch so flüchtige Geste der Unterstützung erwarten können, ...[8]

Verwandte können oftmals aufgrund eigener Belastung oder weil sie zu weit entfernt wohnen nicht helfen. Es gibt aber auch Fälle, da sehen Verwandte nicht (oder wollen nicht sehen), wie dringend sie zur Unterstützung der Zwillingsfamilie gebraucht werden. Zwillingseltern sind andererseits oft nur einfach zu stolz, um Hilfe zu erbitten. Dazu die ARA-Studie:

Faßt man (von den Partnern abgesehen) die familiären Hilfen zusammen, so bleibt wenig: 7 Mütter haben regelmäßig, 7 weitere gelegentlich in Notsituationen geholfen und waren eine akzeptierte Hilfe, hinzu kam die Hilfe einiger Schwestern.[9] Es gibt aber auch Schwiegermütter und Mütter, die ihre (ungewollte) Hilfe regelrecht aufdrängen.

Öffentliche oder soziale Stellen helfen in der Regel weder finanziell noch personell.

Wer Hilfe braucht, muß sie sich selbst suchen und organisieren. Diesem Grundgedanken entspringt auch die wachsende Zahl der Selbsthilfegruppen im ganzen Bundesgebiet.

Zwillingsschwangerschaften und -geburten gelten als Risiko-
schwangerschaften und -geburten. Zwar hat die Medizin im Bereich
der Schwangerenvorsorge (Früherkennung durch Ultraschall, Einsatz wehenhemmender Medikamente) und im Bereich der Neona-
tologie (Betreuung der Neugeborenen) gerade in den vergangenen
15 Jahren große Fortschritte gemacht, dennoch kommen immer
noch etwa 20 Prozent der Zwillinge zu früh zur Welt[10], und es gibt
immer wieder Kinder, die nicht überleben oder nur mit Behinderungen unterschiedlichen Grades.
Worin liegt nun das Risiko? Früher wurden Zwillinge vielfach erst
bei der Geburt entdeckt. Eine Mangelversorgung eines oder beider
Kinder blieb ebenfalls unentdeckt und damit unbehandelt. Während
der Geburt konnte es vor allem für das Zweitgeborene zu folgen-
schweren Sauerstoffmangel-Situationen kommen. Dank Ultraschall
ist das Risiko des Nicht-Entdeckt-Werdens heute sehr viel gerin-
ger.[11]
Die medizinischen Risiken sollten in einem Beitrag über den teilweise recht beschwerlichen Alltag mit Zwillingen nicht unerwähnt
bleiben, denn sie überschatten nicht selten die schöne Zeit der
Vorfreude, die gesamte Schwangerschaft, und wirken weiter bis in
die ersten Monate nach der Geburt. Äußerungen wie »Angst vor
einer Frühgeburt hatte ich auch immer,« und »Angst vor dem
weiteren Verlauf der Schwangerschaft: Geht es gut oder kommt es
zur Fehlgeburt?«[12] belasten die Schwangerschaft.
Tritt dann der Fall ein, daß eine werdende Zwillingsmutter wegen
vorzeitiger Wehen wochenlang liegen muß, beginnt eine wahre
Berg- und Talfahrt der Gefühle, einerseits weiß die Mutter um die
Notwendigkeit ›durchzuhalten‹, andererseits wird die Schwangerschaft als sehr belastend empfunden. Eine erste Belastungsprobe
bahnt sich auch für die Partnerschaft an, ebenso wie für ältere
Geschwister (gerade, wenn sie noch klein sind).
Werden die Zwillinge trotz aller Vorsorge zu früh geboren, so
plagen sich manche Mütter mit Schuldgefühlen, weil sie ihre Kinder
nicht austragen konnten. Eine innige Mutter-(Vater-)Kind(er)-Bin-

dung, wie sie sich werdende Eltern erträumt haben, kommt erst mit Verzögerung zustande, weil man sich einerseits instinktiv gegen eine zu starke Bindung (noch) abschottet (man weiß schließlich nicht, ob die Kinder überleben), andererseits erschwert die relativ kalte von Apparaturen beherrschte Atmosphäre einer Intensivstation, aber auch die räumliche Trennung selbst den gefühlsmäßigen Zugang zu den Kindern. Große Sorge um das Überleben und die Gesundheit der Zwillinge, aber auch Rennerei und Streß, um die Kinder so oft wie möglich in der Intensivstation besuchen zu können, prägen die ersten Wochen nach einer Frühgeburt.

Diese negativen ersten Eindrücke können auch bei glücklichem Ausgang bis in den späteren Alltag mit Zwillingen weiterwirken. Die Angst, daß »etwas nicht stimmen könnte«, läßt manche Mutter monatelang nicht mehr los und sorgt für zusätzlichen, wenngleich unnötigen Streß. Geschürt wird diese Sorge nicht zuletzt auch durch meist notwendige und sinnvolle, zum Teil aber auch unnötige (vorsorgliche) therapeutische Maßnahmen durch die Ärzte der Risikoberatungsstellen.[13]

Doppelte Anforderungen

›Raubtierfütterungen‹ am besten stereo

Manche Zwillingsmütter sind froh, wenn sie noch ein Weilchen unter der Obhut der Kinderschwestern lernen können, mit ihren Kindern umzugehen (der einzige Vorteil einer Frühgeburt). Sind sie jedoch mit den Babys allein zu Hause, hilft nichts, sie müssen sich selbst zu helfen wissen.

Viele Zwillingsmütter füttern ihre Babys gleichzeitig und entwickeln diverse Techniken – zum Beispiel beide Babys liegend auf Kissen oder auf die eigenen Oberschenkel gestützt oder in Wippen gelegt –, die diese Stereofütterung erleichtern. Andere Zwillingsmütter können oder wollen ihre Babys nicht gleichzeitig ›abfertigen‹. Manchmal kommt ihnen entgegen, daß die Kinder einen versetzten Rhythmus haben, also nicht gleichzeitig schlafen und nicht zur gleichen Zeit hungrig sind.

Andere Mütter leiden darunter, daß das wartende Kind brüllt, während das Zwillingsgeschwisterchen die Flasche bekommt. Auch in diesem Fall macht Not erfinderisch.

Vor allem Mütter von zu früh geborenen Kindern klagen, daß die Kleinen sehr langsam trinken, immer wieder einschlafen, viel erbrechen und sich verschlucken. Die Fütterungszeiten werden zur gefürchteten Nervenprobe, vor allem, wenn man tagsüber allein ist und das ist die Regel.

Aber auch immer mehr Zwillingsmütter stillen heute ihre Zwillinge mit Erfolg. In den Kliniken werden die Versuche zwar immer noch nicht genügend unterstützt, doch es gibt inzwischen spezielle Literatur über das ›Stillen von Zwillingen‹[14].

Schlaf – die heißbegehrte Mangelware

Kaum eine Zwillingsmutter oder ein Zwillingsvater, die oder der nicht in den ersten Wochen unter dem permanenten Schlafmangel leidet. Wie alle Neugeborenen schlafen auch Zwillinge nicht von Anfang an durch, sie brauchen auch nachts noch ein Fläschchen. Frühgeborene werden in extremen Fällen sogar im Drei-Stundenrhythmus gefüttert. Wenn die Zwillinge dann noch versetzt ›kommen‹, etwa im anderthalbstündigem Abstand, können Mutter und/oder Vater oft nächtelang kaum ein Auge mehr zutun.

»Der Schlaf war das erste halbe Jahr eine Katastrophe. Alle zwei Stunden (bis zum Alter von drei Monaten), später alle drei bis vier Stunden dasselbe wie am Tage. Ich wünschte meinem größten Feind nicht, so einen Streß mitzumachen«, hat eine Zwillingsmutter noch elf Jahre später die unruhigen Nächte in Erinnerung.[15]

›Einlingsmütter‹ haben den Vorteil, daß sie sich wenigstens tagsüber hinlegen können, wenn das Baby schläft. Bei Zwillingen geht der Streß oft rund um die Uhr.

Doch auch Zwillinge schlafen irgendwann mehrere Stunden am Stück – die einen früher, die anderen vielleicht erst nach vielen Monaten. Wenn man Glück hat, tun sie dies gleichzeitig.

Sobald Zwillinge einen geregelten Mittagsschlaf einlegen, kann die Zwillingsmutter aufatmen. Diese Zeitspanne gibt ihr die nötige

Ruhe zum Krafttanken, es sei denn, sie stürzt sich gleich in die liegengebliebene Hausarbeit.

Einmal pro Woche ist Badetag

Als nervenaufreibend empfinden viele Zwillingsmütter auch das Baden der Kinder. Gleichzeitig kann man sie nicht baden, wenn keine erwachsene Hilfsperson da ist, nacheinander ist gleichfalls stressig, denn meistens brüllt wenigstens der zweite schon vor Hunger. So gehen viele Zwillingseltern dazu über, die Kinder nur jeden dritten Tag oder nur einmal pro Woche (voll) zu baden oder nur wenn Hilfe da ist und wenn nicht, dann auf jeden Fall pro Tag nur ein Kind (im Wechsel).

Was das Wickeln anbelangt, so benutzen die meisten Eltern aus Bequemlichkeitsgründen fertige (Wegwerf-)höschenwindeln, obwohl andere Zwillingseltern bestätigen, daß die Arbeit auch mit Stoffwindeln durchaus erträglich sei. Das Wickeln zweier Säuglinge selbst, ist eigentlich keine Affäre und geht mit etwas Übung flott von der Hand.

Schlimmer als ein Sack Flöhe

Als besonderes Zwillingsproblem empfinden einige Eltern auch die Verletzungsgefahr im Haushalt und auch draußen. Es gibt Phasen, da kann man den Kindern genauso schnell giftige Beeren oder Zigarettenstummel entreißen, wie sie sich neue gefährliche Dinge in den Mund stecken.

Manche Zwillinge laufen ihren Müttern beim Spaziergang weg – in zwei verschiedene Richtungen. Ich hatte Bemerkungen dazu (»Warten Sie mal ab, wenn die erst laufen können …«) belächelt und hatte dann wochenlang Mühe, zwei dermaßen quirlige Kinder zu beaufsichtigen.

Auch zu Hause muß die Zwillingsmutter doppelt aufpassen, daß nichts passiert. Zwillinge stiften sich gegenseitig an und kommen gemeinsam auf Ideen, die man einem entdeckungsfreudigen Einzelkind nicht zutraut.

Vielen Zwillingseltern macht zu schaffen, daß sie ihre Zuneigung möglichst gerecht auf beide Kinder verteilen möchten (und dies nicht schaffen).

Allein die Tatsache, daß die Kinder in einem Bauch herangewachsen sind und einen gemeinsamen Geburtstag haben, bedeutet noch nicht, daß Mutter oder Vater nicht doch einen ›geheimen Favoriten‹ haben (dürfen).

Dazu kommt es, wenn etwa ein Kind fordernder ist. Dann bekommt es meist auch mehr Aufmerksamkeit (= Zuneigung?). Oder wenn ein Kind kränklicher ist. Dann muß sich Mutter/Vater intensiver um dieses Kind kümmern. Aber auch, wenn ein Zwilling (im Gegensatz zum anderen) genauso ist, »wie man sich immer ein Kind gewünscht hat«, oder wenn einem ein Kind ähnlicher (auch im Wesen) ist als das andere, ist einem dieses Kind vielleicht instinktiver mehr ans Herz gewachsen.

Manche Zwillingseltern haben auch Probleme, ihre Kinder auseinanderzuhalten und deshalb Schwierigkeiten, eine intensive Eltern-Kind-Beziehung zu jedem *einzelnen* Kind aufzubauen.

Zwillingseltern entziehen sich dem Dilemma, beiden Kindern gleich gerecht werden zu wollen, am besten, indem sie nicht zu sehr darüber nachdenken, wer seine ›Ration‹ Streicheleinheiten schon bekommen hat. Je unverkrampfter solche Gefühlsunterschiede hingenommen werden, um so unbelasteter und harmonischer die Beziehung. Und schließlich brauchen auch nicht alle Kinder exakt dieselbe körperliche Zuwendung. Zwillinge sind schließlich – bei aller äußerlichen Gleichheit – zwei unterschiedliche Menschen.

Finanzielle Anforderungen und Entlastung durch den Staat

Alles mal zwei?

Wenn Zwillinge entdeckt werden, ist die drohende finanzielle Belastung oft einer der ersten Gedanken, die einem so durch den Kopf schießen. »Nachdem ich den ersten Schock überwunden hatte, kamen so praktische Gedanken, wie die Wohnung ist viel zu klein, wir brauchen ja alles doppelt.«[16]

Was tatsächlich teuer ist, sind die unabdingbaren Transportmittel, also ein Säuglingswagen, ein Sportwagen als Nachfolgemodell, ein Buggy oder – wie man es jetzt auch schon kaufen kann – ein Zwillingswagenmodell, das alle Funktionen in sich vereinigt und ›mitwachsen‹ kann.

Teuer sind auch die riesigen Windelpakete, die Fertigmenüs und Pflegeprodukte (mal zwei). Doch für alles gibt es weniger bequeme, jedoch kostengünstigere Alternativen. Kleidung, teure Spielsachen wie Dreiräder und alles andere Babyzubehör (Wickeltisch, Laufstall usw.) kann man ebenfalls relativ problemlos gebraucht erwerben.

Neue Wohnung, neues Auto

Gar nicht so selten kommt es vor, daß Zwillinge ihre Eltern zu einem Umzug in eine größere Wohnung zwingen. »Wir wohnten damals in einer 44-Quadratmeter-Wohnung, aus der wir eine Vier-Zimmer- Wohnung machen mußten, indem wir die Nachbarwohnung dazumieteten.«[17] Wer so schnell seine Wohnungsprobleme lösen kann, hat noch Glück gehabt. Die Realität sieht leider anders aus. So kommt die ARA-Studie zu dem Schluß: »... Unter solchen Umständen kann die Wohnungssuche einer nicht unbegrenzt finanzkräftigen Familie mit Zwillingen plus weiterer Kindern zu einer veritablen Odyssee ausarten.«[18] Oft helfen nur Durchhaltevermögen und massives Auftreten, um schließlich zum Erfolg zu kommen. »... ich bin gelaufen von Pontius zu Pilatus, immer meine drei Kinder vor mir her, die hab ich überall mit hin, in alle Ämter, das war mir wurscht ... und dann habe ich da gesagt, wie's ist: ... erst heißt es, setzt Kinder in die Welt – und wenn man dann die Kinder hat, will einen keiner mehr haben ... und eines Tages haben wir dann eben die Wohnung hier bekommen.«[19]

Um mobil zu bleiben, müssen sich die meisten Zwillingseltern, wenn sie nicht ohnehin schon einen familienfreundlichen Kombi fahren, ein neues (gebrauchtes?) Auto kaufen. Für ländliche Gegenden ist es nahezu unerläßlich, ein Auto zu besitzen. Was Großstadtfamilien anbelangt, so können sie mit Zwillingen nur schlecht (oder gar nicht) das Angebot der öffentlichen Verkehrsmittel nutzen. Manche Busse haben Haltestangen im Einstieg, an denen ein doppeltbreiter Wagen nicht vorbeikommt, Straßenbahnen ebenso. U-Bahnen sind oft nur mit Rolltreppen zu erreichen, die wiederum mit doppeltbreitem (und schwerem!) Zwillingswagen nur schlecht zu benutzen sind.

In einen Pkw ›normaler‹ Größenordnung passen zwar die Kinder (wenn es nicht mehr als die Zwillinge sind) und die Eltern, kaum jedoch der breite Zwillingswagen und vielleicht noch etwas Gepäck für einen Wochenendausflug!

Finanzielle Entlastung für Zwillingsfamilien

Bis Mitte 1989 wurde das Bundeserziehungsgeld auch für Zwillingseltern nur einfach gezahlt: zwei Kinder, aber nur einmal Bundeserziehungsgeld. Immerhin gewährten vereinzelt Bundesländer zusätzliche Zahlungen (die meist an Einkommensgrenzen gekoppelt sind), so zahlt das Land Baden-Württemberg ein Erziehungsgeld von DM 400,- monatlich, im Fall von Zwillingen DM 800,-.
Seit Juli 1989 wird das Erziehungsgeld im Fall von Zwillingen doppelt gezahlt. Damit wird gleichzeitig Fällen Rechnung getragen (und das ist wohl als auslösendes Moment für die Gesetzesänderung zu sehen), in denen Eltern innerhalb der Spanne von 15 Monaten, in der Erziehungsgeld gezahlt wird, zwei einzeln geborene Kinder bekommen.

Auch sonst sieht es mit besonderen Förderungen für Zwillingseltern schlecht aus. Selbst bei einem so einleuchtenden Grund wie die Notwendigkeit, eine Mutter bei einer Zwillingsschwangerschaft mehr zu schonen, beträgt die ›Mutterschutzfrist‹ vor dem errechneten Geburtstermin nur sechs Wochen – wie bei Einlingsschwangerschaften. Kommen die Kinder dann auch noch als Frühgeborene zur Welt, verschenkt die Zwillingsmutter noch einmal vier Wochen, denn im Fall von Frühgeburt und Mehrlingsgeburt beträgt die Mutterschutzfrist nach dem tatsächlichen Geburtstermin je zwölf statt acht Wochen, zweimal vier Wochen zusätzlich gibt es aber nicht! Ist eine Zwillingsmutter vor der Geburt ihrer Zwillinge berufstätig gewesen, läßt sich dieser Verlust in (entgangene) bare Münze umrechnen.

Ein Anspruch auf finanzielle Hilfe, um damit eine Hilfskraft zu bezahlen, die der Mutter im Haushalt oder bei der Säuglingspflege zur Hand geht, besteht nicht. Selbst wenn weitere Kleinkinder im Haushalt betreut werden, muß die Mutter zunächst allein zurechtkommen. Sicher wird die Krankenkasse in Ausnahmefällen (wobei die Familie erst einmal beweisen muß, in welcher Ausnahmesituation sie sich befindet) eine Hilfsperson finanzieren müssen.

Für Ausnahmefälle gibt es auch Stiftungen (zum Beispiel bundesweit die Stiftung »*Mutter und Kind*«), doch wer in den Genuß ihrer Hilfe kommen möchte, muß sich und seine finanziellen Verhältnisse zunächst offenbaren, sich also ›ausziehen bis aufs Hemd‹.[20]

Noch schlimmer dran als Zwillingseltern sind jedoch Drillingsfamilien, deren Belastung höher und deren Förderung gleich, nämlich gleich Null ist. Kein Wunder, daß sich betroffene Familien, mit Zwillingen oder Drillingen, vom Staat mit ihren Problemen allein gelassen fühlen. So schreibt eine Drillingsmutter: »Ich wünschte einem Verantwortlichen von Krankenkassen, Jugendämtern oder Sozialämtern diese Situation, und ich wette, sie würden mit Freude zahlen und keine Fragen stellen nach Notwendigkeit ...«[21]

Bezeichnend ist auch, daß bisher in keiner staatlichen Veröffentlichung zu Schwangerschaft und Geburt der Fall einer Zwillingsschwangerschaft berücksichtigt ist.

Überforderung der Familie

Überforderung in der ersten Zeit

Die vorgenannten Probleme führen unweigerlich dazu, daß außer Freude am doppelten Nachwuchs auch eine Portion Frust in den Alltag einer Zwillingsfamilie kommt. Vor allem die ersten Wochen werden als sehr anstrengend empfunden, die negativen Gefühle können das Familienleben regelrecht überschatten. Manchen Frauen ist diese schreckliche Anfangszeit – ohne vernünftigen Schlaf bei doppelten psychischen und physischen Anforderungen – auch Jahre später noch düster in Erinnerung, nur verdrängt, nicht bewältigt.

So berichtet auch die ARA-Studie: »Einigen Frauen versagte die Stimme, als sie von dieser Zeit erzählten, darunter auch Frauen, die mit dieser Situation vor zwölf oder 16 Jahren konfrontiert waren. Insgesamt sieben Mütter gaben an, daß sie einmal oder mehrmals völlig ›zusammengeklappt‹ seien.«[21]

Zu hohe Erwartung an sich selbst

Zwillingseltern scheitern allerdings nicht selten auch an ihren zu hoch gesteckten Erwartungen an sich selbst. Gerade ›Ersteltern‹, die noch keinerlei Erfahrung mit eigenen Kindern oder Kindern überhaupt haben, machen sich völlig falsche Vorstellungen vom Leben mit Kindern, gerade mit Babys. Je offener ihre Einstellung demgegenüber, was da (doppelt) kommt, je weniger konkrete, feste Vorstellungen, je gelassener die Einstellung, desto problemloser das Leben mit Zwillingen.

Wenn der Tagesablauf nicht wie am Schnürchen klappt, die Zwillinge sich nicht so verhalten, wie man es sich wünscht, das vorgesehene Pensum nicht geschafft ist, verursacht das vielen Frauen nicht selten Schuldgefühle. Sie beziehen das »Nicht-mit- den-Kindern-zurecht-Kommen« allein auf sich und fühlen sich unfähig. Nicht zuletzt deshalb, weil ihnen ein objektiver Vergleichsmaßstab fehlt, weil sie kaum Kontakt zu anderen Zwillingsmüttern haben. Und Kontakte zu anderen Frauen, die beispielsweise zwei kleine Kinder unterschiedlichen Alters haben, bringen eher zusätzlichen Frust, denn diese erleben eine völlig andere Situation, können den Streß einer Zwillingsmutter nicht nachfühlen, (siehe auch *Ungeliebte und unfreiwillige Isolation*, S. 193).

Wenn Mann und Frau Eltern werden, werden sie mit einer Reihe von Umstellungen konfrontiert. Der gesamte Tagesablauf muß sich nun nach dem neuen Familienmitglied richten, spontane Entschlüsse und Unternehmungen sind zumindest in der ersten Zeit kaum noch drin. Möglicherweise fühlt sich der Vater etwas ausgeschlossen oder gar vernachlässigt. Dies und die nicht selten dazu kommende sexuelle Unlust der Mutter so kurz nach der Geburt (und wegen der Überforderung) führt zu Spannungen zwischen den Partnern.

Im Fall von Zwillingen können solche Partnerschaftsprobleme auf ›neue‹ Eltern mit doppelter Intensität zukommen. »Am Anfang hatten wir kaum mehr Zeit für uns. Nicht einmal mehr, um richtig zu streiten«, erklärt eine Zwillingsmutter die große Umstellung.[23]

Die tagtägliche Überforderung, der Mangel an Ausgleich in Freizeitvergnügungen, die zwangsweise Isolation der Eltern (mehr der Mutter) wenigstens in den ersten Wochen lassen die Reizschwelle für Streitigkeiten auf ein sehr niedriges Niveau sinken. »Wir stritten uns wegen jeder Kleinigkeit. Wir leisteten uns keine Hobbys mehr, Lutz verzichtete aufs Joggen, Langlaufen, Rennradfahren, weil er mich nicht mit den Kindern allein lassen wollte. Ich hatte ein schlechtes Gewissen, wenn ein Stadtbummel mal zu lange dauerte«.[24]

Hatten die Zwillingseltern bereits vor den Zwillingen ein Kind oder mehrere Kinder, so fällt zwar die Umstellung von der Partnerschaft mit einem Kind auf das Zwillingsfamilienleben weniger drastisch aus, andererseits können gerade zusätzliche Kinder zusätzliche Probleme mit sich bringen und damit zusätzlichen Zündstoff für Streitigkeiten.

Die Eifersucht der Geschwister

Vor allem bei jüngeren Geschwistern beobachten Zwillingseltern, daß sie dem neuen doppelten Nachwuchs mit offener, aber auch mit verdeckter Aggression gegenüberstehen. Dann machen bereits

›trockene‹ Kinder wieder in die Hose (das garantiert die Aufmerksamkeit der Mutter) oder sie möchten die Babys am liebsten in den Abfalleimer werfen. Nicht selten reagieren sie ihre Aggression jedoch nicht an den Babys, sondern an der Mutter, der Oma oder anderen Erwachsenen ab. Aber auch ältere Geschwister können mit Eifersucht reagieren.

»Raphaela, die Älteste (Anm.d. Autorin: neuneinhalb Jahre) war ganz verrückt mit den Kleinen. Doch nach und nach wurde sie aufsässig gegen mich, trotz intensiver Vorbereitung auf die Zwillinge. Inzwischen hat sich das gelegt, aber es war eine harte Zeit. Obwohl so ein großer Altersunterschied, oder vielleicht gerade deswegen, war die Eifersucht doch da, wenn auch mehr im Unterbewußtsein. Die Aggression richtete sich allein gegen mich.«[25]

Eltern brauchen für die älteren (großen und kleinen) Geschwister viel Verständnis in so einer Situation. Leicht gesagt, wenn sie sich selbst gerade mit der Doppelbelastung überfordert fühlen.[26]

Ungeliebte und unfreiwillige Isolation

In vorangegangenen Abschnitten wurde bereits auf das Problem hingewiesen, mit Zwillingen öffentliche Verkehrsmittel zu benutzen oder auch nur spazieren zu gehen. Tatsächlich ist es, ob auf dem Land oder in der Großstadt, schwer, mit einem Troß von kleinen Kindern irgendwohin zu gelangen. Sind in der Großstadt zugeparkte Gehwege und enge Durchgänge an Straßenecken ein oft unpassierbares Hindernis, so sind es in kleineren Ortschaften beispielsweise die schmalen Bürgersteige und fehlenden Rampen an Treppen. Überhaupt haben Zwillingsmütter oft ähnliche Hindernisse zu bewältigen wie Rollstuhlfahrer. Aber auch auf dem Land kann es Probleme geben – welcher Kinderwagen schafft schon die holprigen Wald- und Wiesenwege und welche Mutter schafft es noch, den schweren Wagen mit der immer schwerer werdenden Last darüber hinweg zu bugsieren?
Ganz abgesehen davon empfand ich persönlich schon die aufwendigen Vorbereitungen (zwei Kinder ausgehfertig anziehen, Wagen

vorbereiten) als so lästig, daß ich lieber auf meinen Mann wartete, damit wir uns gemeinsam leichter tun. Vor allem in den ersten anderthalb Jahren geriet ich in eine regelrechte Isolation. Ich fürchtete mich vor den Stunden ohne meinen Mann und lebte erst auf, wenn er (durch seinen damaligen Schichtdienst bedingt) bereits gegen 15 Uhr nach Hause kam.

Aber wir gerieten auch gemeinsam in eine ungeliebte Isolation. Wir besuchten kaum noch Freunde, wurden auch von Freunden kaum besucht, fuhren nicht in Urlaub, machten auch sonst keine anstrengenden Unternehmungen. Es war uns alles mit zu viel Aufwand verbunden und unsere Kinder zahlten uns jede Abweichung vom gewohnten Rhythmus mit doppelter Unruhe heim. Damals dachten wir, daß es nur uns so ergeht. Heute wissen wir, daß viele Zwillingseltern solche Probleme haben, daß viele in unfreiwillige Isolation geraten. Gerade für sie ist das Entstehen neuer Selbsthilfegruppen so wichtig, denn hier finden sie Menschen, die nachempfinden können, wie schwierig der Alltag mit Mehrlingskindern sein kann.

Überforderung – ein subjektives oder objektives Problem?

Damals, als ich selbst bis über beide Ohren im Zwillingsanfangsstreß steckte, schien es allein meine Schuld zu sein, daß mich die doppelten Anforderungen so fertig machten. Traf ich andere Zwillingsmütter beim Spazierengehen in der Stadt, so sagten sie stets strahlend, sie kämen gut mit den Kindern zurecht. Meine eigene ›Unfähigkeit‹ stand mir in solchen Momenten noch deutlicher vor Augen. Sich von den eigenen Kindern überfordert zu fühlen war (ist?) offensichtlich ein Tabuthema, es paßte nicht ins damals propagierte Bild der neuen Mütterlichkeit. Heute hat sich das Bild scheinbar wieder gewandelt – man darf auch mal wieder Frust zeigen, ohne deshalb gleich als Rabenmutter zu gelten.

Heute, fünf Jahre danach, sehe ich auch die Überforderung von Zwillingseltern sehr viel differenzierter. Eine gute Portion (siehe oben) ist tatsächlich ›hausgemacht‹, weil zu hohe Ansprüche an sich selbst und den reibungslosen Ablauf gestellt werden – daran muß man zwangsläufig scheitern.

Doch die Überforderung durch Zwillinge hat ganz klar auch eine objektive Seite. Durch das doppelte Vorhandensein zweier gleichaltriger Kinder kostet alles so viel mehr Nerven und das bei den wenigen Stunden ungestörten Schlafs (wenigstens in den ersten Wochen). Wie viele Situationen gibt es, da wünschen sich Zwillingsmütter vier oder besser sechs Hände! Jeder Spaziergang, jeder Besuch beim Kinderarzt ist Streß. Zwar wird dieser Streß von jeder Mutter, jedem Vater unterschiedlich empfunden, doch ganz klar muß man sagen, daß eine breite Schicht von Zwillingseltern Probleme wie sie in dem Kapitel *Doppelte Anforderungen* beschrieben werden, kennt und auch offen darüber spricht. Neuen Auftrieb gibt in Streßsituationen deshalb das Gespräch mit anderen Zwillingseltern. Wenn auch sie kein Rezept für den streßfreien Umgang mit Mehrlingen geben können, so tröstet doch das Gefühl, nicht allein mit den Problemen zu sein, ungemein.

Hilfe durch Selbsthilfe[27]

Ziele und tatsächliche Erfolge der Selbsthilfegruppen

Gemeinsames Ziel aller Selbsthilfegruppen ist es, ein Forum für den Erfahrungsaustausch betroffener Eltern zu schaffen. Dieses Ziel erreichen alle Gruppierungen, gleich ob sie Familientreffen, Elternabende, Elternstammtische oder Mütter-Kinder-Treffen veranstalten.

Ein weiteres Ziel der Gruppen ist es, in Einzelfällen gezielt Hilfe zu vermitteln, sei es durch Beratung bei Stillproblemen oder Vermittlung gebrauchter Zwillingsartikel. Dieses Ziel wird in den verschiedenen Gruppen je nach Organisationsgrad mehr oder weniger gut erreicht – es bleibt ein weites Feld für zukünftige Betätigung.

Eines der wichtigsten Ziele – durch geeignete (möglichst gemeinsame) Maßnahmen ›politisch‹ etwas für (nachfolgende) Mehrlingseltern zu verändern, Politiker und Öffentlichkeit sensibler für die Probleme von Mehrlingseltern zu machen, und dadurch eventuell mehr Hilfe für die Betroffenen zu organisieren, wird bedauerlicherweise noch nicht einmal ansatzweise erreicht.

Selbsthilfegruppen bieten in erster Linie Erfahrungsaustausch für betroffene Eltern. Sie organisieren dieses Forum in Form von Nachmittagsveranstaltungen für Familien (Familientreffen, Sommerfeste, Weihnachtsfeiern) oder von Elternabenden, die als Stammtische ablaufen oder ein gezieltes Informationsprogramm (Referate von Fachleuten zu zwillingsspezifischen Themen) bieten.

Darüber hinaus veranstalten einige Gruppen Flohmärkte für Second- hand-Zwillingsprodukte. Größere Clubs und Vereine haben auch noch eine meist sporadisch erscheinende Vereinsschrift, die die Mitglieder nicht nur über Kaufgesuche und Verkaufswünsche informiert, sondern auch über Vereinsneuigkeiten und zwillings- und mehrlingsspezifische Themen.

In sehr lobenswerter Weise haben darüber hinaus die Verantwortlichen des Nürnberger Clubs alle nur denkbaren finanziellen Hilfen und Einkaufsmöglichkeiten mit Rabatt für Zwillingseltern zusammengestellt. Mit dieser Übersicht leisten sie für ihre Mitglieder wirklich praktische Hilfe.

Wie lassen sich Selbsthilfegruppen organisieren?

Wer selbst eine Selbsthilfegruppe in seinem Wohngebiet ins Leben rufen möchte, sollte folgendes beachten:

Bevor Sie mit Ihrer Idee an die Öffentlichkeit gehen, sollten Sie sich unbedingt der Mithilfe und Mitorganisation mindestens einer anderen Zwillingsfamilie versichern.

Machen Sie einen Plan, was Sie mit Ihrer Gruppe erreichen möchten und was Sie den Teilnehmern bieten können. Aus eigener Erfahrung plädiere ich für einen eher kleinen Gesprächskreis ohne Vereinsorganisation, der sich zwanglos, aber regelmäßig trifft. Ich persönlich ziehe einen Zwillingselternstammtisch vor, wobei mir dabei weniger die ›Wirtshausatmosphäre‹ vorschwebt, als vielmehr die Möglichkeit, sich ohne Kinder vernünftig (auch mal über nicht-zwillingstypische Themen) unterhalten zu können.

Durchaus besteht ja die Möglichkeit, einmal einen kompetenten Referenten zu dem einen oder anderen Thema einzuladen. Und es kann ja auch einmal ein Familientreffen im Sommer zusätzlich arrangiert werden.

Größere Aufgaben sollte sich eigentlich nur vornehmen, wer auch genügend Zeit dafür hat und eventuell doch eine Vereinsgründung anstrebt. Dann sind Sie nicht ein Haufen von zehn Zwillingseltern, sondern haben ›einen Namen‹. Eigentlich sollten die bereits beschriebenen Aufgaben, nicht nur von einem Verein, sondern am besten von einem Zusammenschluß aller Vereine angegangen werden, (siehe *Zukunftsmusik*).

In zunehmendem Maße lassen sich auch Familienberatungsstellen in die Organisation von Zwillingselterngesprächsrunden einspannen. Wenn Sie bei Ihrem Gesundheits- oder Jugendamt auf offene Ohren für Ihre Probleme stoßen, läßt sich so ein Gesprächskreis sicher arrangieren und lastet nicht mehr nur auf Ihren Schultern.

Als Räume für ein Treffen bieten sich an: Nebenräume in Gaststätten oder Pfarrheime, für Sommertreffen ist auch eine große Wiese oder ein Grillplatz geeignet.

Das vermeintliche Problem, genügend Interessenten zur Teilnahme zu bewegen, ist keines. Machen Sie einen Aushang bei Ihrem Frauenarzt, beim Kinderarzt oder sogar im Supermarkt. Sie könnten auch in Ihrer (kirchlichen) Gemeinde nachfragen und auf Ihre Idee hinweisen. Kontakte zu anderen Zwillingseltern knüpft man auch leicht am Spielplatz oder beim Spaziergang. Allerdings wird man sich auch manche Absage holen.

Unbedingt sollten Sie (vorausgesetzt Ihre Veranstaltung soll nicht im kleinen Rahmen bleiben) die örtliche Presse einschalten. Meistens sind Tageszeitungen und Regionalsender gerne bereit, über das Ereignis zu berichten. ›Zwillinge‹ (hier kommt es Ihnen wirklich zugute) sind doch ein beliebtes Thema.

Initiatoren und Mitläufer

Alle Selbsthilfegruppen brauchen ein ›Zugpferd‹, eine Persönlichkeit, die durch ihre Initiative und Tatkraft, andere motiviert und zum Mittun animiert. Fast alle Gruppen haben es schon erlebt, daß ihre Initiative im Sande zu verlaufen drohte, weil es eben immer wenige gibt, an denen alles hängenbleibt, und viele, die fordern, selbst aber nicht bereit sind, ihre Arbeit einzubringen.

Manchen Zwillingseltern kann man ihre ›Untätigkeit‹ nicht einmal vorwerfen, weil sie durch ihre (kleinen) Kinder stark eingespannt sind. Doch auch bei den aktiven Mitgliedern fehlt oft die Kraft, ein Vorhaben gezielt und engagiert durchzuziehen. Eltern älterer Mehrlinge haben überwiegend kein großes Interesse mehr, für nachfolgende Mehrlings-Elterngenerationen Besserungen zu bewirken.

Eigenbrötelei und Konkurrenzdenken

In Vereinen – und da können die Mitglieder noch so guten Willens sein – finden Intrigen und Vereinsmeierei reichen Nährboden. Statt sich zu verdeutlichen, daß nur das gemeinsame Ziehen am gleichen Strang etwas zum Positiven (etwa bei Politikern) verändern könnte, kocht jeder sein eigenes Süppchen. Selbst in regionalen Gruppen eines Vereins ist man nicht gegen das Konkurrenzdenken gefeit.

Gleichwohl es wünschenswert und auch unbedingt erforderlich wäre, daß sich alle Gruppen und Vereine zusammentun, um durch gemeinsame Stärke mehr Gehör beispielsweise beim Familienministerium in Bonn zu bekommen, ist die Szene wie keine andere von Eifersucht und Neid geprägt.

Zusammenarbeit zwischen verschiedenen Gruppen findet praktisch kaum statt. Einzig die Frankfurter Zwillingsrunde hält losen Kontakt zu einigen anderen Gruppierungen und möchte das auch noch intensivieren.

Zum Teil gibt es deshalb keinen Kontakt zwischen den Gruppen, weil die einzelnen Initiatoren, die vieles wollen, aber letztlich nicht schaffen (können) überlastet sind, zum anderen Teil daran, daß jeder seine eigenen Lorbeeren ernten möchte. Bei den nicht institutionalisierten Gruppen, losen Gesprächsrunden, liegt es auch daran, daß keiner vom anderen weiß.

Zukunftsmusik

Zentrale Informationsstelle

Wie oben beschrieben, gibt es kaum eine Zwillingselterngruppe, die nicht schon einmal vor der Auflösung gestanden hätte. Warum? Viel Eigeninitiative einiger weniger ist gefragt, statt gemeinsam etwas auf die Beine zu stellen, spricht man nicht einmal miteinander. Eine gute Lösung, die schließlich allen zugute käme, den ratsuchenden Eltern, den überlasteten Initiatoren, aber auch den nachfolgenden Zwillings- und Mehrlingselterngenerationen, wäre eine gemeinsame bundesweite Informationszentrale. (Gemeint ist hier im Raum Bundesrepublik Deutschland.)

In dieser Zentrale (eine Ganztagsstelle, die sich zwei halbtags arbeitende Zwillingsmütter teilen könnten) sollten alle Fäden zusammenlaufen. Von hier aus wird die gemeinsame Öffentlichkeitsarbeit gemacht. Hier ist der erste Anlaufpunkt für ratsuchende Zwillingseltern, denn in allen Veröffentlichungen zum Thema ›Zwillinge‹ könnte diese zentrale Adresse genannt werden. Von dieser Zentrale aus können Zwillingseltern an regionale Gruppen und Vereine weiterverwiesen werden, die dann im Einzelfall gezielt weiterhelfen können. Die bundesweite Informationszentrale könnte in einer Briefaktion alle Frauenärzte, Kinderärzte, Kliniken und Hebammen auf sich aufmerksam machen. Sie könnte (viel besser als wir doppelt eingespannten Initiatoren) wichtige Informationen (zum Beispiel über die finanziellen Sonderleistungen für Zwillingseltern) zusammentragen und aktuell halten. Sie könnte die regionalen Gruppen auch bei der »politischen Arbeit« entlasten. Doch Entlastung der regionalen Gruppen führt nicht dazu, daß deren Arbeit überflüssig wäre. Im Gegenteil, die Initiatoren dieser Vereine hätten mehr Zeit, wesentliche, bisher vernachlässigte Aufgaben wahrzunehmen.

Finanziert werden müßte so eine Informationszentrale für Mehrlingseltern durch öffentliche Gelder, und zwar nicht, weil wir Bürger den Staat halt immer und überall fordern, sondern, weil meiner

Meinung nach, der Staat die Pflicht hätte, die Situation seiner oft stark belasteten Mehrlingsfamilien zu verbessern. Zwillings- und andere Mehrlingseltern sind doch – wie die Zahlen zeigen – keine Minderheit, die man einfach so vernachlässigen könnte?!

Regionale Vereinsarbeit
Was könnten regionale Vereine in Zukunft besser machen? Informationsveranstaltungen für werdende Zwillingseltern fehlen noch ganz. Es wäre eigentlich eine wesentliche Aufgabe der regionalen Gruppen, werdende Zwillingseltern auf das, was da kommt, vorzubereiten.

Auch könnte ich mir vorstellen, daß Mitglieder regionaler Vereine, frischgebackene Zwillingsmütter direkt in den Kliniken besuchen, ihnen Tips für die ersten Wochen und vor allem für das Stillen geben.

Und noch wichtiger: Es müßte doch möglich sein, eine Art ›Feuerwehr‹ zu installieren, also Zwillingseltern mit schon älteren Zwillingen, die sich bereit erklären, personell mit tatkräftiger Hilfe einzuspringen (nicht nur mit gutmeinenden mündlichen Ratschlägen), wenn es bei einer neuen Zwillingsfamilie Probleme gibt.

Noch besser wäre es natürlich, so einen Hilfsdienst nicht in Eigenregie organisieren zu müssen, sondern eine soziale Stelle dafür zu gewinnen und auch öffentliche Gelder.

Schlußwort

Als meine Zwillinge Maximilian und Constantin vor fünf Jahren (1984) geboren wurden und ich ganz allein mit meinen vielen Problemen dastand (mal von meinem einzigen Mitstreiter, meinem Mann, abgesehen), hätte ich nie gedacht, daß mich die Thematik nicht mehr loslassen würde.

Heute bin ich froh, daß mein Bedürfnis, Zwillingseltern zu informieren, ihnen Erfahrungsaustausch zu ermöglichen und mit praktischen Tips direkt zu helfen, meinem Leben einen zusätzlichen Inhalt gegeben hat.

Anmerkungen und Literatur

Rita Haberkorn: Einleitung

Anmerkungen

1 Vergl. Literatur:
Gratkowski
Fauland/Simbruner
Haberkorn
Hauenschild
Es sind Erfahrungen von Zwillingseltern.
2 Kübler-Ross, *Der Tod* in: Grof, *Chance*, S. 272
3 Gill, *Elisabeth Kübler-Ross*
4 Kübler-Ross, *Der Tod* in: Grof, *Chance*, S. 272
5 Vergl. Literatur:
Bloom
Lewontin
Lykken
Spitz
6 Vergl. Literatur:
Haberkorn, *Zwillinge*

Literatur

Bloom, B.S.: *Stabilität und Veränderung menschlicher Merkmale*. Weinheim 1971
Fauland, Ch./Simbruner, G.: *Zwillinge – Glückskinder? Sorgenkinder?* Wien 1988
Gill, D.: *Elisabeth Kübler-Ross – wie sie wurde, wer sie ist*. Stuttgart 1981
Gratkowski, M. von: *Zwillinge. Mit ihnen fertig zu werden, ohne selbst fertig zu sein*. Stuttgart 1988
Gratkowski, M. von (Hrsg.): *Zwillingsmütter berichten ... über Schwangerschaft, Geburt und Alltag mit Zwillingen*. Eching 1988

Haberkorn, R.: *Zwillinge. Handbuch für Eltern, Freunde und Erzieher.* Hamburg 1986

Hauenschild, L.: *Zwillinge. Die doppelte süße Last.* Braunschweig 1988

Kübler-Ross, E.: *Der Tod als letztes Wachstumsstadium.* In: Grof, Stanislav: *Die Chance der Menschheit.* München 1988

Lewontin, R.C./Rose, S./Kamin, L.J.: *Zu Paaren treiben. Lehren aus der Zwillingsforschung.* In: *Kursbuch 80* (»Begabung und Erziehung«). Berlin 1985

Lykken, D./Bouchard, Th.: *Genetische Aspekte menschlicher Individualität.* In: *Mannheimer Forum 83/84.* Mannheim 1984

Spitz, R.: *Angeboren oder erworben? Die Zwillinge Rosy und Cathy.* Amsterdam 1971

Rita Haberkorn: Von Mythen und Medien beeinflußt

Anmerkungen und Literatur

1   Verhagen, B.: *Götter-Kulte und Bräuche der Nordgermanen.* Tübingen 1983, S. 183 f.

2   Karcher, H.L.: *Wie ein Ei dem anderen.* München 1975, S. 35

3   Ebenda, S. 37

4   Ebenda, S. 31

5   Schlieben-Troschke, K. von: *Psychologie der Zwillingspersönlichkeit.* Köln 1981

6   Zazzo, R.: *Les jumeaux. Le couple et la personne.* Bd. I *L'individuation somatique.* Bd. II *L'individuation psychologique.* Paris 1960, S. 515

7   Ury, E.: *Professors Zwillinge.* Band 1 - 3. Düsseldorf o.J.

8   Fauland, Ch./Simbruner, G.: *Zwillinge – Glückskinder? Sorgenkinder?* Wien 1988
    Gratkowski, M.von: *Zwillinge. Mit ihnen fertig zu werden, ohne selbst fertig zu sein.* Stuttgart 1988
    Haberkorn, R.: *Zwillinge. Handbuch für Eltern, Freunde und Erzieher.* Hamburg 1986
    Hauenschild, L.: *Zwillinge. Die doppelte süße Last.* Braunschweig 1988.

9   Wallace, M.: *Die schweigsamen Zwillinge.* Berlin 1987

10   Noack, B.: *Der Zwillingsbruder.* Wien 1988
11   Paterson, K.: *Aber Jakob habe ich geliebt.* München 1988
12   Eghbal, A.: *Als der Mond sein Gesicht verbarg.* Hamburg 1985
13   Haberkorn, R.: *Zwillinge. Handbuch für Eltern, Freunde und Er-
     zieher.* Hamburg 1986, S. 113

Karin von Schlieben-Troschke: Gedanken zu ungeborenen Zwillingen

Anmerkungen

1   Lepage, *Les jumeaux*
2   Janov, *Frühe Prägungen*
3   Coudris, *Ich kann sprechen*
4   Laing, *Stimme*
5   Cooper, *Tod,* S. 68

Literatur

Blechschmidt, E.: *Wie beginnt das menschliche Leben?* Stein am Rhein
   1984
Boadella, D.: *Embryology and Therapy.* Rodden Weymouth. Dorset 1984
Coudris, M.D.: *Ich kann sprechen.* München 1985
Cooper, D.: *Der Tod der Familie.* Reinbek bei Hamburg 1972
Fauland, C./Simbrunner, G.: *Zwillinge, Glückskinder? Sorgenkinder?*
   Wien 1988
Flanagan, G.L.: *Die ersten neun Monate des Lebens.* Reinbek bei Ham-
   burg 1983
Graber, G.H.: *Pränatale Psychologie.* München 1974
Grof, S.: *Topographie des Unbewußten.* Stuttgart 1985
Howe, T.F./Schindler, F.: *Pränatale und perinatale Psychosomatik. Rich-
   tungen, Probleme, Ergebnisse.* Stuttgart 1982
Janov, A.: *Frühe Prägungen.* Frankfurt/M. 1984
Laing, R.D.: *Die Stimme der Erfahrung.* Köln 1983
Lepage, F.: *Les jumeaux.* Paris 1980
Schlieben-Troschke, K.von: *Zwillinge, Glücks- oder Sorgenkinder.* In:
   Jahrbuch der Kindheit. Weinheim, Basel 1984

Schindler, S. (Hrsg.): *Geburt – Eintritt in eine neue Welt.* Göttingen 1981
Schindler, S. u.a.: *Ökologie der Perinatalzeit.* Stuttgart 1983
Verny, T./Kelly, J.: *Das Seelenleben des Ungeborenen. Wie Mütter und Väter schon vor der Geburt Persönlichkeit und Glück ihres Kindes fördern können.* Frankfurt/M. 1983

Renate Kiefer: Warum sprechen Lena und Natascha im Kindergarten nicht?

Anmerkungen

1 Wenn Leserinnen und Leser sich hierdurch herausgefordert fühlen, ihre je nach Lebenssituation und therapeutischer Ausrichtung unterschiedlichen eigenen Zusammenhänge herzustellen, so sei ihnen dies ausdrücklich gestattet. – Auch ich werde mir Rand- und Schlußbemerkungen gestatten.

2 Siehe Literaturliste: Haberkorn, *Zwillinge*

3 Siehe Fußnote 4 S. 91. Dies ist ein Beispiel für eine Ritualverschreibung.

4 Das Team der Psychologischen Beratungsstelle Eppelheim arbeitet mit den Methoden der systemischen Familientherapie. Das Finden und Erfinden einer positiven Bedeutung von bisher als problematisch gesehenen Verhaltensweisen spielt in diesem Ansatz eine wichtige Rolle; es wird unter anderem mit Symptom- und Ritualverschreibungen gearbeitet (siehe Literatur).

5 Genau diesen Sinn hat die von unserer wie von anderen Psychologischen Beratungsstellen angebotene Gruppen- und Einzelsupervision für Erzieherinnen und Kindergartenteams.

Literatur

Zwillinge:
Haberkorn, R.: *Immer zu zweit. Wenn im Kindergarten Zwillinge angemeldet werden.* In: *Welt des Kindes.* 3/87
Haberkorn, R.: *Trennung tut manchmal not. Zwillinge im Kindergarten.* In: *Theorie und Praxis der Sozialpädagogik.* 5/86
Haberkorn, R.: *Zwillinge. Handbuch für Eltern, Freunde und Erzieher.* Hamburg 1986

Systemisches Denken, Systemische (Familien-)Therapie:
Cecchin, G.: *Zum gegenwärtigen Stand von Hypothetisieren, Zirkularität und Neutralität: Eine Einladung zur Neugier.* In: *Familiendynamik.* 3/88
Dell, P.F.: *Klinische Erkenntnis.* Dortmund 1986
Familiendynamik. 3/87
Hoffman, L.: *Grundlagen der Familientherapie.* Hamburg 1982, ISKO
Keeney, B.: *Konstruieren therapeutischer Wirklichkeiten.* Dortmund 1987
Penn, P.: *Feed-Forward – Vorwärts-Koppelung: Zukunftsfragen, Zukunftspläne.* In: *Familiendynamik.* 3/86
Satir, V./Baldwin, M.: *Familientherapie in Aktion.* Paderborn 1988
Schlippe, A.von: *Familientherapie im Überblick.* Paderborn 1985
Simon, F. (Hrsg.): *Lebende Systeme.* Berlin 1987
Simon, F.: *Unterschiede, die Unterschiede machen.* Berlin 1987
Simon, F./Weber, G.: *Post aus der Werkstatt: »Alles klar – keiner weiß Bescheid.«* In: *Familiendynamik.* 3/89
Stierlin, H.: *Systemischer Optimismus, systemischer Pessimismus.* In: *Familiendynamik.* 1/88
Stierlin, H./Rücker-Embden, I./Wetzel, N./Wirsching, M.: *Das erste Familiengespräch.* Stuttgart 1977

Karin von Schlieben-Troschke: Gibt es eine Geheimsprache bei Zwillingen?

Literatur

Bakker, P.: *Autonomous Languages of Twins.* Acta Genet. Med. Gemollol. 36. Rome (Mendel Institute) 1987
Echle, J.: *Zeitschrift für Mehrlingseltern.* 6/89, S. 16 ff.
Lepage, F.: *Les Jumeaux.* Paris 1980
Ein gutes Vorstellungsvermögen über entscheidende Faktoren der Zwillingssituation vermittelt ein Film über die weiblichen Zwillinge Ginny und Gracy. Die Familie hatte mehrere Ortswechsel vorgenommmen, die Zwillinge wuchsen zweisprachig auf. Wortanalysen ihrer Verständigungsart konnten ›entschlüsselt‹ werden, als davon Tonbandaufnahmen in stark verminderter Geschwindigkeit analysiert wurden. Sie verständigten sich in einer Mischung verschiedener Sprachen und

redeten sehr schnell: »Cabengo padem manibadou pitou« sagte Gracy. »Doanne ni bada tengmatt« antwortete Ginny. – »Poto, painite« – »Painite?« – »yah«. Bei der ›Geheimsprache‹ von Zwillingen handelt es sich diesem Autor zu Folge um eine Sprachentwicklungsverzögerung. Sie kann verschiedenste Facetten aufweisen: 1. Eine ›Geheimsprache‹, die mit wenigen Worten mit situationsgebundener Ausdehnung auskommt. 2. Eine arme Sprache von Zwillingen, die keine neuen Wortschöpfungen enthält. 3. Eine Sprache, mit Artikulationsstörungen der Phoneme, deren Hintergrund eine Reifeverzögerung des Sprachzentrums (Entwicklungsdyslalie) oder eine Schädigung des Gehirns (Entwicklungsdysarthrie) sein kann. 4. Eine Sprache mit nur sehr einfachem Vokabular. Das Verständnis der allgemeinen Sprache ist nicht voll entwickelt, die Zwillinge können kaum Nichtsprachliches in Sprache umsetzen. Sie bemühen sich, von Erwachsenen verstanden zu werden, können sich jedoch nur schwer miteinander verständigen. (Entwicklungsdysphasie) vgl. Levi, G./Bernabei, P.: *Specific Language Disorders in Twins during Childhood.* Acta Gen. Med. Gemellol. Bd. 25, Rom 1976, S. 169

Luria, A.R./Yoodovich, F.J.: *Die Funktion der Sprache in der geistigen Entwicklung des Kindes.* Düsseldorf 1973

Lytton, H.: *The impact of twinship on parent-child interaction.* In: *Journal of personality and social psychology.* Feb. 1977, Bd. 35(2)

Savic, S.: *How Twins learn to talk. A stuy of speach development of twins from 1 to 3.* London 1980

Wallace, M.: *Die schweigsamen Zwillinge.* Berlin 1987
Hier wird die wahre Geschichte einer extrem symbiotischen Beziehung eines weiblichen Zwillingspaares beschrieben. Mit drei Jahren sprachen sie einfache Sätze mit zwei bis drei Wörtern, ihre Sprache war undeutlich. Mit acht Jahren redeten sie nicht mehr mit anderen Menschen, plapperten aber unentwegt miteinander, wobei für andere nur gelegentlich ein Wort zu verstehen war.

Zazzo, R.: *Les jumeaux. Le couple et la personne.* Bd. I *L'individuation somatique* Bd. II *L'individuation psychologique.* Paris 1960

Irene Matthies: Wenn ein Zwilling behindert ist – Gespräche mit
Betroffenen

Anmerkungen

1 Vergl. z.B. Ayres, *Bausteine*
2 Vergl. z.B. Bärsch, *Behinderung* in: Hinz/Wocken *Gemeinsam leben – gemeinsam lernen*, S. 55 ff.

Literatur

Ayres, A.J.: *Bausteine der kindlichen Entwicklung.* Berlin, Heidelberg 1984
Bärsch, W.: *Behinderung und Gesellschaft.* In: Hinz, A./Wocken, H. (Hrsg.): *Gemeinsam leben – gemeinsam lernen.* Hamburg 1987
Klein, G./Kreie, M./Kron, M./Reiser, H.: *Integrative Prozesse in Kindergartengruppen.* Weinheim und München 1987, S. 343 ff.
Ruf-Bächtiger, L.: *Das frühkindliche psycho-organische Syndrom.* Stuttgart – New York 1987

Rita Haberkorn: Daniel und Rebekka und andere Pärchenzwillinge

Anmerkungen

1 Schlieben-Troschke, *Psychologie*, S. 113
2 Vergl. ebda. S. 114
3 Vergl. ebda. S. 115
4 Hurlock, *Entwicklung*, S. 91
5 Ebda. S. 300
6 Schlieben-Troschke, *Psychologie*, S. 115
7 Rosenberg/Sutton-Smith, *Silbing*
8 Leventhal, *Influence*
9 Vergl. Eilers-Helmich/Trumm, *Geschwisterkonstellation*
10 Savioz in: Eilers-Helmich/Trumm, *Geschwisterkonstellation*
11 Ebda. S. 77

12   Vergl. Schlieben-Troschke, *Psychologie*, S. 117
13   Belotti, *Was geschieht*, S. 45

Literatur

Belotti, E.: *Was geschieht mit kleinen Mädchen*. München 1975
Forer, L.K./Still, H.: *Erstes, zweites, drittes Kind*. Hamburg 1982
Grabrucker, M.: *»Typisch Mädchen ...«*. Frankfurt/M. 1985
Haberkorn, R.: *Zwillinge. Handbuch für Eltern, Freunde und Erzieher*. Hamburg 1986
Hammer, S.: *Töchter und Mütter*. Frankfurt/M. 1985
Hurlock, E.: *Die Entwicklung des Kindes*. Weinheim 1966
Leventhal, G.S.: *Influence of brothers and sisters on sex role behavior*. In: *Journal of Personality and Social Psychologiy*. 16. 1970, S. 452 – 465
Rosenberg, B.G./Sutton-Smith, B.: *The Sibling*. New York 1970
Savioz (1968), zitiert in: Eilers-Helmich, H./Trumm, S.: *Geschwisterkonstellation und Paarkonflikt*. Unveröffentlichte Diplomarbeit an der FU Berlin 1986
Scheu, U.: *Wir werden nicht als Mädchen geboren – wir werden dazu gemacht*. Frankfurt/M. 1980
v. Schlieben-Troschke, K.: *Psychologie der Zwillingspersönlichkeit*. Köln 1981

Rita Haberkorn: Zum Beispiel: Mario und Pedro, Silke und Stefanie

Anmerkungen

1   Haberkorn, *Zwillinge*, S. 27
2   Ledig, *Kindergärten*, S. 136
3   *ARA-Mehrlingsstudie*, S. 89
4   Haberkorn, *Zwillinge*, S. 54 f.
5   Ebda. S. 116
6   Ebda. S. 106
7   Beck-Gernsheim, *Inszenierung*, S. 30 – 35
8   Haberkorn, *Zwillinge*, S. 100

9   Dies., Sonderheft
10   Fauland/Simbrunner, *Zwillinge*, S. 141
11   McConville, *Schwestern*, S. 155
12   Ebda.
13   Ebda. S. 31
14   Ebda. S. 50
15   Differenziertere Beispiele siehe Haberkorn, *Sonderheft*, S. 20 f.
16   Haberkorn, *Sonderheft*, S. 22
17   Ebda. S. 21

Literatur

ARA-Mehrlinsstudie. Im Auftrag der Allgemeinen Rentenanstalt, durchgeführt von Prof. A. Lorenzer, Johann- Wolfgang-Goethe-Universität, Frankfurt/M. 1982/83

Beck-Gernsheim, E.: *Die Inszenierung der Kindheit.* In: *Psychologie heute.* Heft 12, 1987, S. 30 - 35

Bronfenbrenner, U.: *Die Ökologie der menschlichen Entwicklung.* Stuttgart 1981

Fauland, Chr./Simbruner, J.: *Zwillinge. Glückskinder? Sorgenkinder?* Wien 1988

Haberkorn, R.: *Sonderheft Kindergarten und Schule. Zeitschrift Zwillinge.* Landsberg 1989

Haberkorn, R.: *Zwillinge. Handbuch für Eltern, Freunde und Erzieher.* Hamburg 1986

Ledig, M.: *Kindergärten: Lebensraum für Kinder und Eltern?* In: Wehrmann, J./Seehausen, H. (Hrsg.): *Kindgerechte Arbeitszeitgestaltung.* Bremen 1989, S. 136

McConville, B.: *Schwestern zwischen Haß und Liebe.* München 1987

Marion von Gratkowski: Anforderungen im Alltag mit Zwillingen und Hilfe durch Selbsthilfe

Anmerkungen

1   *ARA-Mehrlingsstudie*, S. 18
2   Fauland/Simbrunner, *Zwillinge*, S. 69

3   *ARA-Mehrlingsstudie*, S. 43
4   Gratkowski, *Zwillinge*
5   Dies., *Zwillingsmütter*, S. 19
6   Ebda. S. 103
7   Haberkorn, *Zwillinge in Kindergarten*, S. 5
8   *ARA-Mehrlingsstudie*, S. 37
9   Ebda. S. 84
10   Gratkowski, *Zwillinge – Mit ihnen*, S. 36
11   Über die medizinischen Aspekte einer Zwillingsschwangerschaft und die Risiken einer Mehrlingsgeburt vergl. Gratkowski, *Zwillinge – Mit ihnen*, Fauland/Simbruner *Zwillinge* und Hauenschild, L.: *Zwillinge*. Braunschweig 1988
12   Gratkowski, *Zwillingsmütter*, S. 19 und S. 113
13   Haberkorn, *Zwillinge*, in: Speichert/Schön, *Elternlexikon*, S. 70, 96
14   Vergl. Arbeitsgemeinschaft freier Stillgruppen AFS, *Stillen von Zwillingen*, 1988 und Gratkowski, *Zwillinge – Mit ihnen und in Selbsthilfegruppen sind Mütter, die ihre Zwillinge gestillt haben, gerne bereit, anderen Tips zu geben.*
15   Grotkowski *Zwillingsmütter*, S. 224
16   Ebda. S. 63
17   Ebda. S. 188
18   *ARA-Mehrlingsstudie*, S. 25
19   Ebda. S. 30
20   Siehe auch Gratkowski *Zwillinge* Heft 8, Dezember 1989
21   Ebda. Heft 3, September 1988
22   *ARA-Mehrlingsstudie*, S. 74
23   Gratkowski *Zwillingsmütter*, S. 110
24   Ebda. S. 117
25   Gratkowski, *Zwillinge* Heft 10, Juni 1990
26   Vergl. Haberkorn, *Zwillinge* in: Speichert/Schön, *Elternlexikon* S. 50 - 56 und Haberkorn, *Zwillinge in Kindergarten*, S. 5 f.
27   Eine Liste mit Selbsthilfegruppen in der BRD befindet sich am Ende des Beitrags.

Literatur

ARA-Mehrlingsstudie. Im Auftrag der Allgemeinen Rentenanstalt, Stuttgart, durchgeführt von Prof. Dr. A. Lorenzer, Johann-Wolfgang-Goethe-Universität, Frankfurt/M. 1982/83.

Fauland, Chr./Simbruner, J.: *Zwillinge. Glückskinder? Sorgenkinder?* *Wien 1988*

Gratkowski, M. von: *Zwillinge – Mit ihnen fertig werden, ohne selbst fertig zu sein.* Stuttgart 1988

Gratkowski, M. von (Hrsg.): *Zwillingsmütter berichten ... über Schwangerschaft, Geburt und Alltag mit Zwillingen.* Eching 1988

Gratkowski, M. von (Hrsg.): *Zwillinge – Zeitschrift für Mehrlingseltern.* Landsberg o.J.

Haberkorn, R.: *Zwillinge. Handbuch für Eltern, Freunde und Erzieher.* Hamburg 1986

Haberkorn, R.: *Zwillinge.* In: Speichert/Schön (Hrsg.): *Das rororo-Elternlexikon.* Hamburg 1988

Haberkorn, R.: *Zwillinge in Kindergarten und Schule.* Sonderheft der Zeitschrift *Zwillinge.* Landsberg 1989

Hauenschild, L.: *Zwillinge. Die doppelte, süße Last. Ein Ratgeber für die Monate vor und nach der Geburt.* Braunschweig 1988

Speichert, H./Schön, B. (Hrsg.): *Das rororo-Elternlexikon.* (Mit Kindern leben) Hamburg 1988

Zwillingsvereine und -selbsthilfegruppen in der BRD

1000: Gesprächsgruppe in Berlin
Arbeitskreis Neue Erziehung e.V., Abtlg. Elterngruppen, Markgrafenstraße 11, 1000 Berlin 61, Tel. 030/2 510274.

2408: Zwillingselterninitiative
Kirsten Lietz, Danziger Allee 12, 2408 Timmendorfer Strand, Tel. 04503/1666.

2930: Private Gruppe Bramloge
Sonja Hörmann, Wiefelstedter Straße 174, 2930 Bramloge.

2948: Private Gruppe Schortens
Karin Bremer, Nelkenstraße 7 d, 2948 Schortens 2, Tel. 0442/70215.

3032: Private Gruppe Fallingbostel
Britta Martin, Soltauer Straße 18, 3032 Fallingbostel.

3180 Treffen in Wolfsburg
Mona Krautien, Hauptstraße 23, 3180 Wolfsburg 26, Tel. 05365/2328.

4040: Private Gruppe in Neuss
Eva Hollmann, Farnweg 2, 4040 Neuss 21.

4050: Treffen in Mönchengladbach
Cornelia Rost, Tel. 02161/17592.

4400: Treffen in Münster
Karin Cziczinski, Westerheide 34, 4400 Münster.

4500: Treffen in Osnabrück
Marie-Luise Hardinghaus, Blumenmorgen 44, 4500 Osnabrück.

5000: Lose Gruppe in Köln
E.u.G. Bosch, Peter-Warnecke-Weg 42, 5000 Köln 80, Tel. 0221/638787;
Grit Joisten, Hermühlheimer Str. 56, 5000 Köln 41, Tel. 0221/365468.

5400: Treffen in Koblenz
Annette Frick, Bisholderweg 38, 5400 Koblenz, Tel. 0261/42128.

6000: Zwillingsrunde, Frankfurt
Kontaktadresse: Melitta Kleff, Am Sonnenberg 25, 6394 Grävenwiesbach 2, Tel. 06086/1545.

6057: Dietzenbach – Gruppe der Arbeiterwohlfahrt
Hannelore Klingbeil, Wiesenstraße 9, 6057 Dietzenbach, Tel. 06074/3694

6070: Private Gruppe in Langen
Diana Fidone, Dieburger Straße 58, 6070 Langen, Tel. 06103/29409.

6100: Zwillingseltern in Darmstadt
Karin Standare, Dieburger Straße 194, 6100 Darmstadt, Tel. 06151/717232.

6100: ABC-Club (ab Drillinge)
Helga Grützner, Strohweg 55, 6100 Darmstadt, Tel. 06151/55430.

6330: Gruppe in Wetzlar
Brigitte Volk, Karlsbaderstraße 29, 6336 Niederbiel.

6670: Zwillingsrunde
Theresia Gulentz-Wörner, Seb.-Kneipp-Straße 1, 6670 St. Ingbert, Tel. 06894/4976
Sabine Lechner, Am Hüger 4, 6600 Saarbrücken, Tel. 0681/33816

7000: Zwillingsclub Clübchen II
Monika Attermeyer, Marienstraße 20, 7022 Leinfelden-Echterdingen, Tel. 0711/799188.

7080: Zwillingseltern in Aalen
Erika Fischer, Auf der Heide 37, 7080 Aalen, Tel. 07361/64290, (Stillberatung bei Zwillingen).

7100: Zwillingseltern in Heilbronn
Ilona Wedel, Kastellstraße 30, 7100 Heilbronn, Tel. 07131/41190.

7500: Clübchen II Karlsruhe
Karin Midasch, Kieferäckerstraße 6, 7500 Karlsruhe 21.

7556: Ableger Clübchen II
Marion Glawon, Eichenstraße 14, 7556 Ötigheim.

8000: Münchner Zwillingselterntreffen
Marion von Gratkowski, Postfach 1717, 8910 Landsberg am Lech, Tel. 08191/59510.

8050: Privates Zwillingseltern in Freising
Susanne Meyer, Burgrainer Str. 41 a, 8050 Freising.

8500: Engelchen und Bengelchen im Raum Nürnberg
Gerlinde Zettl, Spalt, Tel. 09175/364 oder Frau Gerstmann 0911/687695.

8750: Private Gruppe Raum Aschaffenburg – Miltenberg
Ute Morhard, Gabelsbergerstraße 14, 8752 Mainaschaff, Tel. 06021/74965.

Die Autorinnen

Rita Haberkorn, geb. 1950, Erzieherin, Sozialpädagogin (grad.), Diplom-Pädagogin. Seit 1972 wissenschaftliche Mitarbeiterin im Deutschen Jugendinstitut e.V., Büro Frankfurt, dort als Mitglied der Projektgruppe mit Modellversuchen im vorschulischen Bereich befaßt. Lehraufträge an Fachhochschule (1975-80) und Fachschule für Sozialpädagogik (1987/88).
Einzelveröffentlichungen zum Thema ›Rollenspiel‹ und ›Zwillinge‹. Mutter (seit zwei Jahren alleinerziehend) eines Sohnes (geb. 1976) und von Pärchenzwillingen (geb. 1981).

Karin von Schlieben-Troschke, geb. 1951 als Pärchenzwilling, Erzieherin (1974), Diplom-Psychologin (1980) und Politologin (M.A.). Seit 1980 Lehrbeauftragte an der Fachhochschule für Sozialarbeit und Fachhochschule für Verwaltungs- und Rechtspflege, seit 1983 therapeutische Tätigkeit.
Interessenschwerpunkte: Zwillingsforschung, Sprachforschung, Entwicklungspsychologie.
Veröffentlichungen zum Thema ›Zwillinge‹.

Marion von Gratkowski, geb. 1954, nach dem Studium der Volkswirtschaftslehre als Journalistin in einem Münchner Wirtschaftsmagazin tätig.
1984 Geburt der Zwillinge, danach Aufbau und Herausgabe der Zeitschrift für Mehrlingseltern *Zwillinge* und Organisation einer Zwillingselterngruppe in München.
Veröffentlichungen zum Thema ›Zwillinge‹.

Renate Kiefer, geb. 1947, Diplom-Psychologin, Arbeit als (systemische) Familientherapeutin an der Psychologischen Beratungsstelle Hockenheim/Eppelheim.
Mitarbeiterin in einem psychologischen Verlag.

Irene Matthies, geb. 1952, ab 1979 Sonderschullehrerin an einer Schule für körperbehinderte Kinder, ab 1987 in der Funktion der Sonderschullehrerin in der Integrationsklasse an einer Grund- , Haupt- und Realschulklasse tätig in Hamburg.
Mutter von Zwillingen (geb. 1980).

Ursula Weck, geb. 1951, als erste von eineiigen Zwillingen. Seit 1979 Mitglied der Musikgruppe ›*DNS*‹: Klangkompositionen, Filmmusik. Seit 1980 Arbeiten für den Rundfunk als Autorin und Regisseurin. Mehrere Arbeiten zum Thema ›*Zwillinge*‹.